Devi & Ivanov
Schockfrost

metro wurde begründet
von Thomas Wörtche

Zu diesem Buch

Die alleinerziehende Psychiaterin Sarah Marten hat ihr Leben im Griff. Sie führt eine eigene Praxis und pflegt an den Wochenenden ihre schwerbehinderte Schwester Rebekka. Als sie den Künstler Till kennenlernt, ist Sarahs Glück perfekt. Doch dann stürzt sie die Treppe hinunter. Auf einmal leidet sie unter Sehstörungen und Gedächtnislücken. Spätfolgen der Gehirnerschütterung? Sarahs Exmann, ebenfalls Psychiater, zweifelt an ihren beruflichen Fähigkeiten. Ein schizophrener Patient behauptet, sie befände sich in Lebensgefahr. Und Rebekkas Körper ist von blauen Flecken übersät. Hat Sarah ihre Schwester misshandelt, ohne sich daran zu erinnern? Da entwickelt Till seltsame Krankheitssymptome. Und Sarahs 15-jähriger Sohn verschwindet. Ein Wettlauf gegen die Zeit beginnt.

Die beiden Crime-Queens Petra Ivanov und Mitra Devi haben gemeinsam einen Psychothriller geschrieben, der unter die Haut geht: abgründig, rasant und im Grenzbereich zwischen Normalität und Wahnsinn.

»Wenn ein Krimi die Bezeichnung ›Psychothriller‹ verdient, dann ist es der packende Roman *Schockfrost* des schweizerischen Autorenduos Petra Ivanov und Mitra Devi. Die beklemmende Stimmung löst sich tatsächlich erst in einem Showdown.« *Westfalenpost*

Die Autorinnen

Petra Ivanov verbrachte ihre Kindheit in New York. Nach ihrer Rückkehr in die Schweiz absolvierte sie die Dolmetscherschule und arbeitete als Übersetzerin, Sprachlehrerin sowie Journalistin. Ihr Werk umfasst zahlreiche Kriminalromane, Jugendbücher und Kurzgeschichten.

Mitra Devi (1963–2018) wuchs in Zürich auf, absolvierte die Schule für Kunst und Mediendesign und arbeitete als freie Künstlerin, Filmemacherin und Journalistin. Sie ist Autorin von über einem Dutzend Büchern, darunter der Krimireihe um die Ermittlerin Nora Tabani.

Mehr über die Autorinnen und ihre Werke auf *www.unionsverlag.com*

Devi & Ivanov

Schockfrost

Thriller

Unionsverlag

Im Internet
Aktuelle Informationen, Dokumente und Materialien
zu Mitra Devi & Petra Ivanov und diesem Buch
www.unionsverlag.com

Unionsverlag Taschenbuch 888

Neptunstrasse 20, CH-8032 Zürich
Telefon +41 44 283 20 00
mail@unionsverlag.ch

Die erste Ausgabe dieses Werks im Unionsverlag erschien 2017
Reihengestaltung: Heinz Unternährer
Umschlagbild: articoufa (shotshop.com)
Umschlaggestaltung: Peter Löffelholz
Druck und Bindung: CPI – Clausen & Bosse, Leck
ISBN 978-3-293-20888-9

Der Unionsverlag wird vom Bundesamt für Kultur mit einem
Verlagsförderungs-Strukturbeitrag für die Jahre 2016–2020 unterstützt.

Auch als E-Book erhältlich

Prolog

Die Füße baumelten knapp über dem Boden. Abgesplitterte, rote Lackreste auf den Zehennägeln. Waden und Knie nackt. Ein weißes Sommerkleid bedeckte die Oberschenkel der Frau. Ihre Arme hingen schlaff am Körper. Der Strick, der am Dachbalken befestigt und um ihren Hals geschlungen war, hatte ihr die Zunge aus dem Mund gepresst, Schaum klebte ihr auf den Lippen. Sie hatte kein gnädiges Ende durch Genickbruch gefunden. Sie war den Erstickungstod gestorben, qualvoll, einsam. In den aufgerissenen Augen stand ein Ausdruck des Entsetzens, die Erkenntnis, dass ihr Tun unumkehrbar war.

Lisa starrte auf die Leiche. Sie war unfähig, zu begreifen, spürte nur Leere im Kopf. Ein entferntes Rauschen nahm sie wahr, das sich in Wogen näherte. Ein Pulsieren, Pochen, Anschwellen wie von gigantischen Meereswellen. Es kam von überall, verdichtete sich, füllte sie aus, verdrängte alles andere. Ihre Beine knickten ein, sie drohte zu versinken im Boden, der sie nicht mehr trug, der nicht mehr Halt und Sicherheit bot. Sie fühlte, wie ihr Blut träge wurde, keine Kraft mehr hatte, durch ihren Körper zu kreisen. Dann kam das Zittern. Beine, Arme, Kiefer, alles bebte, es drückte ihr den kalten Schweiß aus der Stirn. Schweiß, der nach Tier stank, nach Verderben und Verrotten.

Lisas Mund öffnete sich lautlos. Irgendwo in der Ferne ertönte ein Schrei. Sie hörte Worte, die keinen Sinn ergaben, Worte, die von einer Fremden ausgestoßen wurden. Sie fühlte nicht die Hände, die sie zurückzogen, weg von der Leiche, weg von dem Grauen.

Ihre Augen waren noch immer auf die Tote gerichtet.

Ihr Herzschlag war ein unbarmherziges Trommeln, das sich mit dem Rauschen vermischte. Die Schreie hielten an, wurden lauter, schriller. Jemand schob sie aus dem Zimmer.

Dann endlich verstand Lisa die Worte, die aus ihr geschleudert wurden. Sie hörte sich schluchzen und keuchen, nahm ihre eigene Stimme wahr. Fremd, so fremd. Immer und immer wieder schrie sie: »Meine Schwester hat sich umgebracht! Meine Schwester ist tot! Tot! Tot! Tot!«

I

Sarah Marten eilte durch den strömenden Regen. Der Bus war ihr vor der Nase abgefahren, und sie hatte keine Geduld gehabt, auf den nächsten zu warten. Das war ein Fehler gewesen. Bereits nach einer Minute war sie klatschnass. Sie wich entgegenkommenden Leuten aus, stapfte über das notdürftig geteerte Teilstück einer Baustelle. Eine Windbö hatte ihr den Schirm umgeknickt. Sarah versuchte, ihn im Laufen wieder in die richtige Form zu biegen, doch es war zwecklos. Ein Metallstäbchen brach, der Stoff riss. Verärgert stopfte sie den Knirps in die Manteltasche. Auf den letzten Metern legte sie einen Spurt ein und wurde buchstäblich vom Wind auf den Parkplatz der Autowerkstatt geweht.

Ihr reparierter Nissan stand zwischen einem Geländewagen und einem hohen Zaun. Sarah quetschte sich in den schmalen Spalt und schloss die Fahrertür auf. Als sie einsteigen wollte, verkeilte sich der Griff des Schirms im Maschendraht. Ungeduldig zerrte sie daran. Die Manteltasche riss. Sarah ließ den Schirm im Zaun stecken, zwängte sich auf den Fahrersitz und zog die Tür zu.

In zehn Minuten musste sie im Lindengarten sein. Das Wohnheim lag am anderen Ende der Stadt, niemals würde sie es rechtzeitig schaffen. Dass sie spät dran war, hatte sie sich selbst zuzuschreiben. Normalerweise empfing sie am Samstagmorgen keine Patienten, doch ihr Exmann hatte so lange gedrängt, bis sie eingewilligt hatte. Seit sechs Jahren waren sie geschieden, und noch immer endeten die meisten Auseinandersetzungen damit, dass Sarah klein beigab. Wie sollte sie ihren Patienten zu Selbstvertrauen und

Durchsetzungsvermögen verhelfen, wenn sie noch nicht einmal ihre eigenen Muster durchbrechen konnte?

Sie schüttelte die Tropfen aus ihrem Haar und lehnte den Kopf gegen die Nackenstütze. Wenn die Wohngruppe schloss, bevor sie im Heim ankam, würde man Rebekka in einer anderen Gruppe unterbringen, das war nicht weiter schlimm. Vermutlich würde man die zusätzlichen Stunden nicht einmal berechnen.

Rebekka hat kein Zeitgefühl, hörte Sarah die Leiterin des Lindengartens sagen. Aber stimmte das wirklich? Dass ihre Schwester nicht verstand, wozu eine Uhr gut war, bedeutete nicht, dass sie die Verspätung nicht bemerkte. Rebekka hatte ein Gespür für Ereignisse, die sich wiederholten. Sarah dachte daran, wie ihre Mutter den Rollstuhl ans Fenster geschoben hatte, wenn sie aus der Schule kam. Schon von Weitem hatte Sarah die gekrümmte Gestalt hinter der Scheibe erkannt. Wenn sie die Stufen zur Haustür hochstieg, veränderte sich Rebekkas Haltung. Ihr Kopf, der immer leicht schräg nach unten hing, hob sich wie eine Blüte, die sich der Sonne entgegenstreckte.

Sarah startete den Motor, fuhr aus dem Parkplatz und reihte sich in die Kolonne auf der Hauptstraße ein. Wo wollten all die Menschen hin? Samstagmorgen, und der Verkehr war fast so dicht wie an einem Arbeitstag.

Im Schritttempo kroch sie Richtung Stadtmitte. Einfamilienhäuser machten Wohnblocks Platz, statt Gärten gab es schmale Rasenstreifen, dann nur noch Asphalt. Sie kam an einem neuen Supermarkt vorbei, im Schaufenster glitzerte bereits Weihnachtsschmuck. Ein Lieferwagen vor ihr setzte den Blinker, um in eine Tiefgarage einzubiegen. Der Nissan zitterte leicht, als spürte er den Drang, dem Vordermann nach rechts zu folgen. Sarah nahm den Fuß vom Gas. Der Wind fegte braune Blätter über die

Frontscheibe, einige blieben am Scheibenwischer kleben. Die Straße führte steil den Hang hinab, in der Ferne war die Europabrücke zu erkennen. Der Verkehr war jetzt weniger dicht, Fußgänger gab es kaum. Sarah fuhr auf eine grüne Ampel zu, da wechselte das Licht auf Gelb. Sie trat auf die Bremse.

Erneut zog der Wagen nach rechts, diesmal stärker. Mit beiden Händen umklammerte Sarah das Lenkrad. Eine böse Ahnung beschlich sie. Als sie anfuhr, ließ sie das Fenster herunter. Tatsächlich hörte sie ein Geräusch, das nur von einem kaputten Reifen stammen konnte. Sie bog in die nächste Seitenstraße ein.

Den Nagel entdeckte sie sofort. Einen Moment blieb sie im Regen stehen und starrte auf den silbernen Punkt. Auch das noch. Sie setzte sich in den Wagen und holte ihr Handy hervor, um die Nummer des Lindengartens zu wählen. Das Display blieb schwarz.

Ungläubig starrte Sarah auf das Telefon. Wie war das möglich? Seit jeher bestand ihr Leben aus festen Abläufen, vorgegeben durch Rebekkas Bedürfnisse, später durch jene ihres Sohnes und ihrer Patienten. Jeden Abend schloss sie das Telefon ans Ladegerät an.

Resigniert ließ sie das Gerät in die Tasche zurückfallen und öffnete den Kofferraum. Sie breitete das Werkzeug aus und machte sich im strömenden Regen an die Arbeit. Die Reifen sahen erstaunlich neu aus. Sie hatte sich noch überlegt, sie diesen Winter zu ersetzen, jetzt war sie froh, dass sie sich dagegen entschieden hatte.

Die letzte Mutter klemmte. Sarah stemmte ihr ganzes Gewicht gegen den Schraubenschlüssel, doch es nützte nichts. Sie schlug mit dem Handballen gegen das Werkzeug. Als die Radmutter nachgab, verlor Sarah das Gleichgewicht. Ihre Knie schlugen auf den harten Boden, ihre

Schulter prallte gegen die Karosserie. Der Schraubenschlüssel fiel mit einem Scheppern auf den Asphalt.

Sarahs Finger schmerzten vor Kälte. Die Versuchung, in den Wagen zu kriechen und einfach die Augen zu schließen, war groß. Sie riss sich zusammen. Das hatte sie früh gelernt. Ihre Eltern hatten ihre ganze Aufmerksamkeit auf Rebekka gerichtet, für Sarahs vergleichsweise kleinen Probleme war wenig Raum geblieben.

Sie griff nach dem Wagenheber.

Eine halbe Stunde später war das neue Rad montiert, Sarah triefend nass, das Werkzeug verstaut. Mit klammen Händen startete sie den Motor und drehte die Heizung auf. Sie fragte sich, was noch schieflaufen konnte, erreichte den Lindengarten aber ohne weiteren Zwischenfall.

Der Empfang des Wohnheims war am Wochenende nicht besetzt. Sarah eilte am geschlossenen Kabäuschen vorbei, winkte einem Bewohner, der wie immer neben dem Philodendron am Eingang saß. Ihre Sohlen quietschten auf dem grünen Linoleum, von ihrem Mantel tropfte Wasser. Seit neun Jahren ging sie jeden Samstag diesen Weg, kannte das Gebäude so gut wie das Arbeiterhaus, in dem sie aufgewachsen war und nun mit ihrem Sohn lebte.

Wie erwartet war die Wohngruppe in der dritten Etage bereits geschlossen. Trotzdem ging Sarah zu Rebekkas Zimmer. Bevor sie nach ihrer Schwester suchte, wollte sie sich vergewissern, dass alles gepackt war. Letzte Woche hatte die Praktikantin die Katheterbeutel vergessen, einmal sogar das Anticholinergikum, das Rebekka regelmäßig einnahm.

Sarah stieß die Tür auf. Das vertraute Gemisch von Kamillenshampoo, Desinfektionsmittel und Arnika-Massageöl schlug ihr entgegen. Der Geruch hing im verlassenen Zimmer wie ein Geist. Plötzlich hatte sie ein Bild vor Augen, das sie beunruhigte. Sie sah, wie sie den Schrank leer räumte und Kleidungsstücke aussortierte, die Rebekka nie mehr tragen würde. Die Vorstellung, ihre Schwester zu verlieren, war schmerzhaft, starr blickte Sarah auf das Foto, das über dem Bett hing. Zwei Paar grüne Augen, die in die Kamera schauten. Gerade Nasen, geschwungene Augenbrauen, Wangengrübchen. Hier hörte die Ähnlichkeit auf. Während Rebekkas Zopf in der Sonne glänzte wie Flachs, leuchteten Sarahs Locken im Licht orangerot. Rebekkas zierliche Gestalt verschwand fast im Rollstuhl, Sarah hingegen sah mit ihren langen Armen und Beinen aus wie eines der überdimensionierten Strichmännchen, die ihr Sohn als Kind gezeichnet hatte. Im Hintergrund spiegelten sich die Berge auf der Oberfläche eines Sees. Sie war zweiundzwanzig gewesen, als das Foto aufgenommen wurde, Rebekka sechsundzwanzig. Ihre letzten Ferien zu viert. Ein Jahr später starb ihr Vater.

Schon wieder dachte Sarah an den Tod. Sie schüttelte den Kopf. Was war nur los mit ihr? Es ist die ungewohnte Leere, sagte sie sich. Der fehlende Rollstuhl, die Stille, die über der Wohngruppe liegt. Rasch ging sie zum Schrank und öffnete die Tür. Ihr Blick fiel auf eine Sporttasche. Sie kniete sich hin, öffnete den Reißverschluss. Eine Wollmütze, Handschuhe, ein Katheterbeutel, Reservekleider, ein Necessaire. Alles, was Rebekka fürs Wochenende brauchte. Warum stand die Tasche im Schrank? Sie sollte am Rollstuhl hängen.

Sarah verließ das Zimmer und ging nach unten. Als sie die Wohngruppe auf der zweiten Etage erreichte, hörte sie Stimmen. Aus dem Essraum drang das Klappern von Geschirr. Vesna, die schon seit sechzehn Jahren im Lindengarten arbeitete, kam ihr mit einem Servierwagen entgegen.

»Sarah!« Vesna starrte sie an. »Du siehst aus, als wärst du hergeschwommen.«

Unwillkürlich fasste sich Sarah an den Kopf. Die Haarspange, mit der sie ihre Locken zu zähmen versuchte, war weg. Der Regen hatte ihre Frisur in ein Durcheinander verwandelt. Garfield unter Strom, sagte ihr Sohn in solchen Momenten.

»Reifenpanne«, erklärte Sarah.

Vesna schüttelte mitleidig den Kopf. »Und jetzt auch noch etwas vergessen?«

»Vergessen?«, wiederholte Sarah.

»Ich dachte, du wärst noch mal zurückgekehrt. Stimmt etwas nicht?«

Sarah öffnete den Mund, es dauerte aber einen Augenblick, bis die Worte kamen. »Ich bin erst jetzt angekommen. Ist Rebekka nicht bei euch?«

Vesna runzelte die Stirn. »Nein, warum?«

»Oben in der Gruppe 3 ist niemand mehr, ich dachte … bist du sicher?«

»Vielleicht habe ich sie einfach nicht gesehen?«

Sarah hörte die Zweifel in ihrer Stimme. Ihr Mund wurde trocken. War das Bild, das sie gerade noch vor Augen hatte, eine düstere Vorahnung? Sie spürte eine Hand auf ihrem Arm.

»Komm«, sagte Vesna. »Lass uns nachfragen.«

Sarah folgte ihr in den Essraum, wo zwei Frauen Salatschüsseln auf die Tische stellten und Gläser mit Wasser füllten.

»Ist Rebekka bei uns?«, fragte Vesna die Gruppenleiterin.

Diese warf ihr einen erstaunten Blick zu. »Nein, wieso?«

Sarah erklärte, dass sie zu spät eingetroffen sei.

»Heike ist vor einer Stunde gegangen«, erklärte die Gruppenleiterin. »Sie hatte heute Morgen in der Gruppe 3 Dienst.«

Heike arbeitete als Springerin in allen vier Wohngruppen.

Deswegen kannte sie die Besonderheiten der einzelnen Bewohner weniger gut. Sarah entspannte sich. Bestimmt hatte Heike Rebekka aus Versehen nach oben gebracht.

»Wir schauen in der Gruppe 4 nach«, schlug Vesna vor, die offenbar das Gleiche dachte. »Heute haben wir ziemlich viel zu tun, vielleicht wollte Heike uns entlasten.« Sie übergab den Servierwagen einer Kollegin.

»Schon gut«, sagte Sarah, »das kann ich auch alleine. Rebekka muss oben sein, eine andere Möglichkeit gibt es nicht.« Sie wandte sich ab und kehrte in den Flur zurück.

Bunte, von den Bewohnern gemalte Acrylbilder zierten die Wände, da und dort stand ein Wäschebehälter. Sarah stieg wieder die Treppe hoch. Die nasse Hose klebte ihr an den Beinen. Jetzt, wo der Adrenalinschub verebbt war, kam die Müdigkeit. Sie war früh aufgestanden, um einzukaufen, bevor sie den neuen Patienten empfing. Sie wollte das Mittagessen wenigstens teilweise vorbereitet haben, wenn sie mit Rebekka zurückkam. Am Samstagmorgen war die Zeit immer knapp. Das wusste auch Kaspar. Hatte er Sarah deshalb gedrängt, Georg Schwartz dazwischenzuschieben? Sie hatte immer geglaubt, dass Kaspar insgeheim eifersüchtig auf Rebekka war. Sie schüttelte den Kopf. So weit ginge er nicht. Außerdem hatte sie selbst festgestellt, dass sie mit der Sitzung nicht hatte warten können.

Sie erreichte die vierte Etage und betrat den Essraum. Hier musste Rebekka sein. Die Bewohner saßen bereits um den Tisch, es roch nach Bratensauce und Zwiebeln. Sarah blieb in der Tür stehen. Ihr Blick schweifte über die Anwesenden. Jessica, die den Löffel in einen zähen Brei bohrte. Simon, der sie durch dicke Brillengläser anstarrte. Anna-Katherina mit ihrer türkisblauen Halskette. Fabrizio, der schief in seinem Rollstuhl hing und an einem Stück Stoff zupfte. Zwischen ihnen saßen zwei Betreuerinnen.

Jessica. Simon. Anna-Katherina. Fabrizio.
Alle da.
Nur Rebekka fehlte.

2

In der Ecke des *Twentyfour* stand eine alte Jukebox, aus der *Angie* von den Rolling Stones schepperte. Irgendetwas stimmte mit dem Musikautomaten nicht, alle paar Sekunden war ein Kratzen zu hören, das Mick Jaggers heisere Stimme mechanisch übertönte. Georg Schwartz setzte sich auf einen der Hocker an den Tresen und lockerte seinen Schal. Er griff nach der Getränkekarte und tat so, als würde er nachschauen, was heute im Angebot war. Doch seine Augen huschten hin und her, suchten verräterische Zeichen.

»Das Übliche?«, fragte die Kellnerin.

Es war Esther, die Spröde. Samstag und Sonntag hatte sie Dienst, unter der Woche übernahm ihre Kollegin, die für Georg immerhin ein Lächeln übrighatte, wenn er Trinkgeld gab. *Falls* ihr verzogener Mund als Lächeln gedeutet werden konnte. Georg kannte die Menschen. Alle machten sie einem etwas vor. Einige waren besser darin, anderen sah man die Lüge sofort an. Jeder hatte seinen eigenen kleinen Plan, der nur ein Puzzlestück des ganzen Bildes ausmachte. Esther war nicht so harmlos, wie sie tat. Sie versuchte zwar nie, nett zu sein, was er ihr hoch anrechnete. Allerdings war das vielleicht nur eine Masche, damit er keinen Verdacht schöpfte. Zur Sicherheit ging er davon aus, dass alle dazugehörten, dass alle Teil der großen Verschwörung waren, schließlich ging es um nichts Geringeres als um seine Vernichtung.

Esther hakte nach, ungeduldig, ihre Lippen dünn und grau. »Wie immer?«

Georg nickte.

Ein Gast mit einer Aktenmappe betrat kurz nach Georg die Bar und setzte sich in die Nische neben dem Eingang. Georg erkannte ihn. Er zuckte kurz zusammen, ließ sich aber sonst nichts anmerken.

Das Lokal stank nach billigem Reinigungsmittel und Nikotin. Die Wände waren nach dem Rauchverbot nie frisch gestrichen worden, die Farbe, die in den Siebzigern als poppig-modern galt und wohl einmal orange gewesen war, hatte inzwischen einen Stich ins Kompostbraune.

Esther verzog sich und machte sich im trüben Licht hinter der Bar zu schaffen, dann kam sie mit Georgs Gin Tonic zurück. Ohne Gurke, Eis oder anderen Schnickschnack, das hatte er ihr von Anfang an gesagt. Ihr war es recht.

Georg trank. Natürlich vertrug sich Alkohol nicht mit seinen Medikamenten. Die er sowieso nicht mehr in der verordneten Dosierung nahm. Doch wenn er es nicht übertrieb, mischte sich der Gin mit den Tabletten in seinem Blut, was zu einem Zustand von Hyperwachsamkeit führte. Er sah dann die Verbindungen noch klarer, erkannte auf Anhieb, wer involviert war, welches die Drahtzieher und welches die Helfershelfer waren.

Esther gehörte zur untersten Kaste. Sie war nicht in den Gesamtplan eingeweiht, war nur eine der Arbeiterameisen. Aber auch sie konnte gefährlich werden. Und wenn er es sich recht überlegte, war ihre Harmlosigkeit vielleicht auch nur Tarnung. Schon einmal war er zu unvorsichtig gewesen, hatte jemandem vertraut, und das hatte dem Drachen, der in ihm lebte, nicht gefallen. Er war hervorgeschnellt, hatte seinen fauligen Atem ausgestoßen, seine spitzen Zähne in den Hals seines Opfers gebohrt. Was Georg direkt in den Schlund der geschlossenen Psycho-Abteilung katapultiert hatte. Dort war er auf engstem Raum mit echt kranken Typen zusammengepfercht gewesen. Darum hieß es ununterbrochen: Augen offen halten. Ohren gespitzt. Alle Sinne geschärft.

Er trank einen weiteren Schluck. Um diese vormittägliche Zeit saßen neben ihm und dem Mann mit der Aktenmappe nur noch zwei ältere Männer im hinteren Teil der Bar und starrten in ihre Biergläser. Ein kleiner Brillenträger mit schütterem Haar und ein massiger Kahlkopf. Wahrscheinlich zweitunterste Kaste. Im Allgemeinen inaktiv, bei Bedarf jedoch im Handumdrehen zu willigen Vollstreckern umzuformen.

Dreißig Minuten hatte sich die Psychiaterin für Georg genommen, mehr hatte sie ihm auf die Schnelle nicht anbieten können. Nachdem er ein paar Sätze gestammelt hatte, hatte sie ihm die Notstelle für psychische Krisen empfohlen, wo er sich ohne Anmeldung Hilfe holen könne. Sie hatte ihn mit Interesse angeschaut. Mit Besorgnis. Auch eine Warmherzigkeit hatte er gespürt, die nicht professionell eingeübt, sondern echt zu sein schien. Aber wer wusste das schon? Ihr rotes Haar glühte wie Elektrodrähte.

Georg wollte nicht ins Krisenzentrum. Doktor Marten hatte in ihrer Agenda geblättert und einen freien Termin am Dienstagnachmittag gefunden.

»In drei Tagen«, murmelte er.

»Dann habe ich Zeit für Sie«, hatte sie gesagt. »Eine ganze Stunde. Aber wenn es Ihnen zu schlecht geht, nehmen Sie bitte am Wochenende die Notstelle in Anspruch. Die Leute dort sind ausgebildet für Fälle wie Ihren.«

Er war ein Fall. Das aus dem Mund von Doktor Marten zu hören, enttäuschte ihn. Er schüttelte den Kopf. »Nicht nötig. Ich werde durchhalten.«

Und hier saß er nun. Im *Twentyfour*, das Kratzen der Jukebox in den Ohren, den zweiten Gin vor sich. Das war eigentlich zu viel, das wusste er.

Er schaute unauffällig zu den beiden Biertrinkern hinüber, schnappte einen halben Satz auf, der ihm verdächtig vorkam, der Rest wurde jedoch von Mick Jagger übertönt. Esther hatte die Musik wohl extra laut eingestellt, damit Georg die Gespräche der anderen nicht mitkriegte.

Die Wirkung des Alkohols in seinem Kopf war etwas zu stark. Die gesteigerte Aufmerksamkeit hatte sich in etwas Unkontrollierbares verwandelt, und das war nicht gut. Kontrolle war wichtig. Sie war alles, was er hatte.

Plötzlich hörte er es.

Mick Jagger sang *Let me whisper in your ear.*

Georg horchte auf das Flüstern.

Und verstand.

Die beiden Männer stießen mit ihren Humpen an. Georg schoss wie ein Pfeil von seinem Barhocker hoch, preschte auf die zwei Kerle zu, riss den Glatzköpfigen am Ärmel und schrie: »Ihr schafft es nicht, mich fertigzumachen!«

Der Kahlkopf entzog sich und sagte mit schwerer Zunge: »Lass mich in Frieden, du Freak.«

Sein schmächtiger Kumpel grinste. »Immer die gleiche Leier. Gestern hast du was von Geheimkomplott geschwafelt und heute – «

»Ich durchschaue euch!« Georgs Kinn zitterte. »Ich weiß, was euer Lachen bedeutet. Es ist nur der Anfang. Dann kommen Spott und Häme, dann Gewalt und Vernichtung. Aber nicht mit mir! Diesmal nicht!«

Der Kahlkopf prustete ihm Bier ins Gesicht. »Weißt du, was das Lachen bedeutet?« Er schaute Beifall heischend zu seinem Trinkkumpan hinüber. »Es bedeutet, hau ab, du Spinner! Sonst kannst du dir deine Einge…« Er schlug sich mit der Faust auf die Brust und drückte einen Rülpser hervor, »deine Eingeweide in Einzelteilen zusammensuchen.«

Esther keifte hinter der Bar hervor: »Benehmt euch, Jungs, was sollen denn die anderen Leute denken!«, obwohl kaum Gäste in diesem Pissloch waren.

Georg spürte, wie sich der Drache in ihm aufrichtete. Wie er kräftig wurde, gegen das Zwerchfell drückte, herausgelassen werden wollte. Georg stöhnte, hielt seinen schmerzenden Bauch. Dem Kahlkopf verging das Lachen, er riss die Augen auf, der Schmächtige feixte süffisant: »Was ist los? Machst du dir in die Hosen, oder was?«

In diesem Moment hatte Georg einen Filmriss. Einmal mehr. Wenige Sekunden nur, doch irgendetwas war danach anders. Der Drache hatte ganze Arbeit geleistet. Esther kam angerannt, fuhr ihn an, ob er noch bei Sinnen sei, bugsierte ihn aus der Bar, und Georg warf einen letzten Blick auf die beiden Säufer, die fluchend am Boden lagen. Einer blutete an der Stirn.

Es war wieder passiert.

Aber sie hatten ihn nicht gekriegt, das war die Hauptsache.

Als er um die Ecke wankte, goss es noch immer wie aus Kübeln. Er schaute zurück und sah durch die beschlagene Scheibe der Bar, wie der Mann mit der Aktenmappe einen Geldschein auf den Tisch legte und aufstand.

Keine Frage, der gehörte auch dazu. Sein ehemaliger Psychodoktor. Kaspar Eckert. Georg stapfte durch den Regen, wusste einen Moment lang nicht mehr, wo er wohnte, drehte sich abrupt um und ging in die andere Richtung.

Eckert war verschwunden.

Ein Auto quietschte an Georg vorbei, er geriet auf der glitschigen Straße ins Straucheln und wäre um ein Haar vom Kotflügel gestreift worden. Der Fahrer zeigte ihm den Vogel und verschwand in der Regenwand. Georg reagierte nicht.

Er ging im strömenden Regen weiter, spürte die Tropfen, die ihm übers Gesicht liefen. Noch immer hatte er Mick Jaggers Stimme im Ohr. *Let me whisper in your ear.*

Georg hatte es gehört. Und endlich hatte er die Botschaft richtig verstanden. *Save Sarah*, hatte Jagger geflüstert. *She's in danger.*

Georg wusste, was er zu tun hatte. Es ging nicht darum, dass er Sarah Marten, diese Psychiaterin, aufsuchte, weil *er* es nötig hatte. Nein, *sie* war diejenige, die Hilfe brauchte. Er war sich ganz sicher. Vielleicht war sie die einzige Verbündete auf dieser Welt. Sie mussten zusammenhalten. Er würde sie retten. Ob sie wollte oder nicht.

3

Sarah stand wie angewurzelt in der Tür, unfähig, weiterzugehen. Der Geruch gebratener Zwiebeln verursachte ihr Übelkeit. Sie starrte in den Essraum, auf die Bewohner am Tisch. Jessicas Löffel fiel zu Boden. Das Scheppern erlöste Sarah aus ihrer Starre.

»Ich suche Rebekka«, sagte sie.

Wieder spielte sich die gleiche Szene ab. Erstaunte Gesichter, Kopfschütteln. Sarah griff sich an die Stirn. Wie konnte eine schwerbehinderte Frau einfach verschwinden? Hatte Kaspar Rebekka abgeholt? Aber warum hätte er das tun sollen? Als Sarah nach dem Tod ihrer Mutter beschlossen hatte, ihre Schwester übers Wochenende regelmäßig zu sich zu nehmen, hatte er sich dagegen gewehrt. Schlimmer noch, er warf ihr vor, die Familie damit zu zerstören. Dass Rebekka auch zur Familie gehörte, wollte er nicht wahrhaben.

David? Dave, korrigierte sie sich, ihr Sohn wollte jetzt Dave genannt werden. Er hatte noch geschlafen, als sie das Haus verließ. Außerdem war er erst fünfzehn, er besaß keinen Führerschein. Hätte er Rebekka etwa mit dem Bus nach Hause bringen sollen?

Sonst gab es niemanden, der sich um Rebekka kümmerte. Keine Familie, keine anderen Betreuer. Till? Sie spürte, wie wieder etwas Wärme in ihren Körper zurückkehrte. Sie hatte sich noch nicht daran gewöhnt, dass er Teil ihres Lebens war. Nie hätte sie geglaubt, dass es in ihrem randvollen Alltag Platz für Liebe gab. Bis sie Till Kowak begegnet war. Er musste Rebekka abgeholt haben, natürlich.

»Darf ich kurz telefonieren?«, bat sie eine Betreuerin.

Diese führte sie ins Büro. Als Sarah den Hörer in die Hand nahm, realisierte sie, dass sie Tills Nummer nicht im Kopf hatte. Sollte sie Dave bitten, in ihren Kontakten nachzuschauen? Sie biss sich auf die Unterlippe. Auf ihrem Laptop befanden sich Patientendaten. Dave Zugang zu gewähren, wäre fahrlässig. Sie nahm ihr Handy hervor.

»Habt ihr in der Gruppe vielleicht ein passendes Ladegerät?«

»Bestimmt.« Die Betreuerin verließ den Raum und kehrte kurz darauf mit einem Kabel zurück.

Ohne große Hoffnung schloss Sarah das Telefon an. Das Batteriezeichen leuchtete auf. Sie musste tatsächlich vergessen haben, das Handy über Nacht aufzuladen, auch wenn sie sich die Nachlässigkeit nicht erklären konnte. Sie drückte die Kurzwahltaste.

»Hallo Sarah«, meldete sich Till.

Sarah stieß einen erleichterten Seufzer aus. »Ist Rebekka bei dir?«

»Deine Schwester?«, fragte er erstaunt.

Sarah schauderte. »Wo bist du?«

»Im Atelier. Ich hab dir doch gesagt, dass der Galerist vorbeikommt. Wegen der Ausstellung in Berlin. Er sollte jeden Moment hier sein. Was ist los? Ist etwas passiert?«

Zum dritten Mal wiederholte Sarah die Geschichte.

»Rebekka kann sich doch keinen Meter allein mit dem Rollstuhl fortbewegen«, sagte Till.

»Eben!«

»Es muss eine Erklärung geben. Hatte sie einen Arzttermin?«

»Nicht an einem Samstag.«

»Vielleicht war es ein Notfall?«

»Dann hätte man mich informiert.« Tränen schossen Sarah in die Augen. »Außerdem wüsste das Personal Bescheid.«

»Ganz ruhig.« Tills warme Stimme berührte sie durchs Telefon. »Ich mach mich gleich auf den Weg. In zwanzig Minuten bin ich bei dir.«

Sarah schluckte. »Das ist nicht nötig, danke. Ich komme klar. Berlin ist wichtig.«

Er zögerte. »Bist du sicher?«

»Ja. Ich melde mich, sobald ich mehr weiß. Aber danke, dein Angebot bedeutet mir viel.«

Kaum hatte sie aufgelegt, erschien Vesna in der Tür. Sie sah besorgt aus. »Ich habe gehört, Rebekka sei nicht hier.«

Sarah schüttelte den Kopf.

»Wir durchsuchen gerade das Gebäude«, sagte Vesna. »Komm, hilf uns.«

Sarah folgte ihr in den Flur. Türen gingen auf und zu, Stimmen erklangen im Treppenhaus. Eine Betreuerin berichtete, sie habe Heike, die in der Gruppe 3 Dienst hatte, noch nicht erreichen können. Vesna spähte in die Zimmer der Bewohner, die Aufenthaltsräume, die Badezimmer.

»Hier oben ist sie nicht.« Vesna trat in den Lift. »Wir suchen im Erdgeschoss weiter, die anderen in den Wohngruppen 2 und 3.«

Sie fuhren nach unten. Die nassen Spuren, die Sarah auf dem Boden zurückgelassen hatte, waren noch immer zu sehen. An der Fensterfront standen leere Sessel, der Platz neben dem Philodendron war verlassen.

»Kann es sein, dass David Rebekka abgeholt hat?«, fragte Vesna.

»Nein.«

»Bist du sicher? Er ist immer so rührend mit ihr.«

War, dachte Sarah. In letzter Zeit hatte er sich verändert. »Er findet die Besuche nicht mehr so toll.«

Vesna berührte sie am Arm. »Lass uns in der Ergo nachschauen.«

Sarah wusste, dass die Ergotherapeutin am Wochenende freihatte, Vesna sah ihr skeptisches Gesicht.

»Manchmal benützen wir den Raum, um zu basteln, weil der Tisch breit ist«, erklärte sie.

Resigniert nickte Sarah. Sie gingen am Lift vorbei zu einer Tür, an der ein geflochtener Kranz hing.

Vesna stieß sie auf. Die Jalousien waren heruntergelassen, der Raum war dunkel. Vesna schaltete das Licht ein.

Und da war sie, ihre Schwester.

Der Rollstuhl stand in der Ecke, Rebekka schaute gegen die Wand. Als Sarah den schmalen Kopf hinter der Stütze sah, die spitzen Ellbogen auf der Armlehne, stockte ihr der Atem. Sie eilte auf ihre Schwester zu, unfähig, auch nur ein Wort zu sagen. Halb erwartete sie, in starre Augen zu blicken, doch Rebekka blinzelte, hob den Kopf ein wenig und gluckste, wie sie es immer tat, wenn sie aufgeregt war.

»Alles ist gut, ich bin hier.« Sarah fuhr den Rollstuhl zurück, streichelte Rebekka, presste ihre Wange gegen die der Schwester, murmelte beruhigende Worte. Sie öffnete den Gurt, hob Rebekka hoch, drückte sie an sich, Herz an Herz.

Langsam ging ihre Angst in Wut über. Wer hatte Rebekka hierhergebracht? Vor allem, warum? Hatte eine Betreuerin etwas aus der Ergotherapie holen müssen und Rebekka vergessen? Im Dunkeln? Oder wollte man Sarah eine Lektion erteilen, weil sie sich verspätet hatte? Sofort schämte sie sich für den Gedanken. In all den Jahren, die Rebekka hier lebte, hatte sich das Personal immer professionell und hilfsbereit gezeigt.

Sarah zwang sich, ruhig zu bleiben. Rebekka reagierte sofort auf schlechte Stimmungen. Vorsichtig setzte Sarah ihre Schwester in den Rollstuhl zurück.

Vesna senkte den Blick. »Wir werden dem nachgehen, das verspreche ich dir. So etwas darf nicht passieren.«

Sarah nickte nur. Sie packte die Griffe des Rollstuhls und schob Rebekka aus dem Raum. Gemeinsam fuhren sie nach oben, um die Tasche fürs Wochenende zu holen. Der Abschied von Vesna fiel kühl aus. Sarah hob Rebekka in den Autositz, den sie für sie auf der Rückbank hatte installieren lassen, und lud den Rollstuhl ein. Auf einmal war sie hundemüde. Die Versuchung, die Stirn aufs Lenkrad zu legen und die Augen zu schließen, war groß. Till fiel ihr ein. Sie nahm ihr Telefon hervor, um ihm eine SMS zu schreiben. Sie sah, dass Dave angerufen hatte. Der Akku reichte nicht mehr für einen Rückruf.

Auf der Fahrt nach Hause berichtete Sarah Rebekka von der vergangenen Woche, wie sie es immer tat. Seit ihren Kindertagen war ihre Kommunikation nie einseitig gewesen, obwohl es auf Außenstehende so gewirkt haben mochte. Sarah erzählte, Rebekka lauschte ihrer Stimme, als höre sie Musik, entspannte sich, gab ab und zu kleine Töne von sich. Sarah machte sich nichts vor, sie wusste, dass ihre Schwester den Inhalt ihrer Gespräche nicht verstand, doch sie war froh, ein Gegenüber zu haben, das es ihr ermöglichte, sie selbst zu sein.

»Ich muss ein Gutachten über eine Patientin mit einer depressiven Störung verfassen«, begann Sarah. »Sie hat eine Zwangseinweisung angefochten. Sie behauptet, man quäle sie in der Klinik. Drei Mal darfst du raten, wo sie behandelt wird. Genau, in der Klinik Schlossau. Kaspar ist der behandelnde Arzt. Die einweisende Ärztin glaubt, es liege akute Selbstgefährdung vor, und Kaspar ist sowieso der Meinung, die Patientin sei nicht stabil genug, um entlassen zu werden. Ich sehe das anders. Sorgen macht mir aber, dass es keine adäquate Nachbehandlung gibt. Die Frau lebt allein und ist nicht mehr arbeitsfähig. In der Vergangenheit hat sie mehrmals die Medikamente verweigert, was zu einer

Verstärkung ihrer Symptome führte. Die Hauptverhandlung findet nächsten Donnerstag statt. Ich gehe davon aus, dass der Richter die Beschwerde abweisen wird, aber trotzdem … die alte Geschichte kommt wieder hoch.« Sarah blickte in den Rückspiegel.

Rebekka hatte den Kopf leicht seitwärts geneigt und hörte zu.

»Ich weiß, dass ich mir nichts vorzuwerfen habe, das macht es jedoch nicht einfacher«, fuhr Sarah fort. »Kaspar hält mir das Ganze immer noch vor. Darum hat es mich erstaunt, dass er mir neulich einen Patienten überwiesen hat. Georg Schwartz. Er leidet unter paranoider Schizophrenie.« Sarah drehte die Heizung etwas auf. »Schwartz wurde mehrmals wegen eines akuten psychotischen Schubs in die Klinik eingewiesen. Er war Postangestellter, ist aber seit Jahren nicht mehr in der Lage zu arbeiten. Kaspar kommt offenbar nicht an ihn heran. Schwartz behauptet, Kaspar lache ihn hinter seinem Rücken aus und wolle ihm Schaden zufügen.«

Sie hielt vor einer roten Ampel, schaute nach hinten zu Rebekka, dann fuhr sie weiter.

»Aber reden wir von etwas Angenehmerem. Am Mittwoch hat Till für uns gekocht. Sein Lieblingsgericht, Tagliatelle Phantasia. Klingt nach Resteverwertung, nicht wahr? Ist es aber ganz und gar nicht. Alle Zutaten passen optisch zusammen. Als er mir das erklärt hat, musste ich laut lachen. Optisch! Das findet er die Hauptsache. Das Erstaunliche ist, dass das Gericht super schmeckt. Dazu hat er Tiramisu gemacht.« Sarah verdrehte die Augen. »Himmlisch! Ich habe eine Portion für dich eingefroren. Dave behauptet natürlich, Till wolle sich bei ihm einschmeicheln. Er wehrt sich immer noch dagegen, dass Till so oft bei uns ist.« Sie seufzte. »Ich glaube übrigens, Dave interessiert sich für ein Mädchen. Jedenfalls verbringt er plötzlich viel mehr Zeit mit Chatten. Vorgestern habe ich ihn dabei ertappt, wie er an Tills Rasierwasser schnupperte. Erst kürzlich noch bestand die Welt für ihn ausschließlich aus Fußball! Habe ich dir schon erzählt, dass er vielleicht aufhört zu spielen?«

Rebekka schaute sie stumm an.

»Gestern hat er etwas von American Football gesagt. Ich wusste gar nicht, dass diese Sportart bei uns gespielt wird. Das kann er sich aber gleich aus dem Kopf schlagen.« Sie hielt inne, als ihr die Ironie der Worte bewusst wurde. »Ich finde es zu gefährlich. Viele Footballspieler leiden später an neuropsychiatrischen Krankheiten, das belegen Studien. Alzheimer, Parkinson, Amyotrophe Lateralsklerose, Hirntumore oder, ganz schlimm, Chronisch Traumatische Enzephalopathie. Wegen der vielen Erschütterungen lösen sich die Gehirne der Spieler buchstäblich auf.« Sie schnaubte.

Rebekka imitierte das Geräusch, und Sarah musste lächeln.

»Aber das ist Dave natürlich egal. Hauptsache, es ist cool. Ich weiß, ich weiß, seine Dopaminrezeptoren sind noch klein, deshalb sucht er den Kick. Aber sogar ihm müsste einleuchten, dass er sein Gehirn braucht. Da sind Kaspar und ich ausnahmsweise einmal gleicher Meinung.«

Sarah bog in ein ruhiges Wohnviertel ab. Einige der alten Häuser waren durch neue moderne Villen ersetzt worden, statt geschwungene Erker und Giebel prägten Glasfronten die Fassaden. Sie empfand ihr Elternhaus wie eine Oase inmitten der neueren Bauten. Es war schlicht, doch die blauen Fensterläden, die gedrehten Stäbe und Halbbögen des schmiedeeisernen Balkongeländers verliehen ihm Charme.

Sie hielt vor einem Lattenzaun und öffnete das Tor. Früher hatte sich eine Garage am Hang hinter dem Haus befunden, nach dem Tod ihrer Mutter hatte Sarah diese zu einer Praxis umbauen lassen. Bis vor Kurzem hatte eine Craniosacral-Therapeutin den zweiten Raum gemietet, leider war sie nach Frankreich gezogen. Seither hatte der Raum leer gestanden. Am Montag würde der neue Mieter einziehen, ein therapeutischer Hypnotiseur, was Sarah anfangs befremdend fand. Doch nach mehreren Gesprächen mit verschiedenen Bewerbern hatte er sich als der Seriöseste herausgestellt. Es war ihr wichtig, keine Vorurteile zu hegen. Wenn ein Hypnotiseur hier seinem stillen Gewerbe nachgehen wollte, ihre Patienten nicht störte und seine Miete zuverlässig bezahlte, sollte ihr das recht sein.

Eine Steintreppe führte von der Straße aus zu einem separaten Eingang, der ehemalige Zufahrtsweg diente Sarah heute als Parkplatz. Sie stieg aus und rutschte beinah auf dem nassen Laub aus. Die Haustür öffnete sich, und Dave kam ihr entgegen. Seit er gemerkt hatte, wie Till Sarah zu Hilfe eilte, wenn sie schwer trug, bemühte er sich, es ihm gleichzutun.

»Wo warst du so lange?«, fragte er.

»Willst du deine Tante nicht begrüßen?« Sarah öffnete den Kofferraum und nahm den Rollstuhl heraus.

Dave sah flüchtig in Richtung Wagen. »Hallo Rebekka. Es ist schon eins. Ich bin hungrig.«

»Ich hatte eine Reifenpanne«, erklärte Sarah.

Dass Dave weder ihre nasse Kleidung noch die zerrissene Manteltasche bemerkte, erstaunte sie nicht. Wohl aber, dass er diesmal nicht half, den Rollstuhl aufzuklappen. Sie wollte ihn gerade darauf hinweisen, dann sah sie, wie er die Arme verschränkte.

»Dad holt mich in zehn Minuten ab.«

»Wie bitte?« Sarah richtete sich auf.

Dave zuckte mit den Schultern. »Ich habe dich angerufen, aber du bist nicht rangegangen.«

»Das ist unser Wochenende.« Sarah bemühte sich, sachlich zu bleiben. »Wir wollten heute Abend an deinem Vortrag weiterarbeiten.«

»Das hat noch die ganze Woche Zeit. Dad hat Tickets für ein Konzert.«

»Es ist mir egal, und wenn er Tickets für einen Flug zum Mond hätte. Unsere Abmachung lautet, dass du ein Wochenende bei ihm und das nächste zu Hause bei mir verbringst. Du warst letztes Wochenende dort.«

»Du merkst doch sowieso nicht, ob ich hier bin oder nicht!«

»Was soll das jetzt heißen?«, fragte Sarah scharf.

»Du hockst nur mit Rebekka rum.«

Sarah holte tief Luft. »Lad doch ein paar Freunde …« Sie verstummte. Seit Dave aufs Gymnasium ging, verkehrte er nicht mehr mit seinen alten Freunden. Ihr wurde klar, dass sie seine neuen Kumpels nicht kannte. Trennte er seine Welten absichtlich?

Sie sah ihm in die Augen. »Schämst du dich für Rebekka?«, fragte sie mit gedämpfter Stimme.

Er stöhnte. »Jetzt kommst du wieder mit diesem Psychoscheiß.«

Volltreffer. Sie hatte sich immer gewundert, wie locker er mit der Tatsache umging, dass seine schwerbehinderte Tante die Wochenenden bei ihnen verbrachte. Er hatte sich nie geziert, Freunde nach Hause zu bringen, sich nie beschwert, wenn Rebekka im Sommer im Schwimmbad oder bei seinen Fußballspielen mit dabei war.

»Hilf mir bitte, Rebekka aus dem Sitz zu nehmen«, sagte Sarah. »Wir reden drinnen weiter.«

Widerwillig öffnete er die Tür und löste Rebekkas Sitzgurt. Seine Handgriffe waren genauso sorgfältig wie immer, stellte Sarah erleichtert fest. Er setzte Rebekka aber nicht in den Rollstuhl wie früher, sondern trug sie ins Haus, scheinbar mühelos. Sarah blickte ihm nach. Er ist schon fast ein Mann, dachte sie. Körperlich zumindest. Wo ist der Junge geblieben, der mit dem Kickboard neben dem Rollstuhl herfuhr? Der Paninibilder sammelte, Lucky-Luke-Comics las, sich für Dinosaurier interessierte?

Sie folgte den beiden mit dem Rollstuhl und der Tasche. Im Eingang streifte sie die Schuhe ab, dann hängte sie ihren nassen Mantel auf. »Ich geh mich kurz umziehen.«

Dave setzte Rebekka in den Rollstuhl. »Dad kommt gleich.«

»So lange wird er warten können.«

Sarah stieg die Treppe hoch. Die Holzstufen knarrten. Auf halber Höhe fiel ihr eine Teppichläuferstange auf, die nicht mehr ganz fest saß. Die Messingstangen hatte ihr Großvater montiert, einige der Winkelösen hätten schon längst ersetzt werden müssen. Sarah nahm sich vor, sich endlich darum zu kümmern.

Ihr Schlafzimmer befand sich im ersten Stock, neben dem ehemaligen Kinderzimmer. Vor einem Jahr war Dave dort ausgezogen und hatte sich im notdürftig ausgebauten Dachstock einquartiert. Dass es durch die Ritzen der alten Fenster zog und die Wände nicht verputzt waren, störte ihn ebenso wenig wie der schmuddelige Flickenteppich. Einzig über den schlechten WLAN-Empfang beschwerte er sich.

»Dad ist da!«, rief Dave.

Sarah warf einen Blick aus dem Fenster. Vor dem Tor stand Kaspars BMW. Rasch schlüpfte sie aus den nassen Kleidern, griff nach der Trainingshose, die über dem Stuhl hing, überlegte es sich anders und holte eine frische Jeans aus dem Schrank. Vielleicht kam Till ja früher als vereinbart.

Kaspar stand bereits im Flur. Von der Treppe aus fiel Sarah auf, wie schütter sein Haar geworden war. Noch immer strahlte er eine Distinguiertheit aus, die an Arroganz grenzte.

Er hob die Hand. »Ich weiß, es ist dein Wochenende, und ich hätte vorher mit dir sprechen sollen, aber –«

»Nicht hier«, unterbrach Sarah. »Dave, bringst du Rebekka bitte in die Küche?«

Dave ging davon.

Sarah bedeutete Kaspar, ihr ins Wohnzimmer zu folgen. Vor langer Zeit hatten sie vereinbart, ihre Konflikte nicht vor ihrem Sohn auszutragen.

»Du stellst mich einfach vor vollendete Tatsachen!«, sagte Sarah verärgert. »Wenn ich zustimme, wird David … Dave … meine Regeln nicht mehr akzeptieren. Ausgerechnet jetzt, wo es wichtiger ist denn je. Und wenn ich ihn nicht gehen lasse, wird er mir das ganze Wochenende lang die kalte Schulter zeigen!«

»Es tut mir leid«, sagte Kaspar in dem patronisierenden Tonfall, der Sarahs Blut kochen ließ.

»Versuchst du, einen Keil zwischen Dave und mich zu treiben? Das ist nicht nötig, ich kann dir versichern, wir haben schon genug Probleme.«

Kaspar starrte sie an. »Was ist los mit dir? Ist etwas passiert?«

»Ja! Du walzt herein und –«

Er nahm ihren Arm und führte sie zum Sofa. »Sag mir, was wirklich los ist.«

Plötzlich verstand Sarah, wie Dave zumute war, wenn sie mit ihrem »Psychoscheiß« kam. Kaspar hatte natürlich recht. Der Vorfall im Heim hatte sie erschüttert. Doch sie hatte nicht vor, ihm davon zu erzählen. Er würde ihr vorwerfen, sie grenze sich zu wenig ab. Dass sie sich aus Liebe um Rebekka kümmerte und nicht, weil sie auf ihre Helferrolle fixiert war, wollte ihm nicht in den Kopf.

»Für wie blöd hält mich Dave eigentlich?«, sagte Sarah. »Nach dem Beethoven-Konzert, das du mit ihm besucht hast, klagte er darüber, wie langweilig es war. Ich weiß genau, dass er mir nur eins auswischen will.«

Kaspar rückte seine Goldbrille zurecht. »Wir gehen nicht in die Tonhalle. Sondern zum Bad-Religion-Konzert.«

»Bad Religion? Was ist denn das?«

»Eine Punk-Rock-Band aus den USA.«

Sarah glaubte, sich verhört zu haben.

»Sie soll gut sein.« Kaspar klang, als glaube er selbst nicht daran. »Die Texte sind sozialkritisch.«

Sarah begann zu lachen. Kaspar fürchtete sich offenbar genauso, den Zugang zu Dave zu verlieren, wie sie selbst.

Seine Wangen röteten sich. »Ein Arbeitskollege, der mit Grippe im Bett liegt, hat mich heute früh angerufen. Er wusste, dass ich einen Sohn im Teenageralter habe, und offerierte mir die Tickets.«

Sarah schaute ihn mitleidig an. Für Kaspar war es noch schwieriger, den Draht zu Dave zu halten. Sie vermutete außerdem, dass Tills Anwesenheit ihrem Exmann mehr zu schaffen machte, als er zugab. »Na gut, soll er gehen«, sagte sie. »Aber erst heute Abend, einverstanden? Damit er weiß, dass wir Abmachungen nicht leichtfertig über den Haufen werfen.«

»Einverstanden.« Die Erleichterung war ihm anzuhören. »Wie lief es heute Morgen mit Georg Schwartz?«

»Wie zu erwarten. Bist du sicher, dass der Rückfall nur durch die Medikamenten-Malcompliance ausgelöst wurde? Gab es keine anderen Belastungssituationen?«

»Belastung ist zu viel gesagt. Er führt ja, äußerlich gesehen, ein eher stressfreies Leben. Aber es reichen schon Kleinigkeiten als Trigger. Er hat in einem Antiquariat ein weiteres Buch über Mythologie gekauft und sich wieder in seine Namensgeschichte hineingesteigert. Du hast das sicher in seiner Akte gelesen. Der heilige Georg, der den Drachen tötet.«

»Ich weiß. Er soll über hundert Bücher zu diesem Thema besitzen.«

Kaspar nickte. »Viele davon handeln vom mittelalterlichen Drachenorden *Societas Draconistarum*, den es ja tatsächlich gab, was es nicht einfacher macht. In diese Geschichten hat er sich richtig verbissen. Und Drachentöter brauchen selbstverständlich keine Medikamente. Er fing an, sein Haldol zuerst unregelmäßig zu nehmen, dann setzte er es ganz ab. Die Folgen zeigten sich schnell. Es kam zum Rückfall. Selbstgespräche, vernachlässigte Körperpflege, Verhaltensauffälligkeiten, schließlich Wahnvorstellungen und Halluzinationen.«

»Verträgt er das neue Kombinationspräparat gut?«

»Ja. Aber er droht immer wieder damit, die Tabletten in den Höllenschlund des Drachen zu werfen, wie er es ausdrückt.«

»Ich werde ihn nächstes Mal darauf ansprechen.«

»Bitte informiere mich unverzüglich, wenn du Anzeichen eines erneuten Rückfalls bemerkst.«

Sarah verschränkte die Arme vor der Brust. »Ich bin jetzt seine behandelnde Ärztin. Ich werde tun, was ich für richtig halte.«

Kaspar hob den Kopf leicht und sah auf sie herunter. »Es kann sein, dass eine erneute Einweisung unvermeidbar ist.«

Beinahe hätte Sarah den Köder geschluckt. Im Gegensatz zu Kaspar war sie viel zurückhaltender, wenn es um fürsorgerische Unterbringungen, sogenannte FU, ging, die von manchen noch immer Zwangseinweisungen genannt wurden. Kaspar ließ keine Gelegenheit aus, sie zu belehren.

»Sollte ich eine FU anordnen, wirst du es erfahren«, sagte sie kühl.

»Hauptsache, du wartest nicht zu lange.«

»Das war unter der Gürtellinie!«

Kaum hatte sie das gesagt, bereute Sarah es auch schon. Kaspar durfte nicht wissen, dass sie immer noch unter der Geschichte litt. Er würde ihre Urteilsfähigkeit anzweifeln, ihr mangelnde Distanz vorwerfen.

Ihre Reaktion hatte sein Interesse geweckt. Sarah sah es an der Art, wie er sie musterte. Bevor er ihr Fragen stellen konnte, wechselte sie das Thema.

»Wann beginnt das Konzert?«

»Um acht. Ich dachte, wir könnten vorher noch etwas essen gehen.«

»Dave isst hier. Du kannst ihn um sieben abholen.«

Kaspar nickte kurz und ging zur Tür. Er legte die Hand auf die Klinke und drehte sich noch einmal um. »Wenn du darüber reden möchtest, ich bin immer für dich da.«

4

Montagmorgen. Bertram Lutz saß nervös auf dem Beifahrersitz. Er mochte es nicht, wenn ein anderer das Steuer in der Hand hielt. Das hatte nichts mit Macht oder Kontrolle zu tun, er fand ganz einfach, dass er ein guter Fahrer war, gelassen und umsichtig. Es gab überhaupt keinen Grund zu rasen. Der Spediteur der Umzugsfirma sah das anders. Seit sie von Bertrams früherem Praxisraum losgefahren waren, brauste der Mann mit einem irren Tempo durch die Stadt. Dazu rauchte er ununterbrochen. Bertram hatte ihm gesagt, dass ihn das störe, doch der andere hatte gebrummt: »Brauch ich. Muss mich konzentrieren.« Er zog demonstrativ an der Zigarette; erst als er am Filter angelangt war, öffnete er das Fenster einen Spaltbreit und schnippte den Stummel in den Regen.

Dieser trübe Novembermorgen war weiß Gott kein Tag für einen Umzug. Die Scheibenwischer wälzten Wassermassen quer über die Frontscheibe, die Sicht war schlecht, Bertram fröstelte trotz seines beträchtlichen Umfangs.

Endlich kamen sie an. Der Spediteur wendete den Lieferwagen in einem halsbrecherischen Manöver, fuhr rückwärts in den engen Weg und streifte dabei die Äste der Sträucher, was ein hässliches Kratzen verursachte. Vor der Treppe, die zur Praxis hinunterführte, stoppte der Wagen abrupt. Bertram stieg aus, öffnete seinen Schirm und sog die feuchte Luft ein.

»Da rein?«, fragte der Spediteur, unter jeden Arm einen Stuhl geklemmt.

Bertram nickte, öffnete den Haupteingang des hinteren Gebäudeteils und durchquerte den Warteraum der

Gemeinschaftspraxis. Zwei Türen führten in die abgeschlossenen Therapieräume: Links praktizierte die Psychiaterin Marten, rechts würde er seine Klienten empfangen. Er betrat sein neues Wirkungsfeld. Schön sah es aus, hell, großzügig, professionell. Kein Vergleich zu seinem vorherigen Raum, der ihn zwar nur die Hälfte gekostet hatte, jedoch in einem Hinterhof lag, in dem es tagein, tagaus nach Fritieröl und Meeresfrüchten vom nahen spanischen Restaurant gerochen hatte. Sarah Marten hatte seinen Praxisraum, nachdem die Vorgängerin gekündigt hatte, frisch streichen lassen, sodass nun alles schneeweiß erstrahlte.

Bertram hatte seinen beruflichen Werdegang gut durchdacht: In den letzten zwei Jahren hatte er mehrere Weiterbildungen auf dem Gebiet der spezifischen Phobien absolviert, dann die Suche nach einem besseren Therapieraum in Angriff genommen, die neue Webseite gestaltet und ansprechende Broschüren in Auftrag gegeben, die nun in verschiedenen Ambulanzen und Beratungsstellen auslagen.

Zum Glück folgte ihm fast sein ganzer Klientenstamm an den neuen Ort, nur eine ältere Dame hatte gesagt, der Weg sei ihr zu weit. Bertram war ganz froh, denn die Therapie mit ihr stagnierte seit Wochen, und er wusste nicht, woran es lag.

Er betrachtete seinen neuen Behandlungsraum mit angenehmem Besitzerstolz, fuhr mit dem Finger über die Fenstersimse. Kein Staub.

Der Spediteur schleppte Kiste um Kiste herein, leider wurde dabei der Parkettboden nass. Bertram würde ihn später aufwischen. Er half dem Umzugsmann mit den schweren Möbeln. Weil es nur wenige waren, hatte es sich nicht gelohnt, zwei Männer dafür anzustellen. Doch jetzt, wo es ums Zupacken ging, merkte Bertram, dass er an körperliche Betätigung nicht mehr gewöhnt war.

Früher war er aktiv in einem Ruderklub gewesen, doch da war er schlanker und fitter gewesen. Inzwischen musste er sich eingestehen, dass seine Stärken nicht physischer Art waren. Auch nicht ästhetischer Natur, da machte er sich nichts vor. Sein ehemals blondes, inzwischen undefinierbares Haar lichtete sich, sodass seine Kopfhaut an vielen Stellen zu sehen war. Über einen echten Bartwuchs hatte er nie verfügt, seine Wangen hingen schlaff nach unten, ganz zu schweigen von den Tränensäcken. Seine Stimme: leise, hoch und langsam. Alles andere als das, worauf Frauen standen oder was bei Männern für Respekt sorgte. Doch goldrichtig für seinen Job. Sobald er sprach, begann sich sein Gegenüber zu entspannen, loszulassen, zu vertrauen, das war schon immer so gewesen. Oft unterschätzte man ihn, traute ihm kein schnelles und klares Urteil zu. Aber da täuschten sich die Leute. Der Körper mochte Bertram nicht immer gehorchen, das Hirn jedoch war der Diener seines Willens. Noch nie hatte er etwas nicht erreicht, das er wirklich wollte. Auf seine ihm eigene milde Art gelang es ihm, die inneren Barrieren seiner Mitmenschen zu umgehen und zu ihrem Kern vorzudringen. Er war ein begnadeter Hypnotiseur, das wusste er.

Mit einem harten Schlag knallte eine Umzugskiste auf den Boden.

»Vorsichtig, bitte!«, sagte Bertram vorwurfsvoll.

Der andere knurrte etwas, holte den Rest der Möbel und Kisten und stapelte alles aufeinander. Dann war der Laderaum des Wagens leer. Der Mann steckte sich eine Zigarette in den Mund, aber Bertram schüttelte den Kopf: »Nicht hier drin!«

Der Spediteur zuckte mit den Schultern, meinte im Hinausgehen: »Bin fertig.«

»Danke für Ihre Arbeit«, sagte Bertram, doch der andere war schon verschwunden.

Unentschlossen blieb er stehen. In diesem Moment erschien Sarah Marten. Sie stellte den triefenden Schirm in den Ständer, kam ihm mit ausgestreckter Hand entgegen und begrüßte ihn. »Herzlich willkommen, Herr Lutz. Ich dachte, ich schau kurz vorbei, um zu sehen, ob alles gut über die Bühne ging.«

Bertram ergriff ihre Hand und fühlte, wie kühl und fest sie im Gegensatz zu seiner war. Eigentlich bevorzugte er Frauen mit etwas weniger Temperament, doch ihre Schönheit zog ihn an. »Der Umzug hat reibungslos geklappt, vielen Dank«, sagte er.

»Brauchen Sie noch irgendetwas?«

Bertram sah sich um. »Ich glaube, für den Moment habe ich genug zu tun mit Auspacken und Einrichten. Und den Boden« – er zeigte auf die Spritzer – »werde ich sogleich trocknen.«

»Das ist sehr freundlich.« Sie strich sich eine Locke hinters Ohr und fuhr fort: »Ihr Name steht noch nicht auf dem Schild am Eingang. Was soll ich eingravieren lassen? Bertram Lutz, Hypnotherapie?«

»Hypnose«, antwortete er. »Das reicht.«

Sie zögerte einen Moment. Es war die Art von Zögern, die er kannte. »Klingt für Sie nach Varieté und Hokuspokus, nicht wahr?«, sagte er. »Schauen Sie mir tief in die Augen, und tun Sie, was ich Ihnen befehle!«

Sie fühlte sich offenbar ertappt und lachte. »So meinte ich das nicht. Ich bin davon ausgegangen, dass Ihre Methode einen –«

»… therapeutischen Hintergrund besitzt? Selbstverständlich.«

»Nein, einen anderen Namen hat. Um sich von ebendiesen Klischees abzugrenzen.«

»Das ist nicht nötig«, erklärte Bertram sanft. »Wer schon

bei mir war, weiß, dass ich keine Karnickel aus dem Zylinder zaubere. Und wer Bedenken hat, sich in die Hände eines Hypnotiseurs zu begeben, tut das auch nicht, wenn es Entspannungstherapie genannt wird. Ich bin für Aufrichtigkeit.«

»Da haben Sie sicher recht«, räumte Marten ein.

Eine Stille entstand, die Bertram nicht mit Geschwätz füllte. Es störte ihn nicht, wenn sich Schweigen breitmachte. Das machte ihn ruhig und zentriert, während andere oft zappelig wurden.

Sarah Marten schien damit allerdings auch keine Probleme zu haben. Nach einer Weile sagte sie: »Also, nun muss ich los.« Sie schüttelte ihm nochmals die Hand, wünschte ihm einen guten Neuanfang und verließ die Praxis.

Bertram wischte das Parkett sauber, dann setzte er sich auf einen Stuhl. Er schaute sich im Raum um, überlegte, wie er ihn einrichten und beleuchten würde. Das Foto mit den Meereswellen würde er an die lange Wand hängen. Aus irgendeinem Grund sahen die meisten seiner Klienten darin den Inbegriff inneren Friedens. Innerer Friede. Wenn das Misstrauen schwand, die Angst sich zurückzog und eine positive Erwartungshaltung entstand, schmolzen die Menschen buchstäblich in seinen Händen. Bertram fuhr sich über das weiche Kinn und lächelte.

5

2 Jahre zuvor

Die kräftigen Hände zogen sie weg von der Leiche. Weg von ihrer erhängten Schwester. Lisas Verzweiflung war bodenlos, zerriss etwas in ihr. Etwas, das einmal ganz gewesen war. Weit entfernt und lange vergangen. Wie in Trance ging sie neben dem Mann her, der sie zielstrebig aus dem Raum führte. Verschwommen nahm sie wahr, dass er mit ihr sprach, spürte seinen guten Willen, verstand seine Worte nicht.

Sie kamen zu einem Büro. Der Mann wies ihr freundlich einen Stuhl zu, nahm auf der anderen Seite des Schreibtisches Platz. »Begreifen Sie, was passiert ist, Frau Lindner?«, fragte er, und Lisa kam es vor, als hätte er diese Frage schon ein Dutzend Mal gestellt. »Frau Lindner? Lisa? Wissen Sie, wo Sie sind?«

»In der Hölle«, entfuhr es ihr fast lautlos.

Der Mann lächelte verständnisvoll, zog seinen weißen Kittel aus und hängte ihn über die Stuhllehne. »Das sind Sie nicht, Frau Lindner.«

»Meine Schwester«, murmelte sie, »… meine Schwester ist tot. Sie hat sich …« Lisa brachte das Wort nicht über die Lippen. Versuchte es noch einmal, leise, langsam, als würde das Aussprechen der Wahrheit diese erneut aufleben lassen, immer und immer wieder, ein Karussell des Schreckens, das sich unablässig drehte. Und dennoch musste sie die Worte sagen: »Sie hat sich … umgebracht.« Trauer, schwarz und zäh, arbeitete sich nach oben, würgte sie im Hals, drückte ihr die Luft ab. Sie fühlte Panik, Ohnmacht.

»Beruhigen Sie sich, Frau Lindner. Das hatten wir doch schon mehrmals. Sie haben es immer überstanden. Atmen. Langsam und stetig atmen.«

Lisa nickte, versuchte, seinen Anweisungen zu folgen, zog die Luft vorsichtig ein, füllte ihre Lungen, drückte die Trauerschwärze nach unten, tief in ihren Urgrund.

»Gut machen Sie das, sehr gut. Und nun frage ich Sie nochmals: Wissen Sie, wo Sie sind?«

Lisa schaute aus dem Fenster, erkannte die großen Platanen, die den Park der Klinik Schlossau säumten, sah einen Schwarm Krähen, der über die Wipfel flog. »Ja.«

»Wissen Sie auch, wer ich bin?«

»Ja, ich weiß, wer Sie sind, Doktor Eckert.«

»Und ist Ihnen klar, was eben passiert ist?«

Lisa schluckte. »Meine Schwester …«

Kaspar Eckert sah sie an. »Ihre Schwester ist tot, Frau Lindner, da haben Sie recht.«

»Sie … sie hängt in dem Raum dort hinten … ganz allein, so schrecklich allein, in dem Raum, wo …« Der Kloß verschaffte sich erneut einen Weg nach oben, Lisa spürte den Verlust wie eine körperliche Wunde. Sie biss sich auf die Lippe, konnte nicht mehr weitersprechen.

Der Psychiater machte eine beschwichtigende Bewegung. »Niemand hängt hier in einem Raum, Frau Lindner. Es passiert nicht jetzt. Es ist nicht real. Verstehen Sie?«

»Nicht real?«

»Was Sie erleben, nennt sich Flashback. Darüber haben wir mehrmals gesprochen. Das stetige Wiedererleben dieser Situation ist Teil einer PTBS, einer posttraumatischen Belastungsstörung. Ihre Schwester hat sich das Leben genommen, und Sie waren es, die sie gefunden hat, das ist wahr. Aber nicht jetzt. Sondern vor vielen Jahren.«

Lisa fühlte, wie die Trauer jegliches Licht, jegliche

Hoffnung, jegliches Leben in ihr erstickte. Da war nur Dunkelheit, Schwere und Einsamkeit. »Es ist real«, flüsterte sie.

Doktor Eckert seufzte und warf einen kurzen Blick auf seine Armbanduhr. »Es tut mir leid, Frau Lindner, mein nächstes Gespräch findet in fünf Minuten statt. Ich begleite Sie auf Ihr Zimmer. Die Stationsverantwortliche wird sich um Sie kümmern.« Er klappte ihre Patientenakte auf, schrieb etwas hinein und sagte: »Ich werde Ihr Medikament leicht erhöhen. Es wird Sie etwas ruhiger machen.«

»Ich muss nicht ruhiger werden, Doktor Eckert.« Sie starrte auf ihre Hände. »Ich möchte nur … meine Schwester zurück.«

»Das ist verständlich. Aber leider unmöglich.«

Lisa hob den Blick und schaute ihrem Arzt kurz in die Augen. »Ich möchte hier weg. Ich habe Angst, an diesem Ort durchzudrehen.«

Eckert schüttelte den Kopf. »Das werden Sie nicht. Wir sind hier in einer psychiatrischen Klinik, dennoch ist dieser Begriff nicht ganz angebracht. Wir haben hier keine Durchgedrehten, sondern Menschen mit den unterschiedlichsten – «

»Ich habe Angst, wahnsinnig zu werden, Doktor Eckert! Der schwarze Kloß zieht mich in die Tiefe, verschlingt mich, nimmt mir alles. Bitte lassen Sie mich hier raus!«

»Sie leiden an einer Depression, Frau Lindner. Diese kann sich aus einer lang anhaltenden, nicht behandelten PTBS entwickeln. Wir haben darüber gesprochen, Sie erinnern sich?«

»Ich erinnere mich.«

»So, nun muss ich leider weiter. Ich rufe die Stationsleiterin.« Er griff nach dem Telefon, sprach ein paar Worte, lächelte Lisa aufmunternd zu.

Lisa sank wieder in sich zusammen. »Ich möchte sterben«, sagte sie so leise, dass ihr Arzt es nicht hören konnte.

Kaspar Eckert stand auf und besprach sich mit der eben eingetroffenen Stationsverantwortlichen.

»Ich möchte so sterben wie meine Schwester.«

6

»Sie sind in Gefahr, Doktor Marten.« Georg Schwartz starrte Sarah eindringlich an. Misstrauisch, lauernd. Auch etwas besorgt, wie Sarah feststellte. Unterschiedlichste Gefühle schienen in ihm zu kämpfen, ihn zu verwirren. Eine Strähne seines schütteren Haars hing ihm über das linke Ohr. Seine Haut hatte einen gelblichen Stich, als litte er unter einer schlecht ausgeheilten Lebererkrankung. Er hatte Sarah nicht begrüßt, nur diesen einen Satz geflüstert, hastig, zwischen zusammengebissenen Zähnen hervorgepresst. Er wartete auf eine Antwort von ihr. Als diese nicht unmittelbar folgte, checkte er mit schnellen Augenbewegungen den Praxisraum ab. Yucca-Palme unter dem Fenster, Diplome an der Wand, Schreibtisch, Stuhl und Lampe, Bücherregal mit den medizinischen Nachschlagewerken, ihren eigenen Veröffentlichungen und dem *Pschyrembel.* Er kontrollierte mit seinem Blick alle Ecken, dann schaute er auf den Rauchmelder in der Mitte der Decke, nickte wissend, wandte sich ihr wieder zu.

»Wie meinen Sie das, Herr Schwartz?«, fragte Sarah.

»Sie sind in Gefahr.« Die gleiche Botschaft, diesmal mit größerem Nachdruck.

Sarah musste ihre Worte sorgfältig wählen. Sie kannte ihren neuen Patienten noch kaum, doch wie sie in seiner Akte gelesen hatte, reagierte er in seinen akuten Paranoia-Phasen auf Beschwichtigungen aller Art höchst aggressiv. Vielleicht nicht ohne Grund. Kaspar war zwar kompetent in seinem Fach, verfügte jedoch über wenig Einfühlungsvermögen. Sarah hatte mehrmals erlebt, wie er erregte Patienten mit einem »das wird schon wieder« beruhigen wollte. In Stresszeiten tendierte er dazu, auf Phrasen zurückzugreifen. Meistens zu seinem eigenen Schaden. Bröckelndes Vertrauen wieder aufzubauen, dauerte länger, als sich Zeit für die richtigen Worte zu nehmen. Gut möglich, dass Georg Schwartz in einem psychischen Ausnahmezustand ohne die nötige Empathie betreut worden war.

»Bitte erklären Sie mir das, Herr Schwartz. Seien Sie versichert, dass ich mich in keiner Gefahr befinde.«

»Das wissen Sie nicht!«

Sarah hielt einen Moment inne. »Lassen Sie es mich so sagen: Sie haben recht, ich weiß tatsächlich nicht, welche Überraschungen das Leben noch für mich bereithält. Aber momentan habe ich nicht das Gefühl, dass ich in Gefahr bin.«

»Das sollten Sie aber!«, stieß Schwartz hervor und zeigte mit dem Kopf vorwurfsvoll zur Decke hoch.

»Das ist ein Rauchmelder«, informierte sie ihn ruhig. »Er funktioniert jedoch nicht. Er wurde irrtümlicherweise installiert.«

»Irrtümlicherweise?« Schwartz' Stimme wurde schrill. »Das sagt doch alles!«

Das war tatsächlich ein seltsamer Tag gewesen. Vor einigen Monaten hatte ein Techniker das Gerät in ihrer Abwesenheit eingebaut. Dave hatte ihm Zugang gewährt, nachdem dieser steif und fest behauptet hatte, Sarah habe das Ding in Auftrag gegeben. Dave hatte den Mann keine Sekunde allein in Sarahs Praxisraum gelassen, wie er beteuerte. Er wusste, dass sie keine Nachlässigkeit duldete, wenn es um die Persönlichkeitsrechte ihrer Patienten ging. Eine Rechnung hatte Sarah nie erhalten. Vermutlich hatte der Techniker den Fehler bemerkt. Seither war das kleine runde Teil Anlass für politische Späße zwischen Dave und ihr, bei denen wahlweise die CIA, die NSA oder der Mossad ihre Hände im Spiel hatten. Wenn Schwartz diese Hintergründe erführe, sähe er wohl seine tiefsten Ängste vor einem Überwachungsstaat bestätigt.

Schwartz deutete ihr Schweigen nach seinem eigenen Muster. »Jetzt wird es Ihnen klar, nicht wahr? Es gibt keine Zufälle. Da stimmt was nicht.«

»Was befürchten Sie wirklich, Herr Schwartz?«

»Hören Sie denn nicht zu?« Er zitterte. »Die haben ihre Augen überall! Die sind unbeschreiblich mächtig! Bis jetzt hatten sie es nur auf mich abgesehen, aber inzwischen …« Wieder schaute er sich um, dann rückte er weiter nach vorn und richtete seinen knochigen Zeigefinger auf Sarah: »Inzwischen sind auch Sie im Visier.«

»Im Visier von wem?«

»Sie glauben mir nicht«, sagte er resigniert.

Sarah hielt seinem Blick stand. »Ich glaube Ihnen, dass Sie davon überzeugt sind, bedroht zu werden. Und ich möchte Ihnen – «

»Sie helfen mir?«

»Ich helfe Ihnen.«

»Gegen … *die?*« Hoffnung flackerte in seinem Blick auf.

Das würde nicht einfach werden. Sarah sprach mit warmer Stimme. »Ich helfe Ihnen, besser mit diesem beängstigenden Gefühl fertigzuwerden.«

Den nächsten Satz schleuderte er ihr entgegen: »Sie machen einen großen Fehler! Sie haben ja keine Ahnung! Ich tue das für uns beide! Ich werde Sie beschützen. So geht das nicht mehr weiter. Ich bin so müde. Ich kämpfe schon seit so vielen Jahren. Ich bin … Die dürfen uns nicht fertigmachen! Wir müssen uns wehren! Wir müssen …« Er zitterte, wischte sich eine Träne aus dem Gesicht, »wir müssen sie vernichten, verstehen Sie? Wir müssen sie vernichten, bevor sie *uns* vernichten!« Er weinte nun haltlos, seine

Schultern zuckten, seine Arme hingen schlaff neben seinem hageren Körper.

Sarah fühlte, wie er litt. Gut gemeinte Worte würden nichts helfen, er war in seiner Welt gefangen. Sie musste das Thema Medikamente mit ihm besprechen, dringend. Aber jetzt war nicht der Moment dafür.

»Sie helfen mir?«, brachte er nun stockend hervor.

»Ja, ich helfe Ihnen.«

»Sie helfen mir, *die* zu töten?«

»Nein.« Sarah schüttelte den Kopf. »Ich töte nicht.«

Die ganze restliche Stunde drehte sich um nichts anderes. Sarah versuchte, Schwartz davon zu überzeugen, dass sein Problem nicht im Außen, sondern in seinem Inneren lag. Es gelang ihr nicht. Noch nicht. Aber sie war zuversichtlich. Sie hatte schon viele Patienten wie ihn gehabt, meist spielte sich in deren Köpfen Ähnliches ab. Was Sarah noch nie erlebt hatte, war, dass sie im Weltbild der Patienten die Schutzbedürftige darstellte. Im Gegenteil. In der Regel wurde sie als Angreiferin oder Betrügerin angesehen, als jemand, vor dem man sich in Acht nehmen musste.

Nachdem Schwartz ihren Praxisraum verlassen hatte, ertappte sie sich dabei, wie sie ihre Worte laut wiederholte: »Nein, ich töte nicht.«

Sie wunderte sich über sich selbst und fuhr ihren Computer hoch. Sie notierte sich einige Stichworte zur Sitzung mit Georg Schwartz, dann überflog sie ihre Mails. Der Lindengarten hatte nicht geschrieben. Auch nicht angerufen. Drei Tage waren vergangen, seit sie Rebekka in der Ergotherapie gefunden hatte. Die Heimleitung hatte versprochen, der Sache sofort nachzugehen. Warum dauerte das so lange? Sarah griff zum Telefonhörer. Sie zögerte. Zog die Hand zurück. Wenn sie die Leiterin zu sehr drängte, würde sie womöglich genau das Gegenteil von dem erreichen, was sie wollte.

Sarah beschloss, sich das Gutachten vorzunehmen. Sie hatte die Krankenakte übers Wochenende studiert, gestern dann die Beschwerdeführerin untersucht. Die Frau litt seit Jahren an einer rezidivierenden depressiven Störung. Wiederholt waren psychotische Symptome aufgetreten. In der Vergangenheit war sie bereits vier Mal eingewiesen worden. Die Realitätsverkennung war bei der Exploration deutlich zum Ausdruck gekommen. Sarah hatte eine leichte Suizidneigung festgestellt, da die Frau jedoch trotz vorhergehender hochakuter Phasen keine Handlungen in diese Richtung unternommen hatte, schätzte Sarah die momentane Suizidgefahr als gering ein. Kaspar war der Meinung, die Frau sei in einem klinischen Setting besser aufgehoben als zu Hause. Sarah sah das anders. Die vielen erzwungenen Behandlungen hatten zu einer starken Einkapselung geführt. Was die Frau aber mit Sicherheit brauchte, war eine gute Nachbetreuung.

Sarah rechnete damit, dass die Beschwerde trotz ihres Gutachtens abgelehnt wurde. Das 2013 neu in Kraft getretene Erwachsenenschutzrecht war viel restriktiver im Hinblick auf Entlassungen als das alte. Früher durfte ein Patient nach Hause gehen, sobald es sein Zustand erlaubte. Heute erst, wenn die Voraussetzungen für die Unterbringung nicht mehr erfüllt waren. Das war ein großer Unterschied.

Schuldgefühle beschlichen Sarah.

Immer noch.

Sie lehnte sich im Stuhl zurück, schaute aus dem Fenster. Wann würde sie die Selbstvorwürfe endlich überwinden? Ein einziger Fehler. Mit gravierenden Folgen. Nein, kein Fehler. Sie würde heute gleich handeln. Eine fürsorgerische Unterbringung war ein massiver Eingriff in die Freiheitsrechte. Im Zweifelsfall gewichtete Sarah Letztere höher.

Ein dumpfer Knall riss sie aus den Gedanken. Ein Vogel

war gegen die Scheibe geflogen. Sarah ging nach draußen. Sie hoffte, dass der Vogel mit dem Schrecken davongekommen war.

Eine Blaumeise lag an der Hauswand. Als Sarah die Hand nach dem Vogel ausstreckte, regte er sich nicht. Sarah schluckte. Sie konnte sich ihre plötzliche Traurigkeit nicht erklären. Behutsam hob sie die tote Blaumeise hoch und legte sie unter den Rosenbusch. Die welken Blüten neigten sich über das Tier, als wollten sie es beschützen.

7

Endlich war sie weg.

Kaum war die Tür ins Schloss gefallen und Mam unterwegs zu ihrem üblichen sportlichen Dienstagabendprogramm, schnappte sich Dave seinen Laptop, klemmte ihn unter den Arm und zottelte nach unten ins Wohnzimmer, wo der Internet-Empfang um einiges besser war als oben in seiner Bude. Aus dem Kühlschrank nahm er eine Cola und aus dem Eckregal eine Packung Erdnüsse. Mam mochte es nicht, wenn er abends noch knabberte. Sooft sie konnte, hielt sie ihm die steigende Zahl übergewichtiger Kids vor Augen. Worauf Dave jeweils auf seinen schlaksigen Körper zeigte und sagte: »Andere würden so was zwangsfüttern.«

Meistens lachte sie dann und sagte: »Du hast recht. Aber nimm wenigstens was Gesundes. Obst oder ein Stück Brot.«

Dave riss die Packung auf und schob sich eine Handvoll Erdnüsse in den Mund. Als wenn auch nur *ein* vernünftig denkender Mensch auf dieser Welt abends Obst essen würde. Aber Mam war schon okay, auf ihre Art.

Er fühlte einen Anflug von Übelkeit. Schon seit einer Weile machte ihm sein Magen zu schaffen. Vor ein paar Tagen hätte er fast in den Bus gekotzt und hatte es im letzten Moment noch zurückhalten können. Fieber hatte er wohl keines, Husten oder Halsschmerzen auch nicht, bloß immer wieder dieses Bauchrumoren. Zur Sicherheit warf er noch ein paar Erdnüsse ein, um das Ganze etwas zuzupflastern.

Er schmiss sich aufs Sofa, pflanzte die Füße aufs Beistelltischchen und legte seinen hauchdünnen Laptop auf den

Schoß. Das Gerät war ein Geschenk von Dad zu Daves fünfzehntem Geburtstag vor zwei Wochen gewesen und verfügte über restlos alle Schikanen, die man sich wünschen konnte. Sah aus wie ein Mac, silbern, glänzend, mit unglaublich scharfem Bildschirm, lief aber auf Windows, hatte ein gigantisches Terabyte Speicher, IntelCore i7, 16 GB, rundum der Hammer. Als Mam es sah, meinte sie, Dad habe mal wieder völlig übertrieben und dass der Laptop wie jeder andere nach zwei Jahren veraltet wäre. Dave hatte gesagt, er lebe *jetzt*, was in zwei Jahren sei, gehe ihm völlig am Arsch vorbei, worauf Mam antwortete: »So nicht!«

Dad, der sich über Daves Begeisterung freute, meinte halbherzig: »Deine Mutter hat schon recht. Aber du kannst ihn jetzt trotzdem erst einmal genießen.«

Dave spürte einen kleinen Stich, obwohl er sich natürlich schon lange daran gewöhnt hatte, dass seine Eltern nicht mehr zusammen waren. Es war ja nicht so, dass sie sich hassten.

Er nahm einen Schluck Cola, knabberte ein paar Nüsse und loggte sich ein. Draußen rüttelte der Wind gegen die Fensterläden. Vielleicht würde es wieder gewittern. Er liebte das. Er hatte schon mehrmals haargenau im richtigen Moment mit seinem Handy abgedrückt und Blitze fotografiert, die sich über den ganzen Himmel zogen. Er hatte die Bilder gleich auf seine Instagram-Plattform gestellt, und sein bester Freund Andy hatte sie mit dreimal *Geil* kommentiert.

Er öffnete seinen Chat.

Sein Herz schlug etwas schneller.

Sie war online. *Snowdrop*.

Wenn er in seinem Zimmer im Internet war, gab es ärgerliche Verzögerungen, und oft genug wurde er einfach offline geworfen – mitten im Chat! Er hoffte, dass Snowdrop sich nicht eines Tages verabschieden würde, weil sie es leid war, immer wieder unterbrochen zu werden. Darum machte er sich wenigstens an den Dienstagabenden im Wohnzimmer breit.

Er klickte auf seinen Nickname *Crazy Lizard* und tippte: *ey, alles easy bei dir?*

Snowdrop: *alles easy. und du? bio-arbeit abgegeben?*

Crazy Lizard: *noch nicht. werde die halbe nacht damit verbringen*

Snowdrop: *fuck bio!*

Dave schickte ihr den stöhnenden Smiley, dem der Schweiß von der Stirn rann.

Ein paar Sekunden war Pause.

Dann schrieb Snowdrop: *hab mir den neuen song von den »no-tones« runtergeladen. kennst du ihn?*

– wie heißt er?

– me against the world

– kenn ich nicht. cool?

– PLUS tiefgang! drums, bass UND cello! total düster und stark. und echt gute lyrics. handelt von einem, der nicht auffällt, aber tief drinnen hat er besondere fähigkeiten

– ?

– er hat flügel, von denen nur er weiß. im dunkeln, wenn niemand ihn sieht, kann er fliegen. verstehst du?

Dave verstand.

Snowdrop kannte ihn. Sie wusste, welche Musik er hörte und auf welche Games er stand, sie kannte die Bücher, die er las, und die Filme, die er sich reinzog. Er hatte ihr erzählt, dass er scheiße in Bio war und in Mathe. Na ja, eigentlich in fast allen Fächern. Dass er das Gymnasium nicht nur schmeißen wollte, sondern vermutlich auch rausfliegen würde. Er hatte ihr von seinem wiederkehrenden

Albtraum geschrieben, in welchem er abheben und losfliegen wollte, doch seine Flügel waren entweder brüchig oder zu mickrig, um ihn zu tragen. Oder – am schlimmsten – seine Schwingen hoben ihn zwar in die Luft, knickten aber während des Fluges ab, und er stürzte in die Tiefe. Jedes Mal erwachte er danach schweißgebadet.

Seiner Mam sagte er nichts davon. Bestimmt hätte sie sich Zeit für ihn genommen und ihm erklärt, warum sein Unbewusstes solche Bilder produzierte, bestimmt hätte sie ihm aufmerksam zugehört und genau richtig reagiert, ihn ernst genommen, ohne das Thema Albträume zu wichtig zu nehmen. Darin war sie gut. Doch da musste er allein durch.

Oder mit Snowdrop.

– *werde mir den song auch runterladen*, schrieb er.

In diesem Moment ertönte ein Hüpfton. Dave holte sein Telefon aus der Hosentasche und sah, dass Andy ihm ein WhatsApp geschrieben hatte: *na alter, sturmfrei heute abend? lust auf einen splattermovie bei mir?*

Andy hatte einen echt abartigen Filmgeschmack, viel zu blutrünstig für Dave. Aber das musste er ihm ja nicht auf die Nase binden.

– *heute nicht, hab zu tun. bio-arbeit*

– *klingt berauschend. bist du sicher, dass du noch lebst?*

– *ein anderes mal*

– *zieh ich mir »sinister« eben allein rein*

– *haben wir eh schon gesehen.* Dave erinnerte sich. Grauenhaft. Aber er hatte durchgehalten, Chips gefuttert und gehofft, Andy merke nicht, wie er immer wieder zusammenzuckte.

– *so what? »hellraiser« haben wir auch zweimal geschaut. have fun mit bio!*

Dave legte das Handy zur Seite und sah, dass Snowdrop wieder geschrieben hatte: *bist du noch da, crazy lizard?*

– sorry, nachricht reingekommen

– wichtig?

– nee, nur andy

– andy IST wichtig. er ist dein freund

– so hab ich das nicht gemeint. wollte nur sagen … Er überlegte, wie er sich ausdrücken sollte, damit sie ihn nicht als aufdringlich empfand.

– kannst es ruhig aussprechen, crazy lizard. würde mich mega freuen! :-)

Sie wusste es. Dave gab sich einen Ruck: *wollte nur sagen, du bist mir wichtiger.* Jetzt oder nie, dachte er und schrieb ihr, was er ihr zwischen den Zeilen schon hundert Mal mitgeteilt hatte, jedoch nie mit den wirklichen Worten: *ich bin in dich verliebt, snowdrop*

– geht mir genau gleich, crazy lizard!

Dave war überglücklich. Er hatte Snowdrop noch nie in real life getroffen, wusste nicht mal, wie sie aussah, aber in all den Wochen, in denen sie miteinander chatteten, hatte sich eine Nähe entwickelt, die er noch zu keinem anderen Menschen gespürt hatte.

– soll ich dir ein foto von mir schicken?, fragte sie.

– das wär so was von cool! Endlich!

– vielleicht habe ich gelbe zähne, bin glatzköpfig und fett wie ein pottwal! :-D

– bist du nicht

– und wenn?

– würde es nichts ändern. die inneren werte sind wichtig. Das klang jetzt etwas pathetisch und stimmte auch nicht ganz. Falls sie wirklich ein Pottwal war, würde das natürlich schon was ändern.

– ich glaube dir, crazy lizard! moment schnell. ich lade das foto hoch

Dave konnte es kaum erwarten. Es dauerte ein paar

Sekunden. Er trank hastig den letzten Schluck Cola, spürte, wie der Laptop auf seinen Oberschenkeln surrte.

Dann kam das Bild. Sie trug ein blaues Trägeroberteil, das ihre Brüste betonte, hatte langes, dunkles Haar, ein ebenmäßiges Gesicht wie ein Model und ein Lächeln, so süß, dass er sie gleich küssen würde, wenn sie jetzt hier wäre und er sich trauen würde und … er spürte, wie sein Körper reagierte. Zum Glück konnte sie das nicht sehen.

– *du siehst fantastisch aus*

– *kein pottwal?*

– *kein pottwal*

Dave blickte mit ungläubigem Staunen auf das Bild von Snowdrop.

Ausgerechnet jetzt kam wieder ein WhatsApp rein. Dave schielte aufs Handydisplay. Andy. Hätte er sich ja denken können.

– *yo, mann, letzte chance, hab soeben sinister runtergeladen. kannst immer noch rüberhüpfen*

Dave schaute wieder auf Snowdrop.

– *hab auch bier,* schrieb Andy.

Dave beugte sich vor, als wollte er in Snowdrops Ausschnitt linsen.

– *heineken, mann! vier dosen!*

Dave nahm das Handy in die Hand.

– *nö, keine Zeit,* tippte er hastig.

– *bio so cool?*

– *bio fantastisch!*

– *du bist echt ein perversling*

Dave grinste und steckte das Handy in seine Hosentasche.

Er wartete auf die nächste Zeile von Snowdrop und ahnte, was kam. Und es kam.

– *darf ich ein foto von dir sehen?*, fragte sie.

Scheiße.

– *pottwal?*, fragte sie, als er nicht antwortete.

– *eher giraffe*

– *innere werte und so :-)*

– *bist du sicher?*, tippte er.

– *ganz sicher*

– *muss schnell ins zimmer hoch, USB-stick holen, daten noch nicht aus neuem laptop geladen*

– *ok*

– *dauert ein paar min*

– *no problem*

– *wirklich nur ein paar min*

– *werde inzwischen ein thai curry kochen, die abschlussprüfung schreiben und das zimmer neu möblieren*

– *:-))*

Dave raste die Treppe hoch. Er fand den Stick in einer Kartonschachtel zwischen Kugelschreibern, farbigen Markierstiften und Post-its, an denen Staub klebte. Er lief damit ins Wohnzimmer zurück, schob ihn in den USB-Anschluss seines Laptops und lud das einzige Foto hoch, auf dem er nicht völlig bekloppt aussah. Wenn er ehrlich war, wirkte er sogar ziemlich abgefahren. Es war auf einer Reise aufgenommen worden. Mam und er hatten im Sommer einen Städtetrip nach Prag gemacht, sie hatte die ganze Zeit geknipst und später einen *Unsere-Reise-nach-Prag*-Bildband drucken lassen. Auf einem Bild sah man ihn, wie er die Füße in einem Springbrunnen baumeln ließ und mit Daumen-hoch-Zeichen schräg in die Kamera blickte. Das blonde Haar hing ihm ins Gesicht, verdeckte den Pickel neben der Nase. Dass er weder Bizeps noch Trizeps hatte, konnte er zwar nicht verbergen, aber immerhin trug er ein schwarzes Shirt mit dem Bandlogo der No-Tones.

Er wartete ein paar Sekunden.

Dann kam Snowdrops Nachricht: *crazy lizard, du siehst so sympathisch aus!*

Sympathisch. Das war mehr, als Dave erwartet hatte. Er schickte einen Smiley und schrieb dann: *was bedeutet eigentlich snowdrop? schnee… tropfen? flocken?*

– nein, ist die blume. schneeglöckchen. was crazy lizard heißt, weiß ich. hab es nachgeschaut: verrückte echse. warum?

– gewisse echsen – die verrückten! – können abgetrennte gliedmaßen nachwachsen lassen. das hat mich beeindruckt

– du meinst füße und beine?

– genau

– abgebrochene flügel?

Snowdrop sah in seine Seele. Anders konnte er es nicht ausdrücken. Sie wusste, wer er war. So was widerfuhr einem vielleicht nur ein einziges Mal im Leben.

– danke, snowdrop

– gleichfalls. und weißt du was, verrückte echse?

– was?

– ich werd gleich was tun, was ich im chat noch nie getan hab: ich verrat dir meinen echten namen. sagst du mir deinen?

– david. aber alle nennen mich dave

– dave. das passt zu dir. :-)

– und du?

– ich heiße tamara. aber meinen zweiten vornamen willst du nicht wissen, der ist so was von too much!

– klar will ich den wissen!

– nicht lachen: anastasia. würg!

Dave fand Anastasia überhaupt nicht schlimm. Er ließ sich die Namen auf der Zunge zergehen. Tamara Anastasia. Er betrachtete wieder ihr Bild auf dem gestochen scharfen Desktop, stellte sich vor, wie sie durch die Stadt gingen, sein Arm lag auf ihren Schultern, wie sie zufällig Andy begegneten, der bei Tamaras Anblick zu sabbern anfing.

– *hast du lust auf etwas völlig krasses?*, fragte sie nun.

– *klar!*, gab er zurück und speicherte ihr Foto auf seinem Handy.

– *heute abend geht eine unplugged-session einer zürcher indie-band im dynamo ab. wollen wir hin?*

Sie wollte ihn treffen! Dave atmete tief durch. Mam würde ausflippen, wenn sie erfuhr, dass er abends allein wegging, ohne ihr was zu sagen. Andererseits … meist trank sie nach dem Sport noch etwas mit einer Freundin, und seit Neuestem mit Till.

– *nur, wenn du keinen ärger kriegst*, deutete Tamara seine Pause richtig.

– *no problem*

– *dann kommst du? wir treffen uns auf der kleinen brücke vor dem dynamo und gehen dann zusammen rein?*

Dave überlegte kurz. Was, wenn Mam doch vor ihm zurückkam? Plötzlich hatte er die Lösung: Er würde ihr einen Zettel schreiben und behaupten, er übernachte bei Dad. Wenn er Glück hatte, sprachen seine Eltern die nächsten paar Monate sowieso nicht miteinander, weil gerade kein Patient irgendwo eingewiesen werden musste.

– *ja,* schrieb er glücklich, *ich werde da sein*

8

Sarah atmete langsam aus und baute ihre Rückenspannung auf. Sie versuchte, die Gedanken abzuschalten, blendete den Übungsraum, den Trainer, die anderen Bogenschützen aus. Sie konzentrierte sich einzig und allein darauf, gleichmäßig am Bogen zu ziehen. Ihre Füße waren fest mit dem Boden verankert, die Muskeln in den Schultern warm. Sie spürte die Sehne an ihrem Kinn und den Pfeil in ihrer Hand, das vertraute Gefühl ließ sie die Welt um sie herum vergessen. Es gab nur noch die Zielscheibe und die Kraft ihres Körpers.

Sie bereitete sich darauf vor, die Finger zu lösen. Dachte an die Worte ihres Trainers. *Du musst der Sehne erlauben zu gehen.* Sie entspannte die Zughand, öffnete die Brust. Spürte, wie der Pfeil nach vorne schoss. Einige Sekunden blieb sie reglos stehen, hielt die Spannung aufrecht, dann ließ sie den Bogen sinken und trat von der Schießlinie zurück. Der Pfeil steckte im roten Kreis, nicht im gelben.

Der Trainer schüttelte den Kopf. »Du hast den kleinen Finger wieder angespannt. Die anderen zogen nach.«

Sarah nickte.

Der Trainer tippte sich auf die Stirn. »Es passiert hier oben. Nicht hier.« Er wackelte mit den Fingern. »Mit dem letzten Atemzug müssen alle Gedanken aus deinem Kopf verschwinden. Idealerweise gerätst du in eine Art Trance.«

Ob sie das je schaffen würde? Sie hatte nach der Scheidung mit dem Bogenschießen begonnen, weil sie etwas gebraucht hatte, das sie nur für sich tat. Nicht für Dave, nicht für Rebekka, nicht für ihre Patienten. Sie hätte auch zum Volleyball gehen, ein Instrument spielen oder sich regelmäßig massieren lassen können. Damals hatte sie nicht geahnt, dass Bogenschießen genau die Fähigkeit trainieren würde, die sie bei sich am meisten vermisste: das Loslassen.

Jeden Dienstagabend machte sie um siebzehn Uhr Schluss, packte ihre Ausrüstung und fuhr in die Schießanlage. Früher hatte sie jeweils eine Betreuung für Dave organisieren müssen, nicht einmal darum brauchte sie sich noch zu kümmern. Normalerweise begann sie schon auf der Fahrt, den Alltag hinter sich zu lassen. In Gedanken schloss sie Akten der Patienten, distanzierte sich von deren Problemen – und vergaß auch ihre eigenen.

Heute war ihr das nicht gelungen. Noch während sie Armschutz und Handschuh anlegte, dachte sie an Rebekka. Die Heimleiterin behauptete, Heike, die Springerin, habe Rebekka nicht in die Ergotherapie gebracht. Sarah sah ihre Schwester in der Dunkelheit sitzen, das Gesicht gegen die Wand gerichtet. Als ob Rebekka sich alleine mit ihrem Rollstuhl dorthin hätte bewegen können! Sie konnte nicht mal den Löffel zum Mund führen.

»Noch zwei Runden«, verkündete der Trainer. »Zum Schluss üben wir nochmals den Apachen-Griff.«

Sarah zwang sich, nicht länger an Rebekka zu denken. Sie nahm einen Pfeil aus dem Köcher und richtete sich auf. Jetzt hatte sie den neuen Patienten vor Augen. Etwas beunruhigte sie, doch sie wusste nicht, woher dieses Gefühl kam. Objektiv zeigte Georg Schwartz die klassischen Symptome einer paranoiden Schizophrenie, von den zusammenhangslosen Gedanken über die Wortneubildungen bis hin zu den inadäquaten Reaktionen, einer lähmenden Ambivalenz und dem Verlust seiner Ich-Identität. Seine Erkrankung war die häufigste Form von Schizophrenie überhaupt. Dennoch war etwas an ihm anders. Sarah dachte an die Art und Weise, wie er sie heute Nachmittag fixiert hatte, als er den Stimmen in seinem Kopf lauschte.

Kaspar hatte ihr nahegelegt, in Sachen Einweisung nicht lange zu zögern. Seit jeher vertraten sie einen anderen Ansatz. Zwar stand für sie beide das Wohl des Patienten an erster Stelle, doch während Kaspar therapeutische Maßnahmen auch gegen den Willen des Behandelten durchführte, standen für Sarah die Wünsche ihrer Patienten im Mittelpunkt. Natürlich versuchte sie, ihnen den Nutzen einer Behandlung vor Augen zu führen. Weigerten sie sich aber, ein Medikament einzunehmen oder sich stationär behandeln zu lassen, respektierte sie das. Nur im äußersten Notfall griff sie zu Zwangsmaßnahmen. Sie hoffte, dass sich Georg Schwartz nicht als ein solcher Notfall herausstellen würde.

Der nächste Pfeil traf nur noch ins Blaue.

Der Trainer trat zu ihr. »Mach ein paar Blindschüsse. Einatmen, zielen, und schließ die Augen, bevor du die Finger löst. Konzentrier dich nur auf deine Hand. Stell dir vor, wie sie an deinem Ohr vorbeizieht.«

Sarah hob den Bogen erneut.

»Ganz locker«, sagte der Trainer. »Das ist kein Besen, sondern ein Bogen.«

Erst jetzt merkte Sarah, dass sie den Griff fest umklammerte. Sie atmete tief in den Bauch hinein. Zielte auf sechs Uhr. Schloss die Augen. Spürte den Mittelfinger am Mundwinkel, den Zeigefinger an der Wange. Öffnete in einer fließenden Bewegung die Hand, die ihr Ohr streifte. Hörte, wie der Pfeil einschlug.

Er steckte mitten im gelben Ring. Zehn Punkte.

»Schöner Schuss!«, sagte der Schütze neben ihr.

»Danke.« Sie lächelte. Da war es wieder, dieses Gefühl, das sie so liebte. Als öffne sich tief in ihr etwas, wie eine

Teeblüte, die man mit warmem Wasser übergossen hatte. Georg Schwartz war weit weg, ebenso der Alltag. Es gab nur noch diese innere Ruhe, diese Einheit zwischen Seele und Körper. Statt noch andere Griffe und Schussdistanzen zu üben, blieb Sarah auf der Neun-Meter-Bahn und widmete sich den Blindschüssen. Sie hörte weder die Junioren, die neben ihr trainierten, noch die Schützen, die an den beiden Bistrotischen neben dem Eingang saßen und über einen Wettkampf sprachen.

Als sie fertig war, verabschiedete sich ihr Trainer mit einem Daumen-hoch-Zeichen von ihr. Sarah nahm ihren Bogen auseinander. Sie hätte ihre Ausrüstung auch im Sportzentrum deponieren können, doch sie hatte sich angewöhnt, zu Hause zwischen den Trainingsstunden Kraftübungen zu machen, um ihre Schultermuskulatur zu stärken, und dazu brauchte sie den Bogen.

Draußen war es stockdunkel. Sarah nahm die Bogentasche über die Schulter und wappnete sich gegen den kalten Nieselregen. Die Herbstjacke, die sie trug, war viel zu dünn, Sarah war noch nicht dazu gekommen, ihren zerrissenen Mantel nähen zu lassen, und in der Daunenjacke, die sie am liebsten trug, sah sie aus wie ein Michelin-Männchen.

»Hallo, Robin Hood.« Till stand neben der Tür, ein schiefes Lächeln auf dem Gesicht, und rieb sich die Hände. »Eigentlich fände ich Rotkäppchen passender« – er zeigte auf ihr Haar –, »aber ich kann mir nicht vorstellen, dass du dich von einem Wolf einschüchtern lässt.«

Sarahs Herz hüpfte. »Was machst du denn hier?«

»Ich wollte mich reinschleichen. Du siehst bestimmt wahnsinnig sexy aus mit Pfeil und Bogen.«

Sarah lachte. Mit der dunklen Wollmütze und der Lederjacke wirkte Till tatsächlich wie ein Einbrecher.

»Ist das alles, was ich kriege? Ein Lächeln?« Er spielte den

Beleidigten. »Ich habe gehofft, du würdest dich endlich erweichen und mich zuschauen lassen.«

»Ich lebe mit einem Teenager zusammen. Es braucht schon mehr, um mich umzustimmen, als einen schmoll–«

»Als einen gut aussehenden Mann, der dir zu Füßen liegt?« Er trat einen Schritt näher.

»An Selbstvertrauen mangelt es dir nicht.«

Bevor sie weitersprechen konnte, zog er sie an sich. Seine Lippen waren weich und warm, er roch nach Herbst und Fisherman's Friend.

Dann fragte er: »Soll ich die Tasche tragen?«

Sarah wollte schon Nein sagen, dann besann sie sich und reichte ihm ihre Ausrüstung. »Danke. Jetzt mal im Ernst. Was machst du hier? Hast du die Werke für Berlin bereits verpackt?«

»Es reicht, wenn ich sie morgen bereitstelle.« Sein Magen knurrte.

Sarah zog die Augenbrauen hoch. »Jetzt verstehe ich. Nicht die Vorstellung, den Abend mit mir zu verbringen, hat dich aus dem Atelier getrieben, sondern der Hunger.«

»Erwischt«, grinste Till.

»Neben der Börse gibt es einen neuen Inder. Was hältst du davon, wenn wir dorthin gehen? Das Bhindi Masala soll fantastisch sein.«

»Klingt gut.«

»Ich ruf nur schnell Dave an und sag ihm Bescheid.«

Till zögerte. »Wir können auch bei dir etwas kochen.«

»Das ist lieb von dir, aber Dave ist alt genug, um den Abend alleine zu Hause zu verbringen.« Sie hakte sich bei Till ein und kramte ihr Telefon hervor. Dave nahm nicht ab. Vermutlich saß er vor dem Computer. Sie machte sich nichts vor. Wenn sie weg war, arbeitete er nicht für die Schule. Sie schrieb ihm eine SMS.

Tausend Schmetterlinge flatterten in Daves Bauch. Es war ihm völlig egal, wie abgedroschen das klang, es stimmte haargenau! Er würde Tamara treffen! Snowdrop. Sein erstes, offizielles Date. Er fragte sich, ob er morgen vor Andy damit angeben oder sein Geheimnis lieber für sich behalten sollte.

Der Nieselregen war in Regen übergegangen. Dave erreichte die Haltestelle völlig durchnässt, doch das machte nichts, es steigerte seine Vorfreude. Nasses Haar, nasse Kleider, nasse Haut – und Tamara. Die Unplugged Session war nebensächlich. Vielleicht würden sie sich küssen, vielleicht ließ sie sogar ein bisschen mehr zu.

Tamara war keine kichernde Tussi. Ihr war es wichtig, ganz sie selbst zu sein. Auch wenn sie damit aneckte. Sie hatte ihm erzählt, dass ihr älterer Bruder oft kiffte und ihr auch mal einen Joint angeboten habe. Doch sie habe klar und deutlich Nein gesagt. Das imponierte Dave. Wenn er von Andy aufs Kiffen angesprochen werden würde (was demnächst geschähe, Andy baute schon *Connections* auf, wie er es nannte), würde er ebenfalls ablehnen. Er hatte das nicht nötig. Wie Tamara. *Us against the world.*

Der Bus hielt vor ihm, Dave stieg ein und setzte sich auf den hintersten Platz. Viele Fahrgäste waren um diese Zeit noch in die Innenstadt unterwegs, und Dave wurde zum ersten Mal bewusst, was er Nacht für Nacht verpasste. Er konnte es kaum erwarten, sechzehn zu werden. Siebzehn, achtzehn, erwachsen.

Sein Telefon klingelte. Andy soll sich seinen blöden Film allein anschauen! Trotzdem guckte Dave schnell aufs Display.

Mam.

Konnte er auch nicht brauchen. Er klickte sie weg. Kurz darauf hörte er sein Handy piepen. Mam oder Dad. Wer sonst schrieb noch SMS?

Es wird etwas später, mein Schatz. Bleib nicht zu lange auf. Mam.

Nicht zu lange aufbleiben? Der Abend hatte gerade erst angefangen! Dave ließ das Handy zurück in seine Hosentasche gleiten.

Sie fuhren am Universitätsspital vorbei, kurvten steil nach unten Richtung Central, wo Dave ausstieg. Er lief an der Limmat entlang und war zehn Minuten später beim Steg angekommen, der zum Platzspitzpark führte. Tamara war noch nicht da. Dave ging bis zur Mitte der schmalen Brücke und stellte sich in den Lichtstrahl einer Straßenlampe. Unter ihm rauschte der Fluss, rechts war das *Dynamo* zu sehen, am linken Ufer lag der Park im Dunklen.

Sarah zog ihre Kapuze hoch. Neben der Bogenschießanlage befanden sich eine Reihe Schrebergärten, hinter einem Zaun waren die dunklen Umrisse von Gartenhäuschen zu erkennen.

»Wie war dein Tag?«, fragte Till.

»Anstrengend«, sagte sie. »Ich habe zwischen Patententerminen drei Mal in der Stiftung Lindengarten angerufen, bis ich Doris erreicht habe. Das ist die Heimleiterin.«

»Streitet die Springerin immer noch ab, etwas mit der Geschichte zu tun zu haben?«

»Heike? Ja, offenbar. Sie behauptet, Rebekka sei in ihrem Zimmer gewesen.«

»Warum hat sie deine Schwester überhaupt allein gelassen?«

»Weil das Telefon im Büro geklingelt habe.«

»Glaubst du ihr nicht?«

»Dass Rebekka ohne jede Hilfe in die Ergotherapie gelangen konnte? Natürlich nicht.«

Till schwieg.

»Du weißt doch auch, dass Rebekka – «

»So habe ich es nicht gemeint.«

Sarah blieb stehen und sah ihn an. »Was dann?«

»Man liest doch immer wieder, dass …« Er verstummte.

»Dass was?«

»Vergiss es, meine Fantasie geht wieder einmal mit mir durch.«

»Sag mir, was du vermutest.«

»Ich vermute gar nichts. Aber man liest doch immer wieder von Gewalt in Heimen. Könnte es nicht sein, dass jemand Rebekka absichtlich in den dunklen Raum geschoben hat?«

Sarah war der Gedanke auch durch den Kopf gegangen, doch sie konnte sich nicht vorstellen, dass jemand im Lindengarten dazu fähig war. Sie kannte die meisten Betreuungskräfte seit Jahren, sie trugen Konflikte offen aus, sprachen Missstände an.

Oder wollte sie das einfach nur glauben?

Till drückte ihre Hand. »Wir werden dem auf den Grund gehen.«

Wir. Ein einziges Wort, doch eine Last fiel von Sarah ab. Sie spürte die Kälte nicht mehr, ihre Schritte wurden beschwingt. Die Energie übertrug sich auf Till, und plötzlich rannten sie im Regen zur Bushaltestelle. Wie zwei Kinder, dachte Sarah. Im Bus legte ihr Till den Arm um die Schultern, und sie schmiegte sich an ihn. Häuserfassaden zogen vorbei, davor ein Meer von Regenschirmen. Der nasse Asphalt reflektierte die Scheinwerfer der Fahrzeuge. Viel zu schnell kamen sie an der Börse an.

Das Restaurant war fast bis auf den letzten Platz besetzt. Der Kellner führte sie zu einer kleinen Nische.

»For special guests«, sagte er und reichte ihnen die Speisekarten.

Nachdem er gegangen war, beugte sich Till vor. »Ich habe es schon immer gesagt. Du bist etwas Besonderes.«

»Nein, *du* bist etwas Besonderes.« Sarah griff nach seiner Hand. »Wirklich, Till. Du bedeutest mir viel.«

Er schaute ihr in die Augen. »Du mir auch.«

Lange sahen sie sich an. Sarah glaubte, dass er noch etwas hinzufügen wollte, doch in diesem Moment kam der Kellner, um ihre Bestellung aufzunehmen.

»Nimmst du auch ein Glas Wein?«, fragte Till.

»Wein zu indischem Essen?«

»Der Gewürztraminer schmeckt leicht nach Ananas und Papaya. Passt hervorragend.«

»Warum nicht? Ja, gerne. Aber nur ein Glas. Ich habe morgen einen anstrengenden Tag.«

Der Kellner sammelte die Speisekarten ein und verschwand hinter einer Ganesh-Statue.

»Wie kommst du mit der Installation voran?«, fragte Sarah.

Till lehnte sich zurück. »Gut.«

Sarah wartete, doch es kam nichts mehr. Seit Monaten arbeitete er an *Linum*, wie er sein neustes Werk nannte. Egal wie geschickt sich Sarah anstellte, es gelang ihr nicht, ihm Details zu entlocken.

»Besteht die Installation aus LED-Röhren, wie das Werk, das in Berlin gezeigt wird?«, fragte sie. »Ich meine … aus energetischen Strömen?«

Er schwieg.

»Wann darf ich es sehen?«, bohrte sie.

Er schaute irritiert. »Wenn ich fertig bin.«

»Und wann – «

»Grimanesa Amorós kommt nach Koblenz«, wechselte er das Thema. »Magst du mit mir die Ausstellung besuchen? Ich habe Amorós vor Jahren in New York erlebt, ihre

Lichtskulpturen sind großartig. In Koblenz wird auch ihre neuste Videoarbeit zu sehen sein.«

Sarah zögerte.

»Rebekka kann selbstverständlich mitkommen«, fügte Till hinzu.

»Das würde dich nicht stören?«

»Natürlich nicht.«

Ob er es wirklich so meinte? Oder würde er ihr später Vorwürfe machen, wie Kaspar? Sich darüber beklagen, dass sie zu wenig Zeit für ihn hatte? Sarah betrachtete ihn. Seine Augen hatten den gleichen warmen Braunton wie die Ganesh-Figur. Erstmals ließ sie Gedanken an eine gemeinsame Zukunft zu. Bisher hatte sie versucht, im Hier und Jetzt zu leben. Till hatte ihr von Anfang an gesagt, dass er Freiraum brauche. Eine Familie passte nicht in sein Konzept. Dennoch verbrachte er immer mehr Zeit mit ihr und Dave. Kam jetzt auch Rebekka dazu? Sarah beobachtete seinen aufkeimenden Familiensinn aufmerksam, sprach ihn aber nicht darauf an, aus Angst, das Flämmchen zu ersticken.

Der Kellner schenkte ihnen Wein ein, und Till hob das Glas. »Auf die Zukunft«, sagte er, als habe er ihre Gedanken erraten.

»Auf uns«, sagte Sarah. Sie nippte an ihrem Glas, der Wein schmeckte hervorragend. »Wir kennen uns schon sieben Monate.«

»Sieben Monate, eine Woche und zwei Tage«, korrigierte Till.

Der Kellner stellte ein Rechaud auf den Tisch und zündete die Kerzen an.

Sarah lachte. »Das weißt du so genau?«

Till beugte sich vor. »Wie könnte ich den 9. März vergessen? Ich wollte mir nur rasch ein Sandwich holen, stattdessen – «

»… hast du eine Kaffeedusche bekommen.« Sarah dachte daran, wie sie mit dem Becher in der Hand von der Theke weggetreten und mit Till zusammengeprallt war.

»Das war meine Schuld, ich stand viel zu nah.« Er senkte die Stimme. »Ich fand dich eben schon da unwiderstehlich.«

Der Kellner stellte Messingschalen mit Safranreis, Bhindi Masala, Vada Curry und Aviyal aufs Rechaud. Sarah nahm den Duft von Kreuzkümmel und Kurkuma wahr, doch ihr stand der Sinn nach etwas anderem. Till grinste und zwinkerte ihr zu. Wie gut er sie kannte.

Als sie das Lokal verließen, nahm Till sie in den Arm und küsste sie. »Ich bestell uns ein Taxi«, flüsterte er ihr ins Ohr.

Zu Hause angekommen, steckte Sarah den Schlüssel ins Schloss und blickte dabei automatisch nach oben. Im Dachstock brannte kein Licht. Schlief Dave schon? Sie öffnete die Tür.

Es war dunkel. Sarah tastete nach dem Lichtschalter. Till griff nach ihrer Hand.

»Ich muss zuerst nach Dave schauen«, flüsterte Sarah.

»Ich glaube nicht, dass sich ein Fünfzehnjähriger über einen Gutenachtkuss freut«, sagte Till. »Ich hingegen …« Seine Lippen berührten die ihren, zart und liebevoll, dann zunehmend fordernder.

Sarah vergaß nicht nur Dave, sondern alles um sich herum. Sie protestierte nicht, als Till ihr den Pullover über den Kopf zog. Auch nicht, als er sie ins Schlafzimmer zog. Mit dem Fuß schloss er die Tür hinter sich.

Sarah ließ los.

Ein garstiger Wind fegte Dave um die Ohren, doch er fühlte sich warm. Jugendliche kamen grüppchenweise an ihm vorbei und verschwanden im *Dynamo*. Darunter viele Gothic-Anhänger, Dave erkannte sie an den schwarzen Mänteln mit aufgedruckten Totenköpfen, den Zylindern, Rüschenkleidern und Spitzenschirmchen. Ob sie auch zu dieser Szene gehörte? Er nahm sein Handy hervor und schaute Tamaras Bild nochmals an. Tamara mit ihrem blauen Oberteil.

Er wartete.

Jetzt, wo er sich nicht mehr bewegte, begann er zu frieren. Sein Haar war klatschnass, die Tropfen rannen ihm in den Nacken und den Rücken hinunter. Wie spät war es? Bald zehn. Sie hatten keinen genauen Zeitpunkt abgemacht. Er wusste nicht, wie lange Tamara bis zum Treffpunkt brauchte. Sie wohnte am Stadtrand. Er ging ein paar Schritte hin und her, sah immer mehr Leute ins Dynamo eintreten und hörte dann die Musik. Hoffentlich nur die Vorband.

Es schüttete unaufhörlich weiter.

Halb elf. Dave schlotterte vor Kälte. Der wummernde Bass war aus dem Konzertraum zu hören. Draußen standen ein paar Jugendliche und rauchten, von der entfernten Straße war eine Polizeisirene zu hören.

Elf. Daves Lippen fühlten sich taub an, er musste dringend pinkeln, konnte die Brücke aber nicht verlassen, weil Tamara ganz bestimmt in dem Moment auftauchen würde, wenn er irgendwo hinter einem Baum in den Regen pisste. Seine Stimmung sank auf den Nullpunkt. So lange *konnte* es vom Stadtrand bis hierher doch nicht dauern. War ihr etwas zugestoßen? Sie hatten keine Telefonnummern ausgetauscht.

Halb zwölf. Noch immer hämmerte die Musik. Dave hielt den Druck nicht mehr aus und pinkelte von der Brücke in den Fluss.

Regen.

Warten.

Frust.

Mitternacht.

Die Musik verstummte, das Konzert war beendet. Die Leute strömten aus dem Dynamo, duckten sich unter ihre Schirme, das Aufglühen von Zigaretten war im Halbdunkel zu sehen, dann verzogen sich die Konzertbesucher.

Dave blieb allein zurück.

Tamara würde nicht mehr kommen.

Er kämpfte mit den verdammten Tränen. Was sollte er tun? Nach Hause fahren? Sich Mams Donnerwetter aussetzen? Tatsächlich bei Dad eintrudeln, mitten in der Nacht? Wie sollte er das erklären?

Tamara konnte ihn nicht versetzt haben. Nicht sie, niemals! Es musste eine andere Erklärung geben. Dave wischte sich eine Träne aus dem nassen Gesicht, verließ die Brücke.

Plötzlich tauchte eine Gestalt aus dem Dunkeln vor ihm auf: »Hey, Kleiner, du siehst beschissen aus. Lust auf ein bisschen Fun?«

Als Sarah die Augen aufschlug, schien der Mond durchs Fenster. Die Wolken hatten sich vorübergehend verzogen, am Himmel hing eine blasse Sichel. Es musste mitten in der Nacht sein. Sarah lag mit angezogenen Beinen in einem Kokon aus Wärme und Geborgenheit. Till hatte sich an ihren Rücken geschmiegt, sie spürte seinen gleichmäßigen Atem. Vorsichtig löste sie sich aus seiner Umarmung, griff nach ihrem Bademantel und schlüpfte aus dem Zimmer, um in der Küche ein Glas Wasser zu trinken.

Im Flur war es viel zu hell. Das war ihr am Abend nicht aufgefallen. Es dauerte einen Moment, bis Sarah begriff, weshalb. Daves Tür stand offen. Die Straßenlaternen schienen durch die Dachfenster und warfen ein milchiges Licht ins Haus. Ob mit Dave alles in Ordnung war? Sarah schlich die Treppe hoch, sorgfältig darauf bedacht, nicht auf die knarrenden Stufen zu treten.

Sie warf einen Blick in Daves Zimmer. Das Bett war leer. Übernachtete Dave bei einem Freund? Sarah dachte daran, dass sie seit dem Essen mit Till nicht ein einziges Mal aufs Handy geschaut hatte. Wenn ihm etwas passiert war?

Rasch drehte sie sich um und eilte die Treppe hinunter. Mit einer Hand hielt sie sich den Bademantel zu, mit der anderen strich sie sich das Haar aus dem Gesicht. Sie sah, wie die Schlafzimmertür aufging. Bevor sie Till erklären konnte, was los war, wurde ihr der Boden unter den Füßen weggerissen. Sie ruderte mit den Armen, versuchte zu begreifen, was geschah. Sie schoss über die Treppenstufen. Ein stechender Schmerz fuhr ihr ins Knie und das Bein hoch. Sarahs Kopf prallte gegen etwas Hartes.

Die Welt wurde schwarz.

9

Dave schnellte herum. Ein Typ mit Ziegenbärtchen, ein paar Jahre älter als er, lümmelte sich ans Geländer, neben ihm zwei Mädchen in Daves Alter. Eine der beiden hielt einen Schirm über das Grüppchen, die gelb-grünen Fische darauf leuchteten im Dunkeln.

Das Ziegenbärtchen wiederholte seine Frage: »Lust auf ein bisschen Fun?«

»Lasst mich in Ruhe«, erwiderte Dave und ging den Weg zurück Richtung Bus.

Das eine Mädchen kicherte, das andere fügte hinzu: »Ganz easy, wir sind harmlos.« Die drei lachten, als wäre dies der abgefahrenste Spruch aller Zeiten. Bestimmt waren sie besoffen und suchten sich ein Opfer, über das sie sich lustig machen konnten. Dave stapfte weiter durch den Regen.

Der Typ hielt ihn am Ärmel. »Slow down, Kleiner, wir haben gutes Dope, und du siehst aus, als könntest du was gebrauchen. Ist heute kostenlos im Angebot.«

Schrilles Gelächter. Nicht wirklich höhnisch, eher mitleidig. Noch schlimmer. Dave war der Loser, und sie wollten ihn aufpäppeln. Dennoch zögerte er. Was konnte es schon schaden. Er hatte nichts mehr zu verlieren. *Us against the world* war weit weg. Eines der Mädchen sah wirklich hammermäßig aus. Und nach Hause konnte er sowieso nicht.

»Okay«, sagte er. »Wohin?«

»Ins *Black Sheep*. Ist ab achtzehn. Kennst es?«

»Klar.« Dave hatte keine Ahnung.

»Ich bin Max«, sagte das Ziegenbärtchen.

»Vanessa.«

»Chiara.«

Die drei schlenderten vor ihm her. Dave sah, wie die fluoreszierenden Fische in der Dunkelheit auf und ab hüpften. Er dachte wieder an Tamara. War der Chat ein Fake gewesen? War er auf die billige Masche eines Pädo-Arschs hereingefallen, der ihn mit einem falschen Bild geködert hatte? Dann hätte er ihn aber nicht abblitzen lassen, sondern ihn in irgendeinen Hinterhalt gelockt.

Nach zwanzig Minuten waren sie in der Nähe des Prime Towers angekommen. Sie bogen in eine Seitengasse. Eine Traube Leute stand vor dem Eingang eines Szeneclubs. Max bahnte sich einen Weg durch die Menge.

Der Türsteher, ein Schwarzer mit blond gefärbtem Afro, warf einen Blick auf Dave und knurrte: »Ausweis.«

»Gehört zu uns«, sagte Max. »Lass ihn rein.«

Der Schwarze zuckte die Schultern. »Wie du meinst.«

Sie traten ein.

Eine ehemalige Fabrikhalle mit Metallsäulen, die Wände unverputzt, die Decke aus Beton. Eisblaues Stroboskoplicht auf dem Dancefloor. Schneller Beat. Körper, die sich Haut an Haut bewegten. Ein DJ stand in der Mitte der Halle auf einem Podest am Mischpult, die Tanzenden grüppchenweise um ihn herum. Hinten war eine Bar, oben eine Galerie, auf der zwei schwarze Schafe im Rhythmus aufleuchteten, daneben der Schriftzug *Black Sheep*. Dave versuchte, gelangweilt zu wirken, so als würde er sich die Nächte regelmäßig in Clubs um die Ohren schlagen.

Max wälzte sich durch die Leute, steuerte auf die Galerie zu, die Mädchen folgten ihm, Dave im Schlepptau. Sie setzten sich auf die letzten freien Plätze. Es roch nach Hasch. Max zog ein Päckchen hervor, bröselte ein braunes Klümpchen in ein Papier und drehte einen Joint. Routiniert rollte er das Teil, leckte es ab und klebte es zusammen. Dave war fasziniert.

Max reichte den Joint herum und sagte spöttisch: »Peace and Happiness.«

Die Mädchen zogen daran, Dave ebenfalls, und bald schon hatte das Gekicher von Vanessa und Chiara einen neuen Höhepunkt erreicht. Die Musik verunmöglichte jegliches Gespräch, worüber Dave froh war. Er inhalierte und wartete gespannt auf die Wirkung.

Die Minuten vergingen.

Nichts.

Keine Farben, keine Muster und Spiralen, kein Peace und Happiness.

Max drehte den zweiten und dritten Joint, Chiara rückte näher an Dave heran. Dave sog den Rauch ein, wie er es bei Zigaretten schon gemacht hatte, hielt ihn ein paar Sekunden zurück, stieß ihn wieder aus und sah, wie er sich im allgemeinen Qualm auflöste.

Er wartete weiter.

Verdammte Scheiße, es passierte einfach nichts! Wo blieb das Gefühl von geflashed und stoned, von dem alle immer erzählten?

Chiara rief ihm etwas zu. Er verstand es nicht. Sie kam näher, schrie in sein Ohr: »Enttäuscht? Ist das dein erstes Mal? Passiert bei allen, es braucht etwas Erfahrung, bis man es merkt.«

Sie legte ihre Hand auf sein Knie. Dave antwortete nicht.

Chiara reichte ihm einen Drink. Dankbar kippte ihn Dave hinunter. Scheiße noch mal, heute Nacht würde er sich das Hirn wegsaufen, Tamara war nicht aufgekreuzt, seine Bio-Arbeit hatte er sowieso vermasselt, an seine Eltern durfte er gar nicht denken. Es war ein hochprozentiges Gesöff, kein Vergleich mit Bier, echt eklig, mit Zitrone, Minze und irgendwas, das er nicht kannte. Max machte mit Vanessa herum, Chiara reichte Dave das zweite Glas.

Und das rauschte in ihn hinein wie eine Dampfwalze. Dave hörte sich Bullshit reden, sah sich mit Chiara schäkern, obwohl er normalerweise seine Klappe nicht aufbrachte. Die Musik hämmerte in seinen Knochen, Chiara griff in seinen Schritt, sein Körper reagierte sofort.

»Du bist süß«, sagte sie.

»Du auch«, gab er beduselt zurück.

Er spürte ihre Lippen auf den seinen, dann ihre Zunge in seinem Mund. Fuck, war das geil! Ihm wurde heiß. In der einen Hand hielt er noch immer das Glas, die andere machte sich selbstständig. Er grabschte nach Chiaras Brust, erwartete ein empörtes Nein, und als das ausblieb, machte er weiter. Er nestelte an ihrer Bluse herum, küsste sie, nass und ungestüm, roch ihren Alkoholatem, fühlte sein weiches Hirn und seinen harten Unterleib, hörte den Bass und das Schlagzeug in seinen Ohren, spürte, dass er gleich kam.

Aus dem Augenwinkel nahm er ein Blitzlicht wahr.

10

Sarah!« Die Stimme klang weit entfernt. »Kannst du mich hören? Sarah!«

Sarah versuchte, die Augen zu öffnen, doch sie hatte keine Kontrolle über ihren Körper. Etwas Kantiges drückte gegen ihren Rücken, in ihrem Kopf pochte es schmerzhaft. Ihr war gleichzeitig heiß und kalt.

»Rühr dich nicht, ich ruf einen Krankenwagen!«

Sie riss die Augen auf. Sah Till über sich, starr vor Schreck.

»Dave … weg.« Ihre Stimme war dünn.

»Bist du verletzt? Wo tut es dir weh?«

Langsam bewegte Sarah ihre Glieder. Das Knie schmerzte, doch mit ihrer Wirbelsäule schien alles in Ordnung zu sein. Dem Himmel sei Dank. Als sie sich aufsetzen wollte, wurde ihr erneut schwarz vor Augen. Sie spürte Tills Arme unter Beinen und Rücken und wie er sie hochhob. Ihre Ohren dröhnten, ihr war übel. Till trug sie in die Küche, setzte sie behutsam auf einen Stuhl. Allmählich ließ das Dröhnen nach.

Till tupfte ihr mit einem feuchten Tuch die Schläfe ab. »Du blutest.«

Sarah zitterte. Sie musste sich an der Tischkante festhalten, um nicht umzukippen. Ihr Blick fiel auf einen Zettel. Daves Schrift.

»Was … ist das?«

Till griff nach der Notiz. *»Schlafe heute bei Dad«*, las er vor.

Sie spürte ihre Erleichterung. Und Wut. Dave hielt sich immer weniger an ihre Abmachungen. Von einem Teenager war nichts anderes zu erwarten, aber dass Kaspar ihr in den Rücken fiel, ärgerte Sarah.

»Mein Handy«, bat sie.

»Sarah!« Till ging vor ihr in die Hocke. »Du bist soeben die Treppe hinuntergestürzt. Du hast eine Platzwunde am Kopf! Vergiss Dave für einen Augenblick. Bist du sicher, dass du nicht ernsthaft verletzt bist?«

Sarah kontrollierte ihren Puls, er war leicht erhöht. Sie streckte die Arme aus, winkelte sie wieder an, zog die Beine hoch. Das Knie schmerzte, aber sie konnte es bewegen. »Höchstens eine leichte Gehirnerschütterung«, sagte sie.

Till atmete erleichtert aus.

Sarah schluckte. »Der Boden … er war plötzlich weg.«

»Eine Teppichläuferstange hat sich gelöst. Warum hast du mir nicht gesagt, dass ich mich darum kümmern soll?«

Sarah hörte den Vorwurf in seiner Stimme.

»Entschuldigung«, sagte Till. »Das war nicht so … als ich dich dort liegen sah, ist mir beinahe das Herz stehen geblieben.«

»Mir ist nichts passiert. Ich hatte großes Glück.« Sarah berührte seine Wange. »Hilfst du mir bitte auf? Ich möchte ins Bad.«

Vor dem Spiegel untersuchte Sarah die Verletzung an ihrem Kopf. Einem Patienten hätte sie gesagt, sie müsse genäht werden, doch ihr fehlte die Energie, um jetzt in die Notfallstation zu fahren. Sie holte Desinfektionsmittel und Steri-Strips hervor und versorgte die Wunde. Ihre Augen brannten. Sarah realisierte, dass sie mit ihren Kontaktlinsen eingeschlafen war. Sie nahm sie heraus und legte sie in die Reinigungsflüssigkeit. Anschließend humpelte sie zurück in die Küche.

»Könntest du mir die Handtasche bringen?«, bat sie Till.

Er zögerte.

»Ich möchte nur sehen, ob mir Kaspar eine Nachricht hinterlassen hat, um sicher zu sein, dass Dave bei ihm ist.« Sarah holte das Handy hervor. Nichts.

Till nahm ihr das Telefon aus der Hand und führte sie ins Schlafzimmer.

Sarah ließ es geschehen. »Weckst du mich bitte in zwei Stunden? Falls ich eine Gehirnerschütterung habe. Wenn ich mich seltsam verhalte, musst du mich ins Krankenhaus fahren.«

Till stellte den Wecker.

Als sie das nächste Mal erwachte, war es hell draußen.

Till, der auf einem Stuhl neben ihrem Bett saß, bemerkte ihren Blick und sprang auf. »Wie geht es dir?«

»Wie spät ist es?« Sie setzte sich auf. »Ich habe einen –«

»Ich habe deinen Termin abgesagt. Leg dich wieder hin.« Er setzte sich auf die Bettkante. »Wie fühlst du dich?«

»Besser. Glaube ich. Du hast meinen Termin abgesagt? Woher weißt du davon?«

Als Till nicht sofort antwortete, fragte sie: »Hast du in meinen Unterlagen nachgeschaut?«

Till hob abwehrend die Hände. »Ich wollte nicht schnüffeln! Doch was hätte ich tun sollen?«

Sarah legte sich wieder hin. »Danke für deine Mühe. Aber bitte mach das nie wieder.«

Er presste die Lippen zusammen und stand auf. »Kann ich dir etwas bringen?«

Sarah seufzte. »Till –«

»Schon in Ordnung. Möchtest du Kaffee?«

»Ich komme runter. Es geht mir viel besser, wirklich.«

Er nickte kurz und verließ das Zimmer. Sarah schloss die Augen. Sie hätte ihre Worte sorgfältiger wählen müssen, nach allem, was Till für sie getan hatte.

Der Kaffee war bereit, als sie in die Küche kam, der Tisch für sie gedeckt.

Sarah legte die Arme um Till. »Danke für alles.«

»Ich bin froh, dass dir nichts Ernsthaftes passiert ist. Ich muss los. Bist du sicher, dass du zurechtkommst?«

Sarah war immer noch schwindlig, sie zwang sich jedoch, ein wenig zu essen. Dann duschte sie ausgiebig und ging in die Praxis hinunter.

Als sie das Therapiezimmer betrat, dachte sie daran, wie einfach es für Till gewesen war, an ihre Patientendaten zu kommen. Sie schloss den Schrank, in dem sie die Akten aufbewahrte, zwar immer ab, doch der Schlüssel hing an ihrem Schlüsselbund. Jeder aus ihrem Umkreis konnte sich problemlos Zugang zu allen Informationen verschaffen. Also auch Kaspar. Oder Dave. Sarah nahm den Schlüssel vom Ring und überlegte, wo sie ihn verstecken könnte. Ihr Blick fiel auf die Leselampe, die im Regal stand. Sarah brauchte sie nie, weil sie nur mit Batterien funktionierte. Der Schlüssel passte perfekt ins leere Batteriefach.

Sie spürte, wie erschöpft sie war. Die Ereignisse hatten ihr wohl mehr zugesetzt, als sie sich eingestehen wollte. Normalerweise nutzte sie die Stunden zwischen Patiententerminen, um Berichte zu schreiben. Dazu fühlte sie sich heute nicht in der Lage. Fehler konnte sie sich keine erlauben, nicht, wenn es um Menschen ging. Stattdessen holte sie die unbezahlten Rechnungen hervor. Skeptisch schaute sie auf die Rechnung der Autowerkstatt. 1160 Franken? Für eine neue Kofferraumabdeckung? Dave hatte die alte beim Einladen des Rollstuhls abgerissen. Von zweihundertfünfzig Franken war die Rede gewesen. Dann sah sie, dass die Reifen ausgewechselt worden waren.

Sarah steckte die Rechnung zurück in den Umschlag. Das war so nicht abgesprochen, sie würde sich das nicht gefallen lassen. Sie griff nach dem Hörer. Und legte ihn wieder zurück. Ihr war flau zumute, etwas frische Luft täte ihr gut. Sie würde die Sache persönlich erledigen.

Draußen sog sie die kalte Luft ein. Den Wagen zu nehmen, war ihr zu riskant. Vorsichtig machte sie sich zu Fuß auf den Weg. Dass sie sich steif fühlte, überraschte sie nicht. Aber warum waren ihre Glieder so schwer? Eine Nachbarin winkte ihr zu, Sarah gelang es knapp, die Hand zum Gruß zu heben. Als sie zur Hauptstraße kam, war sie schweißgebadet. Die letzten Meter bis zur Bushaltestelle fielen ihr schwer. Auf der Fahrt nickte sie kurz ein, fast hätte sie den Stop-Knopf zu spät gedrückt.

In der Werkstatt lehnte sich Sarah gegen die Wand.

Der Mechaniker kroch unter einer Motorhaube hervor. »Frau Marten! Alles in Ordnung?«

»Nur ein kleiner Unfall. Bin die Treppe runtergefallen.« Sie dachte daran, wie oft sie diese Worte von Patientinnen gehört hatte, und spürte den Drang zu erklären, dass kein gewalttätiger Partner dahintersteckte.

»Warten Sie, ich hol Ihnen einen Stuhl.« Der Mechaniker verschwand im Büro und kehrte mit einem Schemel zurück.

Dankbar setzte sich Sarah. »Ich komme wegen der Rechnung.«

»Ja?«

Sie zeigte matt auf die Rechnung. »1160 Franken?«

»Neue Reifen sind teuer.«

»Die alten hätten es noch einen Winter lang getan.« Selbst ihre Stimme klang schwach.

Der Mechaniker zuckte die Schultern. »Finde ich auch.«

»Warum haben Sie dann neue aufgezogen?«

Der Mechaniker starrte sie an. »Weil Sie uns damit beauftragt haben.«

»*Ich* soll Sie damit beauftragt haben?«

»Hören Sie, wenn Sie mit unserer Arbeit nicht zufrieden – «

»Darum geht es nicht! Ich habe nichts von neuen Reifen gesagt.«

Der Mechaniker wurde wütend. »Auf dem Armaturenbrett lag eine Notiz. Darauf stand, wir sollen die Reifen ersetzen.«

»Das kann nicht sein.« Sarahs Kopf pochte.

Der Mechaniker marschierte ins Büro und kam kurz darauf mit einer Notiz zurück.

Bitte Reifen ersetzen. Mit freundlichem Gruß, Sarah Marten.

Es war ihre Schrift. Kein Zweifel. Hatte sie sich beim Sturz ernsthafter verletzt, als sie angenommen hatte? Litt sie unter einer retrograden Amnesie? Das würde ihre plötzliche Müdigkeit erklären. Es kam vor, dass Symptome auch noch zwölf Stunden nach einem Unfall auftraten.

»Entschuldigen Sie«, sagte sie leise. »Ich … ich fühle mich nicht so gut.«

Sie torkelte hinaus ins Freie.

»Frau Marten!«, rief ihr der Mechaniker nach. »Soll ich Sie nach Hause fahren?«

Sie konnte nicht darauf reagieren, nur mit Mühe hielt sie sich aufrecht. Langsam setzte sie einen Fuß vor den anderen. Sie kam an einer Bäckerei vorbei, davor standen einige Bistrotische. Sie musste sich setzen. Etwas stimmte ganz und gar nicht.

Sie holte ihr Handy hervor und wählte Tills Nummer.

»Sarah, kann ich dich in zehn Minuten zurückrufen?« Es war Kaspars Stimme, nicht Tills.

»Kaspar?«, fragte Sarah verwirrt. »Warum … ist das …?«

Kurze Stille am anderen Ende. »Sarah? Was ist los?«

Hatte sie die falsche Taste gedrückt? »Ich weiß es nicht. Ich meine, doch, aber … es wird schlimmer statt besser.«

»Was ist passiert?«, fragte er scharf.

»Bin gestürzt. Treppe.«

»Wo bist du?«

Sie starrte auf den Schriftzug der Bäckerei. »Brot. Bei der Autowerkstatt.«

»Sarah? Sarah! Bist du noch dran?«

Warme Hände an ihrem Hals. Weiche Haut. Keine Schwielen. Nicht Till. Polstersitz, der Geruch von Leder. Schaukeln. Dann Desinfektionsmittel, Stimmen, Finger, die ihren Kopf abtasteten. Sarah kämpfte sich zurück ins Bewusstsein, öffnete die Augen. Sah Weiß. Über sich, neben sich. Ein Kreis. Ein Tunnel? Sie erinnerte sich verschwommen an Berichte von Nahtoderfahrungen. Stimmten sie doch? Sie versuchte, den Kopf zu drehen, schaffte es nicht.

»Sie ist wach.« Eine Männerstimme. »Dr. Marten? Können Sie mich hören?«

Sarah befeuchtete ihre Lippen. »Ja.«

»Verstehen Sie mich?«

»Ja.«

»Wir sind gleich fertig. Die Computertomografie wird uns Auskunft über das Ausmaß des Traumas geben.«

Ein CT-Scanner. Jetzt erkannte sie die Kontrastmittelpumpe, die Gantry. Sie hörte ein Surren, ein Klicken.

»Nichts«, sagte die Stimme etwas leiser.

»Keine Gehirnblutung?«, fragte Kaspar.

»Nein, nicht einmal eine Prellung. Krea- und TSH-Wert sind auch normal.«

Ein Gesicht tauchte in Sarahs Blickfeld auf, schmal und lang. Finger lösten die Befestigung an ihrem Kopf.

»Guten Tag, Dr. Marten. Ich bin Richard Vargas,

Facharzt für Radiologie im Universitätsspital. Dr. Stahlberger wird gleich hier sein.«

Ein weiterer Arzt betrat den Raum. »Kaspar! Schön, dich zu sehen! Auch wenn die Umstände unerfreulich sind.« Die Stimme war tief und voll. »Und Sie müssen Dr. Marten sein. Es freut mich, Sie kennenzulernen. Was ist geschehen?«

»Sie ist die Treppe heruntergefallen«, antwortete Kaspar. »Details kenne – «

»Die Teppichstange hat sich gelöst.« Sarah bemühte sich aufzusitzen. Sofort waren Kaspar und Stahlberger zur Stelle und griffen ihr unter die Arme. »Danke, es geht schon.« Sie fühlte sich um einiges wacher als in der Werkstatt. »Ich bin vermutlich mit dem Kopf auf eine Stufe geprallt.« Sie schilderte die genauen Umstände. »Als ich aufwachte, fühlte ich mich ganz gut. Die Müdigkeit kam erst später.«

»Sie schlief, als ich sie fand«, erklärte Kaspar. »Auf einem Stuhl, draußen in der Kälte. Vitalzeichen normal.«

Vargas zeigte Stahlberger die CT-Bilder. »Keine Auffälligkeiten.«

»Sieht gut aus«, stimmte Stahlberger zu. Er nahm eine Lampe hervor und leuchtete in Sarahs Augen. »Die Pupillen reagieren gleichmäßig.« Er führte eine Reihe weiterer neurologischer Untersuchungen durch, testete ihre Reflexe, ihre kognitiven Fähigkeiten, ihre Bewegungsabläufe. »Alles deutet auf eine leichte Gehirnerschütterung hin. Sehr leicht. Sie erreicht 14 Punkte auf der Glasgow-Koma-Skala, beinahe 15. Das ist gut.«

»Beschwerden und Diagnose passen nicht zusammen«, wandte Kaspar ein.

»Ich schlage vor, wir überprüfen die Hirnaktivität noch mit einem EEG«, meinte Dr. Stahlberger zum Schluss.

»Ein MRT würde mehr Gewissheit bringen«, sagte Kaspar.

»Warten wir das EEG ab, dann sehen wir weiter.«

Stahlberger meldete sie an, kurz darauf schob Kaspar Sarah in einem Rollstuhl durch die Gänge.

»Ich komme mir lächerlich vor«, sagte sie. »Ich kann wirklich selber gehen.«

»Die starke Müdigkeit gefällt mir nicht.« Kaspar klang ehrlich besorgt.

»Vielleicht war ich einfach nur erschöpft. Du weißt doch, wie es ist: Wenn man unter Druck steht, braucht es nur einen Trigger, und der Körper reagiert.«

»Ein Sturz die Treppe hinunter ist mehr als ein Trigger.« Kaspar verlangsamte seine Schritte, dann blieb er stehen.

»Was ist?«, fragte Sarah.

Er trat vor sie, ein seltsamer Ausdruck lag auf seinem Gesicht. »Wenn du reden möchtest, ich bin immer für dich da.«

Sarah begriff, worauf er anspielte. »Nein, Kaspar, da liegst du völlig falsch. Till hat nichts damit zu tun.«

Er hielt ihrem Blick mit professioneller Neutralität stand.

»Kaspar! Schau mich nicht so an!« Sarah stand auf. »Till hat mich nicht die Treppe heruntergestoßen. Er lag im Bett, als ich stürzte.«

»Warum hat er dich nicht in die Notaufnahme gefahren?«

»Weil ich es nicht wollte. Es ging mir den Umständen entsprechend gut. Er hat den Wecker gestellt und meinen Zustand alle zwei Stunden kontrolliert.« Sie setzte sich in Bewegung, den Rollstuhl vor sich herschiebend.

Kaspar folgte ihr. »Du kannst dich jederzeit an mich wenden, wenn du Rat brauchst. Auch fachlicher Natur.«

Sein gönnerhafter Ton reizte Sarah. Sie dachte an Daves unabgesprochene Übernachtung. Doch jetzt war nicht der

Moment, Kaspar darauf anzusprechen. Immerhin hatte er alles stehen und liegen lassen und war zu ihr geeilt.

»Danke. Ich weiß das zu schätzen«, sagte sie. »Was ich jetzt brauche, ist eine ruhige Ecke, um zu telefonieren. Ich muss zwei Patiententermine verschieben.«

»Ich kann das für dich übernehmen«, bot Kaspar an.

»Ich schaff das.«

Nachdem sie die Anrufe erledigt hatte, begaben sie sich in die Klinik für Neurologie. Das EEG zeigte ebenfalls nichts Außergewöhnliches. Sarah war sich inzwischen fast sicher, dass die Müdigkeit, die sie so schlagartig überfallen hatte, nicht auf den Sturz zurückzuführen war. Vermutlich hatte sie tatsächlich zu viel um die Ohren. Das erklärte auch, warum sie sich nicht daran erinnerte, den Reifenwechsel in Auftrag gegeben zu haben. Außerdem hatte der Vorfall mit Rebekka sie mehr mitgenommen, als sie sich eingestehen wollte. Sie traute dem Lindengarten nicht mehr vorbehaltslos, was sich in einer konstanten, kaum wahrnehmbaren Anspannung zeigte. Sarah nahm sich vor, die Kindes- und Erwachsenenschutzbehörde Kesb einzuschalten, wenn es der Heimleiterin nicht bald gelang, die Verantwortliche zu finden. Die Kesb hatte die Aufgabe, urteilsunfähige Personen zu schützen, unter anderem Menschen mit einer Behinderung. Bestimmt hatte man dort schon Ähnliches erlebt und wusste mit der Situation umzugehen.

»Im Moment sehe ich keine Veranlassung für ein MRT«, sagte Stahlberger, als sie in seinem Büro saßen. »Das Wichtigste ist jetzt Ruhe. Schonen Sie sich, Dr. Marten, schirmen Sie sich, wenn möglich, von äußeren Reizen ab. Kein Sport, kein Handy, keine Aufregung. Wenn die Beschwerden innerhalb dreier Tage nicht ganz abklingen, sehen wir weiter.«

»Vielen Dank«, sagte Sarah. »Es ist sehr freundlich, dass Sie sich so kurzfristig Zeit für mich genommen haben.«

»Das ist doch selbstverständlich.« Er wandte sich Kaspar zu. »Behalt sie im Auge. Ärzte sind die schlimmsten Patienten.«

Sarah lächelte.

Kaspar reichte ihm die Hand. »Das werde ich.«

Es war Mittag, als sie das Krankenhaus verließen. Eine blasse Herbstsonne schien am Himmel, sie verbreitete nicht viel Wärme. Sarah zog ihre Jacke enger.

»Bist du hungrig?«, fragte Kaspar.

»Ich habe keine Zeit, ich – «

»Du solltest dich jetzt ausruhen.«

»Kaspar, bitte! Bevor ich mich ausruhen kann, muss ich noch einiges erledigen. Ich habe Verpflichtungen. Das solltest du am besten wissen.«

»Vielleicht müsstest du das Leben ein bisschen lockerer nehmen.«

Fast hätte sie ihm vorgehalten, dass es einfacher wäre, sich zu entspannen, wenn sie am gleichen Strick ziehen würden. Vor allem, was Dave betraf. Doch sie nickte nur. Sich mit ihm zu streiten, kostete sie zu viel Energie.

»Du könntest dich auf deine Patienten konzentrieren und deine anderen Tätigkeiten etwas herunterfahren.«

Sarahs Magen zog sich zusammen. »Darauf willst du also hinaus.«

Vor einigen Wochen hatte sie einen Artikel über Patientenrekurse veröffentlicht, ein Thema, das auf psychiatrischen Akutstationen immer wieder zu Diskussionen führte. Wie so oft vertraten Kaspar und sie gegenteilige Meinungen. Sarah fand es nicht richtig, dass mit einer medikamentösen Zwangsbehandlung begonnen werden konnte, bevor ein Gericht über die Beschwerde des Patienten entschieden hatte. Sie hatte dafür plädiert, dass diese eine aufschiebende Wirkung haben müsste.

»Manche Behandlungen sind dringend«, sagte Kaspar jetzt. »Was nützt es dem Patienten, wenn sein Willen zwar respektiert, sein Leiden aber verlängert wird? Dein Problem ist, dass du schon zu lange nicht mehr in einer Klinik arbeitest.«

»Du weißt ganz genau, dass eine fürsorgerische Unterbringung nicht das Recht umfasst, eine Behandlung gegen den Willen des Betroffenen durchzuführen«, konterte Sarah.

»Du weichst meiner Frage aus.«

»Du willst wissen, was es nützt, den Willen des Patienten zu respektieren? Das kann ich dir sagen: Auf diese Weise sorge ich dafür, dass eine Vertrauensbasis, die ohnehin schon auf wackligen Beinen steht, nicht ganz zerstört wird. Denn das würde mit Sicherheit zu einem Behandlungsabbruch führen, und zwar für immer.«

Kaspar schnaubte. »Demnächst wirst du dich dafür einsetzen, dass Patientenverfügungen in der Psychiatrie bindend werden.«

»Fände ich richtig, ja.«

»Und wenn ein schizophrener Patient während einer stabilen Phase verfügt, er wolle im Falle einer Wiedererkrankung nicht medikamentös behandelt werden?«

»Dann hat sich der behandelnde Arzt daran zu halten.«

»Auch während eines schweren psychotischen Rezidivs?«

»Du denkst in Schwarz-Weiß-Bildern. Meist ist es nicht so einfach.«

»*Du* solltest das ja wissen.«

Sarah blieb stehen. »Sag es. Los.«

Kaspar schwieg.

»Du gibst mir immer noch die Schuld an dem, was damals geschah.«

»Hättest du dich nicht gegen meine Empfehlung ausgesprochen, würde –«

»Ich nehme an, Artikel 377, Absatz 3 des Schweizerischen Zivilgesetzbuchs ist dir ein Begriff?« Sarah wartete Kaspars Antwort nicht ab. »Soweit möglich, wird auch die urteilsunfähige Person in die Entscheidfindung einbezogen«, zitierte sie.

»Soweit *möglich*«, wiederholte Kaspar. »Du hast die Situation damals falsch eingeschätzt.«

»Eine fürsorgerische Unterbringung ist nur zulässig, wenn eine konkrete Gefahr vorliegt. Eine bloße Befürchtung oder gar eine Vermutung gehört nicht dazu. Und mehr hatten wir schlicht nicht.«

»Ich habe einen Eid abgelegt, Leben zu schützen«, sagte Kaspar. »Wenn dir die persönliche Freiheit eines Menschen mehr bedeutet als sein Leben, hättest du vielleicht Philosophie studieren sollen statt Medizin.«

II

2 Jahre zuvor

Lisa saß mit überkreuzten Beinen auf dem Bett und starrte auf ihre Hände. Ihre Zimmergenossin war beim Ausdrucksmalen, so konnte Lisa eine Stunde allein im Zweierzimmer verbringen.

Doktor Eckert hatte ihr vor einer Woche ein leeres Buch mit buntem Einband geschenkt und sie aufgefordert, Tagebuch zu schreiben. Es lag ungeöffnet neben ihr.

»Sie können sich verbal gut ausdrücken«, hatte er gesagt. »Geben Sie Ihren Gedanken und Gefühlen schriftlich Raum. Es wird Ihnen helfen.«

Sie hatte den Kopf geschüttelt. »Ich kann mich nicht gut ausdrücken. Ich finde keine Worte.«

»Versuchen Sie es. Wenn Sie möchten, können Sie mir das Geschriebene vorlesen. Selbstverständlich auf freiwilliger Basis.«

Er hatte ihr das Buch aufmunternd in die Hand gedrückt. Der Umschlag rot, gelb-orange und hellgrün. Lebenslust pur. Eine beleidigende Botschaft. Die Farben schrien sie an: *Es ist alles halb so schlimm! Kopf hoch, es wird besser!*

Vielleicht gut gemeint und psychologisch sinnvoll. Aber nicht für sie. Tagelang hatte das Buch unberührt auf ihrem Nachttischchen gelegen. Lisa nahm den schwarzen Filzstift aus ihrem Schreibetui und übermalte den Umschlag. Nun war das Buch kohlschwarz. So war es besser. Und entsprach der Wahrheit.

Eine Depression. Ja, seit Jahren spürte sie es unterschwellig. Hatte es nicht wahrhaben wollen, hatte in der Welt funktioniert wie alle anderen auch und sich nichts anmerken lassen, stets ahnend, dass sich der dunkle Kloß in ihrem Innern nicht auf Dauer unterdrücken ließ. Mehrmals war sie in einer Klinik gewesen, hatte sich danach wieder irgendwie in die Gesellschaft eingefügt. Doch als sich der Todestag ihrer Schwester zum einundzwanzigsten Mal jährte, wurde Lisa vom Abgrund verschlungen. Innerhalb kürzester Zeit. Sie hatte keine Ahnung, warum gerade jetzt. Warum nicht schon viel früher. Warum so schnell.

Das Leben entschwand. Lisa gab ihre Arbeit auf, verkroch sich in der Wohnung, aß nicht mehr. Wenn das Telefon klingelte, ließ sie es klingeln. Sie verlor an Gewicht, wusch sich nicht mehr, wechselte die Kleider nicht. Ihr Haar hing in Strähnen herunter. Unbezahlte Rechnungen und Mahnungen häuften sich im Briefkasten. Die Kakteen verdorrten auf dem Fenstersims, weil Gießen keinen Sinn mehr machte.

Jo-Jo war im Ausland. Sie hatte ihm nicht mitgeteilt, wie es ihr ging, wollte ihm kein Hindernis sein. Doch er hatte es selbstverständlich gemerkt. So war er schon immer gewesen. Deshalb hatte sie es so unpassend gefunden, dass man ihm bei den Pfadfindern den Namen Io gab. Der Jupitermond. Weit weg. Unfassbar. Kalt. Für Lisa wurde er Jo-Jo.

Immer war Jo-Jo für sie da gewesen, von klein auf. Sie hatten sich in der vierten Klasse kennengelernt, als Lisa neu ins Dorf zog. Er war zwei Klassen über ihr gewesen. Lange hatte sie geglaubt, ihre Schüchternheit habe seinen Beschützerinstinkt geweckt. Bis er ihr viele Jahre später erzählt hatte, dass es ihr Lächeln gewesen war, das ihn in den Bann gezogen hatte. Das Lächeln, das ihr heute so schwerfiel.

Er hatte auch zu ihr gehalten, wenn sie nicht lächelte. Mehrere depressive Phasen hatte er bereits miterlebt, hatte

Lisa unterstützt, war da gewesen, obwohl er nicht wirklich hatte verstehen können, was mit ihr los war. Als er das Angebot für den Spanienaufenthalt erhalten hatte, hatte er erst abgelehnt. Doch Lisa wollte nicht, dass er seine beruflichen Träume für sie opferte. Er stand vor dem Erfolg. Den sie ihm von ganzem Herzen wünschte. Also stieß sie ihn von sich. Er blieb sanft, einfühlsam, war bereit zu verzichten. Lisa quittierte seine Zuneigung mit Kälte. Das traf ihn zutiefst. Sie stritten. Lisa sagte Dinge, die sie ewig bereuen würde. Aber sie wusste, sie waren nötig. Jo-Jo packte wortlos seine Koffer und ging.

Lisa begann zu halluzinieren. Es erschreckte sie zutiefst. Als es das erste Mal geschah, glaubte sie, durch eine Zeitschlaufe in die Vergangenheit gezogen zu werden. Der umgekippte Stuhl. Ihre Schwester mit dem Strick um den Hals, der leise Windzug, der durch den Dachboden zog, der Geruch des Todes. Lisa näherte sich dem leblosen Körper, berührte das weiße Sommerkleid, strich über den feinen Baumwollstoff. Immer und immer wieder wurde sie von diesen Realitätsverschiebungen heimgesucht. Lisa befürchtete, den Verstand zu verlieren. Kein Jo-Jo, der sie mit seiner Fürsorge in Watte packte, sie sanft in die Gegenwart zurückholte. Die Sinneswahrnehmungen waren so erschreckend, dass Lisa weinen wollte. Doch es blieb stumm in ihr. Stumm, schwarz und tot.

Irgendjemandem im Haus musste es aufgefallen sein.

Sie kamen zu zweit, ein Mann und eine Frau, Entsetzen im Gesicht, als sie die Wohnung betraten.

»Ich möchte sterben«, hauchte Lisa. »Ich möchte so sterben wie meine Schwester. Aber ich kann nicht.«

Noch am selben Tag fand sie sich in der geschlossenen Abteilung der Klinik Schlossau wieder. Sie hatte nur noch das Bedürfnis zu schlafen. Abtauchen, ins Dunkle versinken, nie mehr aufwachen. Man ließ sie nicht. Gab ihr Tabletten und Spritzen. Nötigte sie zu essen, zu duschen, sich das Haar zu kämmen. Verordnete ihr eine Tagesstruktur, die ihr Halt geben sollte, schickte sie zum Töpfern und zu Gruppengesprächen.

Nichts nützte. Wie sollte es auch. Sie war im Kern beschädigt, der kärgliche Überrest eines Menschen, für dessen Leben es keine Berechtigung mehr gab. Eine Last für die Welt, verachtenswert, hassenswert.

Sie wusste nicht, wie lange sie schon hier in der Klinik war. Trotz Medikamenten und Psychotherapie tauchten die Halluzinationen immer wieder auf. Doktor Eckert hatte ihr erklärt, dass schwere Depressionen diese verursachen konnten, was von unerfahrenen Ärzten als Psychose oder Schizophrenie fehlgedeutet werde. Doch auch dieses Wissen half ihr nicht. Wenn sie ihre tote Schwester sah und spürte, war alles von beklemmender Wirklichkeit. Da war keine Stimme in ihr, die ihr sagte, sie erlebe ein Flashback in Form von Trugbildern. Keine Gewissheit, das Ganze würde wieder verschwinden. Nein, es geschah. Jetzt. War unabänderlich. Und würde es immer bleiben.

Lisa öffnete das schwarze Buch, starrte auf die erste leere Seite. Sie glaubte nicht daran, dass Schreiben ihr helfen würde. Sie konnte sich nicht vorstellen, wie aus ihrem versteinerten Innenleben Worte fließen sollten. Es gab keine. Sie griff nach einem Stift, setzte ihn an, verharrte minutenlang in dieser Stellung, unfähig, einen Gedanken zu fassen, der zu einer Handlung führte.

Vom Flur draußen waren plötzlich laute Rufe zu hören. Lisa kannte die Stimme. Sie gehörte einem alten Mann, der sich seit Jahrzehnten im Krieg wähnte. »Verdunkelung!«, schrie er. »Verdunkelung! Die Russen kommen!« Er war ebenso ein Gefangener wie sie.

Seine Worte setzten ihren Stift in Bewegung.

Sie schrieb auf die erste Seite: *Dies ist Lisas Tagebuch.*

Wartete eine Minute.

Fügte hinzu: *Verdunkelung.*

Dann überlegte sie einen Moment und schrieb: *Schockfrost.*

Sie atmete aus.

Das war mehr als genug für heute. Wenn Doktor Eckert fragte, ob sie mit Schreiben begonnen habe, würde sie antworten: ja.

Sie wollte das Buch zuklappen, da bemerkte sie auf einer Seite eine fremde Schrift. Krakelige Buchstaben, klein und eckig.

Jemand hatte von ihr unbemerkt hineingeschrieben:

Ich liebe dich. Der Drachentöter.

12

Guten Morgen, Prinzessin.«

Sarah schlug die Augen auf. Der Duft von Kaffee wehte ihr entgegen. Till stand neben ihrem Bett, eine Tasse in der Hand.

»Ich träume wohl noch«, sagte sie verschlafen.

Er ließ sich auf der Bettkante nieder und küsste sie. »Wie fühlst du dich?«

Sarah setzte sich auf. Die Kopfschmerzen waren weg, schon lange hatte sie nicht mehr so gut geschlafen.

»Wie neugeboren«, sagte sie.

Sie nahm einen Schluck Kaffee. Stark, mit ein wenig Milch, genau wie sie ihn liebte. Till war schon angezogen. Sie schaute auf den Wecker. 6.20 Uhr. Sie hatte noch zehn Minuten, bevor sie aufstehen musste. Sie zog die Decke hoch, genoss die Wärme, die Entspanntheit, während ihr Geist langsam erwachte. »Ich werde total abhängig von dir.«

Er grinste. »Du hast meine Absicht durchschaut.«

»Warum bist du so früh auf?«

»Die Lichtdioden, die ich bestellt habe, sind gekommen. Ein Kollege hat mir seinen Lieferwagen geliehen, ich will die Gelegenheit nutzen, um weiteres Material einzukaufen. Und du? Aufgeregt?«

»Wegen der Hauptverhandlung?« Sarah streckte sich. »Nein, reine Routine. Ich stelle nur mein Fachwissen zur Verfügung, Entscheidungen muss ich keine treffen. Das ist Sache des Richters. Die Beschwerdeverhandlung findet in der Klinik statt und ist anders als eine gewöhnliche Gerichtsverhandlung. Die Parteien suchen das Gespräch. Auch die Patientin redet mit.«

»Aber die ist doch krank.«

»Das bedeutet nicht, dass sie keinen Willen hat.«

»Woher soll sie wissen, was gut für sie ist?«

Sein Tonfall irritierte Sarah. »Du klingst wie Kaspar.«

»Autsch.« Er lächelte schief.

»Entschuldige«, sagte Sarah. »Wir sind uns gestern in die Haare geraten. Das habe ich wohl noch nicht ganz verdaut. Deine Frage ist berechtigt. Auf der einen Seite müssen wir Patienten vor sich selbst schützen, auf der anderen Seite sollen Zwangsmaßnahmen verhältnismäßig sein. Das sind ethische Überlegungen. Jeder Fall muss für sich betrachtet werden.«

»Ich würde auf Nummer sicher gehen.«

»Die Schweiz hat eine der höchsten Unterbringungs-Raten in ganz Europa«, erklärte Sarah. »Da kann doch etwas nicht stimmen.«

»Aber wir haben auch die höchste Suizidrate.«

»Nur, weil die begleitete Sterbehilfe mit eingerechnet wird«, konterte Sarah.

Till hob die Hände. »Hey, ich bin bloß neugierig.«

Sarah holte tief Luft. Im Grunde freute sie sich über Tills Interesse. Sie sprachen selten über die Hintergründe ihrer Arbeit. Doch der Zeitpunkt war eindeutig schlecht gewählt. Sie trank den letzten Schluck.

»Ich muss mich beeilen.« Sie schlug die Decke zurück. »Sonst komme ich zu spät. Reden wir heute Abend weiter?«

Er stand auf. »Ich muss auch los. Ich weiß nicht, ob ich es heute schaffe.«

Hatte sie ihn brüskiert?

Sie gab ihm einen Abschiedskuss. »Danke für den Kaffee.«

Auf dem Weg ins Bad hörte sie Daves Wecker. Er hatte ihre Standpauke gestern überraschend schweigsam über sich ergehen lassen. Sarah war sich nicht sicher, ob er damit

Einsicht zeigte oder ob ihre Worte an ihm abprallten. Vielleicht war er einfach nur müde gewesen. Die dunklen Schatten unter seinen Augen waren ihr nicht entgangen. Jetzt, wo sie sich wieder besser fühlte, würde sie das Gespräch mit Kaspar suchen müssen. Keine Spontanbesuche mehr unter der Woche.

Als Sarah aus dem Bad kam, klingelte Daves Wecker immer noch. Mit einem Seufzen stieg sie die Treppe hoch. Sie war auf dem ersten Treppenabsatz angelangt, als sich die Stufen unter ihren Füßen plötzlich zu bewegen schienen. Till hatte gestern die kaputten Winkelösen ersetzt und die Stangen angezogen, am Teppich konnte es also nicht liegen. Hatte sie sich doch noch nicht ganz vom Sturz erholt? Sie klammerte sich an den Handlauf und nahm die letzten Stufen in Angriff.

Daves Zimmer sah aus, als sei ein Sturm hindurchgefegt. Neben Jonglierkeulen und einem alten Fußball lagen leere Getränkedosen, zwischen Computermagazinen und Büchern schmutzige Socken. Überall trat Sarah auf die Krümel von den Sandwiches, die er auf dem schwarzen Flickenteppich liegend aß. Ob es wirklich richtig war, ihn sein Reich so gestalten zu lassen, wie er es wollte?

Das Piepen des Weckers war durchdringend, Dave schlief jedoch tief und fest. Seine Beine und ein Arm schauten unter der Decke hervor. Sarah schaltete den nervigen Ton aus und blieb einen Moment über ihn gebeugt stehen. Seine Nase war kräftiger geworden, auf den dünnen Waden sprossen Haare. Noch immer schimmerten seine Augenlider aber bläulich wie die Lider eines Kindes, und sein Kinn war weich. Ein Gefühl von Zärtlichkeit stieg in Sarah auf. Am liebsten hätte sie ihn in die Arme genommen, sich an ihren Jungen geklammert, bevor er ganz im Körper eines Mannes verschwand.

Sie strich ihm über den Kopf. »Zeit, aufzustehen, Dave.«

Wie erwartet nutzte die Zärtlichkeit mehr als Wachrütteln. Dave schlug die Augen auf und schob ihre Hand weg. Er brummte etwas Unverständliches und stieß mit dem Fuß die Decke zur Seite.

»Schlaf nicht wieder ein«, sagte Sarah und drehte sich um.

Sie stolperte über eine leere Red-Bull-Dose. Als sie die Hand ausstreckte, um sich am Stuhl festzuhalten, griff sie ins Leere. Sie kniff die Augen zusammen, öffnete sie wieder, versuchte zu fokussieren. Das Dach kam ihr schräger vor, das Zimmer schmaler als sonst.

Auch in der Küche verhielten sich die Gegenstände merkwürdig. Die Milch, die Sarah über die Frühstücksflocken goss, rann auf den Tisch, die Löffel wirkten verkrümmt. Sie presste ihre Finger gegen die Schläfen. Dass die Sehstörung Folge einer Hirnblutung war, schloss sie aus. Die Computertomografie hätte die Verletzung aufgezeigt. Vielleicht hatte sie sich aber doch zu schnell wieder in die Arbeit gestürzt. Nach der Untersuchung am Vortag hatte sie sich hingelegt, war aber bald wieder aufgestanden, weil sie sich besser gefühlt hatte.

Aus dem Dachstock kamen keine Geräusche. Sarah schob den Stuhl zurück und ging zur Treppe.

»Dave!«, rief sie, statt hochzugehen, wie sie es sonst getan hätte.

Nichts.

Verärgert stapfte Sarah die Treppe hoch. Auf halber Höhe hörte sie Schritte über sich. Mit einem Seufzer kehrte sie in die Küche zurück. Kurz darauf erschien Dave in der Tür, die Augen verquollen, das Haar ein zerrupftes Vogelnest. Er ließ sich auf den Stuhl fallen, zog die Müslipackung zu sich heran und füllte seine Schale mit der zuckerlosen

5-Korn-Mischung. Jetzt war sich Sarah sicher, dass etwas nicht stimmte. Sie stellte Daves Schoko-Frühstücksflocken absichtlich morgens nicht auf den Tisch. Wenn er mit einer Zuckerbombe in den Tag starten wollte, musste er es ohne ihre Hilfe tun.

»Du siehst bleich aus«, sagte sie.

Keine Antwort.

»Fühlst du dich krank?«

Es schien Dave alle Energie zu kosten, den Löffel zum Mund zu führen. Sarah legte ihm die Hand auf die Stirn. Er wich nicht zurück. Seine Haut fühlte sich normal an.

»Ich sehe, dass es dir nicht gut geht«, versuchte sie es noch einmal.

Dave brummte etwas Unverständliches. Sarah gab auf. Sie würde bis zum Abend warten müssen, wenn sie Antworten wollte. Am Morgen brachte Dave nie den Mund auf, auch nicht, wenn er gesund war. Sie stellte die Milch zurück in den Kühlschrank und öffnete den Geschirrspüler, um ihre Schale hineinzustellen. Die Türkante prallte gegen ihr Schienbein.

»Verdammt«, fluchte sie.

Jetzt sah Dave auf.

»Ist auch nicht mein Tag«, sagte Sarah kurz.

Sie ging ins Bad. Als sie zurückkam, war er weg. Die halb volle Müslischale stand noch auf dem Tisch. Sarah zwang sich, sie dort stehen zu lassen. Sie schlüpfte in ihre Jacke, nahm ihre Tasche.

Die Steintreppe, die zur Praxis führte, war mit nassem Laub bedeckt. Vorsichtig setzte Sarah einen Fuß vor den anderen. Bevor sie sich auf den Weg in die Klinik machte, musste sie noch die Akte der Patientin holen.

Der dezente Geruch von Zitronengras und Bergamotte schlug ihr entgegen, als sie in die Praxis trat. Er stammte von den Duftstäbchen, die der neue Mieter in der Toilette aufgestellt hatte. Da war aber noch etwas, das sie die Nase rümpfen ließ. Ein defektes Abwasserrohr? Oder … der Mieter selbst? Bertram Lutz' Tür war geschlossen. Sarah blieb stehen und horchte. Kein Geräusch drang aus dem Raum, vermutlich war er noch nicht hier. Vielleicht stammte der Geruch auch von einer toten Maus, die hinter der Wandverkleidung lag. Das Haus war alt, immer wieder quartierten sich Mäuse zwischen den Wänden ein.

Im Praxiszimmer nahm Sarah die Leselampe vom Regal und öffnete das Batterienfach.

Es war leer.

Wie war das möglich? Sie erinnerte sich genau daran, wie sie den Schlüssel für den Aktenschrank in die kleine Vertiefung gelegt hatte.

Sie rüttelte an der Schranktür. Verschlossen, wie nicht anders zu erwarten. Wenn sie rechtzeitig zur Verhandlung in der Klinik sein wollte, würde sie den Schrank aufbrechen müssen. Sie sah sich nach einem geeigneten Werkzeug um, fand nichts, eilte ins Haus und kehrte mit einer Werkzeugkiste zurück. Mit Schraubenzieher und Hammer schlug sie die Scharniere aus der Verankerung und riss die Tür weg.

Die Schritte hörte sie nicht. Plötzlich stand Bertram Lutz hinter ihr.

»Frau Marten?«

Sarah wirbelte herum. »Herr Lutz! Entschuldigen Sie, ich dachte …«

Er sah sie ruhig an.

Sarah kam sich vor, als wäre sie bei einer Indiskretion ertappt worden. »Ich wusste nicht, dass Sie hier sind. Ich habe den Schlüssel verloren.« Sie deutete auf das Regal im Innern des Schranks, wo sie ihre Akten in Hängemappen aufbewahrte.

Das Gerichtsdossier war nicht dabei.

Sarah fragte sich inzwischen nicht mehr, wie das geschehen konnte. Stattdessen begann sie, die Praxis systematisch zu durchsuchen.

»Kann ich Ihnen helfen?«, bot Lutz an.

»Nein, es ist … ich brauche … das kann doch nicht sein!«

Das Dossier war nirgends zu finden. Sarah griff sich an den Kopf. Ihr blieben zwei Möglichkeiten: sich auf ihr Gedächtnis zu verlassen oder den Termin abzusagen. Sie öffnete die Tasche, um ihr Handy hervorzuholen. Und da war sie, die Akte. Verblüfft starrte Sarah auf die Patientennummer. Sie musste sie gestern eingepackt haben, damit sie heute Morgen sofort losfahren konnte.

Sie spürte Lutz' auf sie gerichteten Blick. Als sie aufsah, war der Hypnotiseur weg. Wie schaffte es ein Mann seines Umfangs, sich so lautlos zu bewegen?

Mit zitternden Fingern schloss Sarah den Praxisraum ab. Der Tag hatte kaum begonnen, schon fühlte sie sich wie ein ausgewrungener Lappen. Zum Glück hatte sie beim Verfassen des Gutachtens gründliche Arbeit geleistet. Sie musste das Geschriebene nur vorlesen, das würde sie schaffen. Als sie vor ihrem Wagen stand, fragte sie sich jedoch, ob es nicht schlauer wäre, mit dem Bus zu fahren. Sie öffnete die Fahrplan-App und gab die Strecke ein. Die Zeit reichte nicht. Mit einem unguten Gefühl setzte sich Sarah hinters Steuer. Nach wenigen Minuten bereute sie ihre Entscheidung. Es gelang ihr kaum, die Distanz zu den anderen Fahrzeugen abzuschätzen. Wie damals, als sie mit Dave auf dem Computer Autorennen gefahren war. Alles ging viel zu schnell, sie sah die Kurven erst, als sie bereits auf sie zurasten. Dass sie ohne Zwischenfall in der Klinik Schlossau ankam, grenzte an ein Wunder. Im Flur stieß sie beinahe mit

Kaspar zusammen. Reflexartig streckte er die Arme aus, um sie aufzufangen. »Sarah! Wie geht es dir?«

»Nur ein bisschen in Eile.« Sie lächelte. Auf keinen Fall durfte Kaspar merken, dass sie noch unter den Folgen des Sturzes litt. Sie hatte das Gutachten vor dem Unfall geschrieben, dennoch würde er dafür sorgen, dass man ihre Urteilsfähigkeit anzweifelte.

»Du siehst nicht gut –«

»Komm du nicht auch noch damit! Warum gelten Männer mit Falten als reif, aber kaum überschreitet eine Frau die vierzig, bezeichnet man sie als alt?«

»Das habe ich nicht –«

»Das Leben hinterlässt Spuren, ich finde das schön.«

Schnell ging sie zum Sitzungszimmer, wo die Verhandlung stattfand. Wäre sie in einem besseren Zustand gewesen, hätte sie das Erstaunen auf Kaspars Gesicht vermutlich genüsslich registriert.

Der Richter saß bereits am großen Tisch. Auch der Anwalt der Patientin, ein Gerichtsschreiber sowie der Klinikvertreter, den Sarah von früheren Beschwerden her kannte, waren schon da. Sarah begrüßte die Anwesenden und packte ihre Unterlagen aus. Kaspar setzte sich neben den Klinikvertreter. Kurz darauf brachte ein Pfleger die Patientin herein. Begleitet wurde sie von einer älteren Frau.

»Die Mutter der Beschwerdeführerin«, erklärte der Richter. »Die Patientin hat von ihrem Recht Gebrauch gemacht, sie als Vertrauensperson beizuziehen.«

Er las die Anträge der Beschwerdeführerin sowie der Klinik vor, kam auf die materiellen Einweisungspunkte zu sprechen, anschließend auf den Grund der angeordneten fürsorgerischen Unterbringung. Während er sprach, öffnete Sarah die Akte. Sie wollte die Krankengeschichte der Patientin zur Hand haben, falls Fragen an sie gerichtet wurden. Nach allem, was heute geschehen war, hätte es sie nicht verwundert, wenn auch diese verschwunden wäre, zu ihrer Erleichterung war sie aber genau dort, wo sie sein sollte: zwischen einer Kopie des Gutachtens und der schriftlichen Stellungnahme der einweisenden Ärztin.

Nur der Name auf dem Dokument stimmte nicht.

Georg Schwartz.

Die Akten waren vertauscht? Sarahs Mund wurde trocken. Sie blätterte die Papiere ein zweites Mal durch. Ein Bericht fiel ihr aus der Hand. Sarah hörte ein leises Pling, als er zu Boden fiel. Jetzt spielten auch noch ihre Ohren verrückt. Als sie sich bückte, um die Unterlagen aufzuheben, wurde ihr schwindlig.

»Die einweisende Ärztin«, begann der Richter, »begründet die Anordnung einer fürsorgerischen Unterbringung mit einer rezidivierenden depressiven Störung in Form einer schweren Episode mit psychotischen Symptomen laut F33.3 des ICD-10. Es besteht akute Selbstgefährdung. Ich zitiere: ›Bei gegenwärtig gedrückter Stimmungslage kommt es zu intermittierend verbal destruktivem Verhalten mit starker Selbstanklage, ebenfalls zu Panikattacken aufgrund einer Störung des serotonergen Systems.‹ Aus dem Eintrittsbericht der Klinik geht hervor, dass die Beschwerdeführerin nach der Aufnahme depressiv-agitiert imponiert habe und verwirrt gewesen sei. Dr. Eckert?«

Kaspar nickte. »Aus diesem Grund hielten wir eine Reizabschirmung für unerlässlich. Wir haben die Patientin in einem Isolationszimmer untergebracht und ihr als Erstes Benzodiazepine gegen die Panikattacken verabreicht, danach Seropram als Dauermedikation.«

Sarah hörte nur mit halbem Ohr zu.

»Meine Tochter will das Medikament nicht nehmen«, brachte sich die Mutter ein. »Es beruhigt sie nicht, sondern löst bei ihr Schlafstörungen und Herzrasen aus. Aber man zwingt sie dazu.«

»Darauf kommen wir später zurück«, sagte der Richter. »Dr. Eckert, ist es richtig, dass die vorläufige Diagnose, wie eingangs erwähnt, rezidivierende schwere depressive Störung, auch Major Depression, analog F33.3 lautet?«

Kaspar legte die Fingerspitzen aneinander. »Die Differenzialdiagnose paranoide Schizophrenie, welche ebenfalls wahnhafte Symptome aufweist, kann ausgeschlossen werden. In diesem Fall besteht der Wahn in einer massiven Selbstabwertung und Selbstbestrafung aufgrund unadäquater Schuldgefühle. Eine Besserung der Symptomatik ist nicht feststellbar.«

»Dr. Marten, in Ihrem Gutachten stimmen Sie der Realitätsverkennung verminderten Grades zu. Dennoch kommen Sie zu einem anderen Schluss. Würden Sie das bitte ausführen?«

Sarah räusperte sich. Das Pochen hinter ihrer Stirn war zu einem Hämmern angewachsen, sie hatte Mühe, sich auf den Richter zu konzentrieren. Sie fasste ihre Begründung zusammen, kam aber immer wieder ins Stocken. Einmal verlor sie ganz den Faden.

Kaspar musterte sie mit zusammengekniffenen Augen.

»Sie sind also der Meinung, eine Unterbringung in der Klinik sei nicht nötig?«, fragte der Richter.

Bildete Sarah es sich nur ein, oder zog er eine Grimasse?

»Ich sehe weder Hinweise auf Sinnestäuschungen noch auf Suizidalität.« Sarah bemühte sich, professionell zu klingen. »Die pathologischen Verhaltensmuster sind erst durch die erzwungene Behandlung entstanden. Diese haben zu einer posttraumatischen Belastungsstörung geführt. Nun reagiert die Beschwerdeführerin mit weiterem inneren Rückzug auf die Einsperrung, was die depressive Episode nicht nur aufrechterhält, sondern verstärkt. Sie muss selber bestimmen können, wie sie leben möchte.«

»Das Parteigutachten der Verteidigung streitet die Diagnose Major Depression ab«, sagte der Richter.

»Diese Meinung teile ich nicht. Ich bin aber der Ansicht, eine gute Nachbetreuung wäre auch in einem anderen Rahmen möglich.«

Kaspar beugte sich vor. Jetzt fällt er mir in den Rücken, dachte Sarah. Er holte Luft, lehnte sich dann aber wieder zurück und verschränkte die Arme vor der Brust.

Der Richter wandte sich an die Patientin. Sarah schloss kurz die Augen. Es war eine Wohltat. Der Druck im Kopf ließ etwas nach. Sie überlegte, ob sie noch einmal ins Universitätsspital fahren sollte, um sich untersuchen zu lassen. Am Nachmittag hatte sie einen Termin mit Georg Schwartz. Sie wollte diesen Termin ungern absagen. Vielleicht würde die Verhandlung aber weniger lange dauern als üblich, dann könnte sie über Mittag bei Dr. Stahlberger vorbeischauen.

Sie hatte kein Glück. Das Gespräch zog sich in die Länge, was vor allem an der Mutter der Beschwerdeführerin lag. Immer wieder betonte sie, ohne Medikamente sei es der Tochter besser gegangen. Als der Richter zum Schluss kam, war es bereits 12.30 Uhr.

»Zusammenfassend halte ich fest, dass die Voraussetzungen für eine fürsorgerische Unterbringung erfüllt sind«, sagte er. »Es wird erkannt: Die Beschwerde wird abgewiesen. Die Kosten werden auf achthundert Franken festgesetzt. Allfällige weitere Auslagen bleiben vorbehalten.« Es folgte eine Reihe Formalitäten.

Sarah verabschiedete sich und verließ den Raum, die Akte in der einen, ihre Jacke in der anderen Hand, bevor Kaspar sie auf ihr konfuses Verhalten ansprechen konnte.

Sie war schon fast am Ausgang angekommen, als ihr Handy klingelte.

Es war Till.

»Wie ist es gelaufen?«, fragte er.

»Es geht so.«

Etwas hielt sie davon ab, den verschwundenen Schlüssel und die falschen Unterlagen zu erwähnen. Dass sie Till nicht ins Vertrauen ziehen wollte, erschreckte sie fast so sehr wie die Vorkommnisse selbst.

»Und bei dir?«

»Auch nicht besonders gut. Deshalb rufe ich an. Mir ist … komisch. Seit ich losgefahren bin, ist da dieses seltsame Pulsieren in meinem Kopf. Irgendwie sehe ich nicht richtig. Vermutlich bahnt sich eine Migräne an. Ich wollte dir nur sagen, dass ich es ganz sicher nicht schaffe heute Abend.«

»Hast du Mühe, die Distanzen einzuschätzen?«, fragte Sarah.

»Ja«, antwortete er überrascht.

Sie erzählte von ihren Beschwerden. »Ich habe sie auf den Sturz zurückgeführt, aber eine Gehirnerschütterung ist bekanntlich nicht ansteckend.«

»Was könnte es dann sein?«, fragte Till. »Meinst du, ich habe eine Scheinerschütterung?«

»Eine was?«

»Du weißt schon, wie eine Scheinschwangerschaft. Wenn sich der werdende Vater so sehr in die Schwangere versetzt, dass ihm morgens auch übel wird.«

Sarah lächelte. »Vermutlich stehen wir beide unter zu viel Druck. Deine bevorstehende Ausstellung in Berlin ist eine große Sache. Unterschätz das nicht.«

»Es ist nicht meine erste Ausstellung. Ich habe noch nie mit Kopfschmerzen reagiert.«

»Beschäftigt dich sonst etwas? Die neue Installation vielleicht? Du arbeitest schon seit Monaten daran, zeigst sie aber keinem. Warum nicht?«

Am anderen Ende blieb es still.

»Till? Was ist damit?«

»Nichts«, wehrte er ab. »Sie ist einfach … ein bisschen anders als das, was ich bis jetzt gemacht habe.«

»Wie, anders?«

»Sie bedeutet mir viel. Sie –«

Schritte erklangen hinter ihr. »Dr. Marten?«

Sarah drehte sich um. Es war die Mutter der Beschwerdeführerin.

»Till, ich muss aufhören.«

»Gute Besserung.«

»Dir auch.« Sie beendete das Gespräch und wandte sich der Frau zu. »Ja, bitte?«

»Ich wollte mich nur kurz bedanken. Dafür, dass Sie sich für meine Tochter eingesetzt haben.«

»Das Wohlergehen der Patientin steht bei allen Beteiligten an erster Stelle«, sagte Sarah mechanisch.

Die Frau ließ den Kopf hängen. »Es geht ihr schlechter, seit sie in der Klinik ist.«

Sarah stimmte ihr zu. »Manchmal dauert es eine Weile, bis eine Therapie Wirkung zeigt.«

»Wir werden uns gegen das Urteil wehren.«

»Sie können beim Obergericht Beschwerde einreichen.«

»Helfen Sie mir?«

»Wie meinen Sie das?«

»Sie stehen auf unserer Seite.«

»Ich bin als unabhängige Gutachterin hinzugezogen worden.«

»Aber Sie haben –«

»Ich habe meine professionelle Meinung kundgetan.

Bitte entschuldigen Sie mich, ich habe einen Patiententermin. Ich wünsche Ihnen viel Glück.«

Sarah wandte sich ab und eilte auf den Ausgang zu. Sie hatte die Glastür schon fast erreicht, als sie Kaspars Stimme hörte.

»Sarah!«

Sie fluchte leise.

»Sarah, warte!«

Sie blieb stehen. Kaspar kam mit flatterndem Kittel auf sie zugerannt.

»Nicht jetzt, Kaspar«, seufzte sie. »Ich habe einen Patiententer– «

»Dir ist etwas heruntergefallen.« Er griff in seine Tasche und hielt einen Schlüssel hoch. »Ich glaube, der gehört dir. Er lag neben deinem Stuhl.«

Es war der Schlüssel zu ihrem Aktenschrank.

13

Donnerstagmittag. Georg Schwartz tigerte in seiner Wohnung herum. Noch anderthalb Stunden, dann würde er Doktor Marten wieder treffen. Seine zweite Sitzung bei ihr. Sie hatte ihm das letzte Mal schonend mitgeteilt, er befände sich in einem präpsychotischen Zustand, und meinte damit (das merkte er genau), dass sich das Ganze nur in seinem Kopf abspielte. Er wusste es natürlich besser.

Sie konnte nichts dafür. Sie hatte sich jahrelang mit psychischen Problemen anderer Menschen beschäftigt, ihr fehlte das Sensorium für *echte* Gefahren.

Er ging vom Schlafzimmer ins Bad, von dort zur Küche und zum Balkon. Dann wieder ins Wohnzimmer. Hin und her, unruhig, angespannt. Er warf einen Blick aus dem Fenster zur Straße hinunter. Erkannte in dem alten Mann auf der anderen Seite einen der Akteure der zweiten Kaste und in der jungen Frau mit dem Kinderwagen eine Späherin. Natürlich lag in ihrem Gefährt kein Baby. Auch wenn es jetzt unter dem rosaroten Klappdach verblüffend echt schrie. Georg wusste, dass dies nur eine akustische Imitation war, um ihn in falscher Sicherheit zu wiegen.

Ein silberner BMW fuhr vorbei. Georg war klar, dass Doktor Eckert darin saß. Schon mehrmals hatte er diesen Wagen in der Nähe seines Hauses gesehen. Ohne dass er sich dagegen wehren konnte, machte er sich jetzt Gedanken über den Psychiater. Landete wie immer bei Lisa, der verletzlichen, aber edlen Lisa. Was damals vorgefallen war, würde Georg nie mehr vergessen. Eckert hatte zu Recht Angst vor ihm.

Georg klopfte sich gegen die Schläfe. Er musste wachsam bleiben.

Vorhin hatte er sich ein antistatisches und antimagnetisches Mittagessen gekocht, um keine Spuren im Dampfabzug zu hinterlassen. Kartoffeln pur, ohne Sauce, ohne verräterische Zeichen. *Sie* achteten auf alle Details. Aus kleinsten DNA-Teilchen konnten sie das ganze Bild zusammensetzen. Sie kontrollierten nicht nur die üblichen Kanäle wie Post, Telefon, Mail und jegliche seiner Handlungen. Sie kontrollierten auch das Isolationsmaterial in den Zwischenwänden seines Wohnhauses (es wurde als Supraleiter missbraucht), das Trinkwasser (mit Amobarbital verseucht), seine Zahnpasta (Arsen) und selbstverständlich alles, was er aß, las und sagte. Nebst den gebräuchlichen Wanzen und Mikrokameras arbeiteten sie mit winzigen Quantencomputern, die mittels transhumaner Prototypen und sich selbst vervielfältigender Zellen auf Nanotechnologie aufbauten.

Aber er war ihnen einen Schritt voraus. *Noch.* Es forderte seine stetige Aufmerksamkeit und Wachsamkeit, doch bis jetzt war er erfolgreich.

Er kam an seiner Bücherwand vorbei. Das oberste Regal war gefüllt mit Werken der klassischen Literatur, dazwischen standen Bücher über Physik, Zeitreisen und Erfindungen. Er hatte sie auf den Kopf gestellt, um *die* zu verwirren. Alle anderen Regale waren für seine Mythologie-Werke reserviert. Mehrere Hundert Titel. Griechische Helden, Nordische Sagen, Legenden von Göttern, Halbgöttern und Fabelwesen. Die allermeisten seiner Bücher handelten von Georg, seinem Namensvetter. Georg, dem Drachentöter.

Er fühlte sich angetrieben, drehte zwei Runden WC–Küche–Schlafzimmer, WC–Küche–Schlafzimmer, checkte ab, ob die Alufolie, die er um das gesamte Bett gewickelt hatte, noch immer unversehrt war. Ja, war der Fall. Wenigstens ein Ort, an dem er einigermaßen sicher sein konnte. Sich ganz zu entspannen, wäre jedoch fehl am Platz, aber immerhin hielt die reflektierende Folie die ärgsten Strahlen ab.

Georg griff wahllos nach einem seiner Bücher, klappte eine Seite auf, tippte auf einen Absatz und las: *Und Georg kam in die Stadt Joppa, wo ein Drache das Volk bedrohte. Das Untier forderte von der Bevölkerung die jungfräuliche Königstochter, und diese wurde ihm dargeboten. Doch Georg, dem Tapferen, gelang es, den Drachen zu töten, bevor dieser der Prinzessin etwas antun konnte.*

Das sagte alles.

Georg, der Tapfere. Er wusste, was er zu tun hatte.

Doktor Marten war keine Jungfrau mehr, so naiv, dies zu glauben, war Georg nicht. Aber die Parallelen sprangen ihm buchstäblich ins Auge, einmal mehr wurden seine Befürchtungen bestätigt. Sie war in Todesgefahr. Er würde ihr zu Hilfe kommen.

Er zog seine Jacke an, hatte es plötzlich eilig, steckte zur Sicherheit alles, was als Waffe dienen konnte – ein langes, gezacktes Küchenmesser, eine Schere und einen spitzen Fleischspieß –, in seine Innentasche und ging aus dem Haus. Natürlich waren *die* viel besser ausgerüstet, da machte er sich keine Illusionen. Ein plumpes Messer wirkte gegen ihre lasergesteuerten Zellularzerstörer mehr als lächerlich. Pistolen oder Revolver besaß er keine, bis jetzt hatte er alle Bedrohungen mit Intelligenz und Kombinationsgabe abwenden können. Doch um die Königstochter zu retten, empfahl es sich, ein Minimum an Waffen bei sich zu tragen.

Draußen war es kalt und neblig, der Boden noch nass vom Dauerregen. Georg schlang den Schal enger um den Hals, überquerte die Straße, nahm die Abkürzung, kam am *Twentyfour* vorbei.

Konnte nicht schaden. Ein Glas Gin, diesmal nur eines. Er brauchte die optimale Mischung im Blut, um Doktor Marten den Ernst der Lage klarzumachen.

Er trat ein. Esther, die Wirtin, entdeckte ihn, kam kopfschüttelnd auf ihn zu, machte eine abwehrende Bewegung mit der Hand und sagte: »Du kommst mir hier nicht mehr rein! Vermöbelst meine Gäste, das geht nicht, das kapierst du doch, oder?«

Georg reagierte sofort. »Wieso hast du heute Dienst? Es ist nicht Wochenende.«

»Gina ist krank. Doch das tut nichts zur Sache. Du bleibst draußen.«

»Es tut sehr wohl etwas zur Sache!« Georg hörte das leise Klimpern in seiner Jackentasche. Metall, das auf Metall schlug. »Ich glaube dir nicht. Du gehörst doch genau wie alle anderen – «

»Raus!«

»Einen Gin, nur einen«, sagte er, und seine Stimme klang nicht bittend, sondern drohend.

Esther stapfte zur Theke, kippte eine Viertelflasche in ein großes Glas und hielt es ihm unter die Nase. »Trink! Und dann komm nie wieder!«

Georg stürzte den Alkohol hinunter, spürte die Wärme in seiner Speiseröhre, seinem Magen, fühlte, wie der Drache in ihm aufhorchte, mittrank, wachsam wurde. Er brauchte ihn. Das innere Untier, um das äußere zu töten.

Er lächelte Esther an, was diese zu erschrecken schien. »Danke«, sagte er. Gab ihr das leere Glas zurück und machte sich auf den Weg.

»Verdammter Irrer!«, schrie Esther ihm nach, doch das kümmerte ihn nicht. Man hatte ihm schon viel schlimmere Namen verpasst. Wichtig war, dass er wusste, dass er alle Sinne beieinanderhatte. Und bei Gott, das hatte er.

Er erreichte das Haus der Psychiaterin ein paar Minuten zu früh. Stieg die Steinstufen hinunter, leicht wankend, ging zur Praxis, setzte sich in das Wartezimmer. Sein Herz pochte, er spürte die Wirkung des Alkohols.

Seltsam roch es hier. Nach totem Tier. Georg war alarmiert. Er erhob sich wieder, ging auf und ab, schnupperte. Doch, ganz eindeutig. Geruch von Verwesung. Verendetes Untier? Oder womöglich … daran durfte er gar nicht denken … War er zu spät gekommen?

Er preschte ins Praxiszimmer, entdeckte Doktor Marten am Telefon, die erstaunt zu ihm hochblickte und ihm ein Zeichen gab, er solle sich noch etwas gedulden.

Erleichterung, sie lebte. Noch waren *sie* nicht hier eingedrungen. Er nickte, kehrte zurück in den Warteraum, legte seine Hände auf die Knie, schaukelte mit dem Oberkörper hin und her. Das beruhigte ihn.

»Der tapfere Georg«, murmelte er.

Plötzlich schossen ihm Tränen in die Augen, und ein Stich bohrte sich in sein Herz, so heftig und unerwartet, dass er zutiefst erschrak.

»Ich bin ein Irrer!«, flüsterte er.

Esther hatte recht, Eckert hatte recht, Doktor Marten würde das Gleiche behaupten, wenn auch mit netteren Worten – doch alle wussten es, alle: Georg, der tapfere Georg, war nichts als ein Spinner! Er schluchzte, hielt sich die Hände vors Gesicht. Es war alles gar nicht wahr! Es gab keine Drachen und keine *anderen* und keine lasergesteuerten Zellularzerstörer. Einzig und allein in seinem Kopf stimmte etwas nicht, er hatte noch nie richtig funktioniert, war kaputt und krank. Er heulte jetzt lautstark.

Doktor Marten öffnete die Tür, ihr anfänglich verärgerter Blick über sein ungebetenes Eintreten verwandelte sich in Sorge, als sie sah, dass er weinte.

»Kommen Sie, Herr Schwartz«, sagte sie, führte ihn zu seinem Sessel und setzte sich ihm gegenüber.

Er nahm Platz. Die Tränen rannen ihm übers Gesicht. Er schluckte sie, sie schmeckten salzig und irgendwie auch süß. Er wischte sich über die Wangen, schniefte, atmete heftig. Alles drehte sich in ihm. Seine Mutter hatte richtig gehandelt, als sie ihn weggegeben hatte, sein Pflegevater genauso, als er Georg geschlagen hatte und im Rhythmus dazu vernehmen ließ, er müsse das Böse aus dem Jungen treiben. Seine Lehrer hatten recht, wenn sie ihn als dumm bezeichneten. Alle hatten sie es schon immer gewusst: Georg war eine Abnormalität.

Er sackte in sich zusammen, spürte Doktor Martens Hand, die ihm ein Taschentuch hinhielt, schnäuzte sich die Nase.

Da plötzlich, laut wie ein Donnerschlag, überfiel ihn die Einsicht: Falsch, alles falsch! Er war *nicht* krank, *die* waren verantwortlich! *Die* hatten sein Hirn mit ihrer fusionsaktiven Gedankenkontrolle verwirrt, damit er an sich selber zweifeln sollte.

Die Psychiaterin schien seinen Gesinnungswandel zu spüren, schaute ihn erwartungsvoll an, und gerade als er ansetzen wollte, ihr zu erklären, wie prekär das Ganze war, merkte er, dass sich etwas in der Praxis verändert hatte.

Ein Aktenschrank war mit Gewalt aufgebrochen worden.

Georg riss die Augen auf. »Haben *die* Ihre Unterlagen entwendet? Sind all Ihre Daten nun in den falschen Händen?«

Doktor Marten schüttelte den Kopf. »Ich hatte den Schlüssel verlegt und musste das Möbel leider mit einem Werkzeug öffnen.«

»Das wollen *die* Ihnen nur einreden! So wie sie es vorhin

gerade bei mir getan haben. Glauben Sie *ihnen* nicht! Ich kann … ich kann Ihnen helfen.«

»Das ist sehr freundlich«, antwortete sie, »aber eigentlich bin ich für Sie da.«

»Etwas ist passiert«, sagte er.

Sie war einen Moment irritiert. »Sie meinen, Ihnen ist etwas zugestoßen?«

»Nein, Ihnen!«

Er sah, wie sie zögerte. Er hatte es gewusst! Jetzt rieb sich die Psychiaterin die Augen, hielt sich kurz den Kopf.

»Sie sind krank«, sagte er schockiert. »Die Symptome beginnen. Sie haben Sie vergiftet, wahrscheinlich ein langsam wirkendes, nicht nachweisbares Gift. Oder Strontium. Plutonium. Botulinumtoxin.«

Sarah Marten setzte sich etwas aufrechter hin und sagte: »Sie sind sehr aufmerksam, Herr Schwartz, darum möchte ich nicht abstreiten, dass ich körperlich nicht ganz auf der Höhe bin. Ich hatte einen kleinen Unfall und habe mir den Kopf gestoßen. Es ist wichtig, dass Sie dies richtig einordnen. Sie dürfen darauf zählen, dass ich trotzdem genauso für Sie da bin wie – «

»Einen *kleinen* Unfall?«, schrie er. »Ich sehe die Zeichen! Die haben Sie komplett infiltriert.« Er zeigte mit dem Finger im Raum herum, richtete ihn dann auf den Rauchmelder, von dem er natürlich genau wusste, dass es in Wirklichkeit eine Überwachungskamera war. Warum verstand sie denn nicht?

»Niemand hat mich infiltriert, Herr Schwartz. Ich spreche Ihnen nicht ab, dass Sie über eine sensible Wahrnehmung verfügen. Woran wir allerdings arbeiten müssen, sind Ihre Interpretationen. Sie tendieren dazu, Dinge, die um Sie herum geschehen, nach Ihrem eigenen Muster zu deuten. Das führt zu großem Leiden.«

Als er die Worte hörte, spürte er ihn wieder, den Stich im Herzen. Großes Leiden. Wieder machte sich eine Träne locker. Er befahl ihr, zu verschwinden. Ja, die Königstochter hatte recht: Er litt. Er litt wie ein Schwein, seit vielen Jahren schon. Aber nicht aus den Gründen, die sie vermutete, sondern weil er zu den wenigen Menschen gehörte, die die Wahrheit kannten. Und weil niemand ihm glaubte. Das war den Wissenden aller vergangenen Jahrtausende ebenso gegangen. Sie waren verspottet, gefoltert, verbrannt worden. Doch er war der tapfere Georg. Der Drachentöter.

Er beugte sich nach vorn, wollte etwas sagen, da rutschte ihm das Küchenmesser aus der Jacke und fiel zu Boden. Es kam ihm größer vor, lang und breit wie ein Schlachtermesser. Glänzend und scharf.

14

Sarah sprang auf. Bevor sie einen Schritt machen konnte, griff Georg Schwartz nach dem Messer.

»Es ist für Sie!«, sagte er.

»Das Messer ist für mich?«

»Nicht, wie Sie denken! Ich tu Ihnen nichts. Es ist zu Ihrem Schutz da.« Schwartz hob die Hand.

Sarah wich zurück. »Ich möchte nicht, dass Sie mit einer Waffe zu mir kommen, Herr Schwartz. Verstehen Sie das? Ich müsste Sie als gefährlich einstufen, was zu einer erneuten stationären Einweisung führen könnte. Das wollen wir beide nicht.«

»Aber ich rette Sie, Königstochter!« Er fuchtelte mit dem Messer vor ihr herum.

Die Klinge blitzte im Licht der Deckenlampe. Der Raum begann, sich vor Sarahs Augen zu drehen. Sie taumelte und musste sich an der Sessellehne abstützen.

»Es beginnt«, murmelte Schwartz und beobachtete sie beunruhigt. »Dioxin. Oder Anthrax. Nicht gut, gar nicht gut. Sie sind da, haben die Königstochter schon in ihrer Gewalt.« Er wimmerte leise. »Oder ist sie es nicht? Ist es nur noch ihre Hülle? Ich muss ihr beistehen!«

Er hob das Messer.

Langsam wich Sarah zurück. Lutz arbeitete heute Nachmittag nicht. Niemand würde ihre Rufe hören.

»Tun Sie das nicht, Herr Schwartz«, sagte sie ruhig. »Wir finden eine Lösung.«

Ihre Ruhe schien ihm Angst zu machen. Sie hörte seinen Atem, sein Blick bohrte sich in ihre Augen.

»Wer sagt das?«, fragte er.

»Ich sage das.«

»Wer seid ihr?«, schrie er.

Ein Summton erklang. Das Handy. Sarah hatte es auf lautlos gestellt, Georg Schwartz entging das Vibrieren auf dem Schreibtisch nicht. Sie fluchte innerlich.

»Aha!«, sagte er, ein wissender Ausdruck auf dem Gesicht. »Da sind sie schon.«

Nur nicht auf die Klinge schauen.

»Sie haben recht«, sagte sie. »Da ruft jemand an.«

»*Die* sind es!«

Ein Schwall Speicheltröpfchen flog Sarah entgegen.

»Wollen wir kontrollieren, wer dran ist?«, fragte sie.

Auf Schwartz' Gesicht zeichnete sich ein Kampf ab. Schließlich nickte er. »Aber verraten Sie nichts!«

Er richtete die Messerspitze gegen ihr Herz. Sarah stand auf und ging rückwärts zum Tisch, Schritt für Schritt. Hinter sich ertastete sie das Handy. Sie hob es auf, langsam.

»Ich nehme den Anruf jetzt entgegen, Herr Schwartz. Sind Sie einverstanden?«

»*Ich* will mit ihnen reden!«

»Selbstverständlich. Aber es ist besser, ich gehe zuerst ran, sonst glaubt der Anrufer, er habe sich verwählt. Sehen Sie das auch so?«

Schwartz' Hand zuckte. Die Klinge blitzte auf. Sarah hielt die Luft an.

»Sie lassen sich nichts anmerken?«, fragte er.

»Nein«, versprach sie.

»Also gut.« Er schluckte.

Sarah nahm den Anruf entgegen, ohne den Blick von Schwartz abzuwenden. »Hallo?«

»Entschuldige, falls ich dich störe. Ich war mir nicht sicher, wann du Pause machst.«

Till!

Sarahs Erleichterung wich der Erkenntnis, dass er ihr nicht übers Telefon helfen konnte. Oder doch? Er war kreativ, dachte schnell und unkonventionell. Und er kannte sie. Er würde wissen, dass etwas nicht stimmte.

»Es geht um Rebekka«, begann er. »Das Heim hat –«

»In wessen Auftrag rufen Sie an?«, unterbrach ihn Sarah.

Schwartz kniff die Augen zusammen.

»Was?«, fragte Till.

»Vom katholischen Drachenorden *Societas Draconistarum?*«, fuhr Sarah fort. »Einen Moment. Georg Schwartz möchte Sie sprechen.« Sie nahm das Telefon vom Ohr und reichte es Schwartz.

Lass deiner Fantasie freien Lauf, Till!

Sie hörte nicht, was er sagte, doch Schwartz nickte begeistert. Langsam ließ er die Waffe sinken.

»Die heilige Margit?«, fragte Schwartz.

Sarah wartete.

»Ich muss die Königstochter retten!« Er neigte den Kopf zur Seite. Horchte. »Woher wissen Sie das?«

Sarah streckte die Hand vorsichtig Richtung Messer aus. Schwartz reagierte nicht. Dann begann er plötzlich, heftig zu nicken. Er umklammerte den Griff, die Knöchel weiß, die Muskeln angespannt.

Sarah stockte der Atem. Bevor sie etwas sagen konnte, drehte er sich um und marschierte zur Tür. Er riss sie auf, warf das Messer hinaus, stapfte zurück in die Praxis, packte seine Jacke und schüttelte sie. Ein Fleischspieß und eine Schere fielen zu Boden. Schwartz hob sie auf und warf sie ebenfalls zur Tür hinaus.

»Ja!«, rief er ins Handy. »Er wird sie schlucken und sich den Magen aufreißen! Auslaufen soll er, die Erde mit Blut tränken!« Er verstummte. Senkte den Kopf. Setzte sich wieder auf seinen Stuhl und reichte Sarah das Telefon.

Sie nahm es entgegen. Ihr Herz pochte so heftig, dass es beinahe schmerzte.

»Sarah?« Till klang atemlos.

»Mmm.«

»Alles in Ordnung?«

»Ja.«

»Soll ich die Polizei anrufen?«

Sie wusste, dass sie Ja sagen müsste, doch alles in ihr wehrte sich dagegen. Wenn die Polizei Georg Schwartz abholen würde, käme er nicht mehr aus den Mühlen der Justiz heraus. Er würde den Rest seines Lebens in einer geschlossenen Abteilung verbringen. Sie hatte die Arbeit mit ihm erst aufgenommen. Dass sie sich jetzt auf seinen Wahn eingelassen und mitgespielt hatte, führte vielleicht zu einem Rückschlag, doch sie glaubte fest daran, dass sie ihm helfen konnte.

»Nein«, sagte sie. »Danke.«

Sie legte das Telefon zur Seite und wandte sich wieder Schwartz zu.

Auf seinem Gesicht zeigte sich eine seltsame Mischung von Gefühlen. Befriedigung. Er hatte eine prekäre Situation gemeistert. Angst. Er wusste nicht, ob sie immer noch von den *anderen* besessen war. Hoffnung. Sie könnte trotz alledem zu den Guten gehören. Eine Sekunde lang fühlte Sarah den Schmerz, den er wohl seit Jahren in sich trug. Niemandem vertrauen zu können, sich immer in Gefahr zu wähnen. Ein solches Leben war ein Dauerstress.

»Sie wissen, dass Sie nicht bewaffnet in die Therapie kommen dürfen, Herr Schwartz?«

Schwartz senkte den Blick.

»Ich sollte das melden, und man würde Sie wieder einweisen.«

Er sah wieder hoch, langsam. In seinen Augen glomm

etwas auf. Ein Hauch von kindlichem Vertrauen. »Aber Sie melden es nicht?«

Sie wartete geraume Zeit, dann sagte sie: »Ich melde es nicht.«

»Danke«, murmelte er. »Ich wollte nur helfen. Ich dachte ...« Er sprach nicht weiter, als leuchteten ihm seine eigenen Beweggründe nicht mehr ein. »Ich war so sicher, dass die anderen bereits Besitz von Ihnen ergriffen hatten. Dass Sie in größter Gefahr waren. Ich ...« Er schlug die Hände vors Gesicht, seine Schultern zuckten.

Sarah ließ ihn. Sie spürte, dass etwas in ihm geschah, das sie nicht unterbrechen durfte.

Er murmelte etwas in seine Hände hinein.

»Ich habe Sie nicht verstanden.«

»Ich sagte ...« Er nahm die Hände weg. Schaute sie an wie ein verwundetes Tier und fuhr fort: »Ich bin krank, nicht wahr? Im Kopf?«

»Ja, Herr Schwartz, das sind Sie.«

»Es tut mir leid. Ich wollte Sie nicht bedrohen. Ich wollte ... es rutscht alles durcheinander in meinen Gedanken. Ich kann sie nicht halten, nicht lenken. Ich ...« Er wischte sich den Rotz von der Nase und strich ihn an der Hose ab. »Ich sehe den richtigen Weg nicht. Da sind so viele Verzweigungen, Verästelungen, ein riesiges Labyrinth. Und jeder könnte der richtige sein. Begreifen Sie?« Seine Stimme war nur noch ein heiseres Flüstern. »Ich weiß nicht, was ich tun soll.«

Sarah stand auf und reichte ihm ein Taschentuch. Er schnäuzte sich geräuschvoll. Schluckte ein paar Mal, dann fragte er: »Sie geben mich nicht auf?«

»Nein, das tue ich nicht.«

»Glauben Sie, dass wir das mit meinem Kopf wieder hinkriegen?«

Sarah überlegte einen Moment. Ärzte durften keine Heilungsversprechen abgeben. Außerdem war die Geschichte der Psychiatrie voll von falschen Diagnosen und Fehlentscheidungen. Vielleicht befand sich Schwartz in einer kurzen Phase von Klarheit, bevor seine Paranoia wieder überhandnahm. Vielleicht würde er das nächste Mal mit einer Pistole in die Praxis kommen, in der guten Absicht, Sarah zu beschützen. Vielleicht wäre er der kommende Amokläufer, der die Welt in Angst und Schrecken versetzt. Doch soeben hatte sich eine kleine Tür in seinem Inneren geöffnet. Wollte Sarah sie wirklich wieder schließen?

Er wartete geduldig auf ihre Antwort.

»Ich glaube«, sagte sie, »dass viel Arbeit vor uns liegt. Dass es für Sie nicht einfach wird. Aber dass eine Möglichkeit besteht, dass es Ihnen besser geht.«

»Eine Möglichkeit? Mehr nicht?«

»Ich möchte ehrlich zu Ihnen sein, Herr Schwartz. Sie haben ein feines Sensorium für Lügen und Beschwichtigungen. Ihre paranoide Schizophrenie … ich sehe, dass Sie zusammenzucken, aber ich muss das Wort aussprechen, Ihre paranoide Schizophrenie bestimmt einen großen Teil Ihres Lebens und Ihres Alltags. Es wird Sie etwas kosten, sich von diesen Tausenden von Verästelungen zu lösen, das Labyrinth langsam zu verlassen und auf einem übersichtlicheren Weg weiterzugehen. Der Mensch hält sich gern an Bekanntem fest. Das betrifft sogenannte Gesunde genauso wie psychisch Beeinträchtigte. Verstehen Sie das?«

Er nickte. »Ich verstehe das. Manchmal weiß ich, dass all die Ängste nur in meinem Hirn sind. Und dass es keine *anderen* gibt. Und dann wieder ist alles so real, dass ich den Ausweg nicht sehe.«

Sarah hörte ihm aufmerksam zu.

Plötzlich stand er auf, sagte etwas von »in Ordnung

bringen« und ging nach draußen. Er ließ die Tür offen und bückte sich. Im ersten Moment befürchtete Sarah, er würde seine Aktion fortsetzen, sie mit Waffengewalt beschützen zu wollen. Doch er hob die drei Gegenstände ganz langsam auf, kam zurück und hielt sie ihr entgegen. »Ich will sie nicht mehr«, sagte er.

Sarah nahm Messer, Schere und Fleischspieß an sich. »Das ist gut. Ich werde diese Dinge für Sie entsorgen.« Sie legte sie in eine Schreibtischschublade, sodass sie außer Sichtweite waren.

Georg Schwartz entspannte sich. »Danke, Doktor Marten. Das bedeutet mir viel.« Wie ein ungestümer Junge machte er einen Schritt auf sie zu und umarmte sie.

Sarah ließ es geschehen. Nein, auch das war therapeutisch nicht wohlangesehen, Körperkontakt wurde in der Psychiatrie nach Möglichkeit vermieden. Aber sie wusste, dass es in diesem Moment richtig war.

Schwartz zog seinen Kragen zurecht und setzte sich wieder. Dann erzählte er von einer Frau, die er sehr geliebt habe und noch immer liebe. Er verriet ihren Namen nicht, nannte sie nur »die Edle«, doch offenbar hatte er sie in der Klinik kennengelernt. Er vertraute Sarah an, dass er den Schatz der Edlen hüte. Sarah nahm sich vor, ihn in einer der kommenden Sitzungen danach zu fragen. Falls er hier soeben eine neue Geschichte mit Drachen, Schatz und Königstochter entwickelte, war es sinnvoll, ihm aufzuzeigen, was echt war und was nicht. Doch vielleicht hütete er tatsächlich einen Schatz, real oder im übertragenen Sinn.

Als Schwartz die Praxis verließ, schaute er nochmals zurück und sagte: »Wir kriegen das hin mit meinem Kopf.«

Sarah lächelte ihm aufmunternd zu. Es war, statistisch gesehen, wenig wahrscheinlich. Aber möglich. Sie würde tun, was in ihrer Macht stand, um ihn von seinen Dämonen zu befreien.

Die Erschöpfung kam, nachdem er gegangen war. Und mit ihr kamen die Zweifel. Hatte sie wirklich ausschließlich Schwartz' Interessen vor Augen gehabt? Oder ließ ihr Stolz keine Niederlage zu? Schlimmer noch – war sie verantwortlich für das, was geschehen war? In letzter Zeit war sie nicht mehr sie selbst. Sie verlor buchstäblich den Boden unter den Füßen. Georg Schwartz besaß ein Gespür für Menschen. Verunsicherte sie ihn?

Vielleicht war auch ihre Rivalität mit Kaspar mit ein Grund dafür, dass sie die Polizei nicht eingeschaltet hatte. Ja, Rivalität. Sarah musste es sich eingestehen. Sie sprach das Wort laut aus. Es hörte sich hässlich an. Seit Jahren befand sich Sarah mit Kaspar in einem Wettstreit. Sie kämpften um die Gunst des Sohnes, der ihnen entglitt. Sie vertraten beruflich andere Ansichten. Als das DSM-5 eingeführt wurde, das Manual der amerikanischen psychiatrischen Vereinigung, hatten sie auf Einladung der Medien sogar an einem öffentlichen Streitgespräch teilgenommen. Sarah hatte sich gegen die immer höhere Zahl der Diagnosen ausgesprochen und keinen Hehl daraus gemacht, dass die Psychiatrie langsam, aber sicher jedes abweichende Verhalten als Krankheit klassifizierte. Kaspar hingegen lobte die standardisierten Erhebungsbögen. Er legte seinen Fokus auf das sichtbare Verhalten des Patienten, das leicht überprüft und abgebildet werden könne, während Sarah fürchtete, komplexe psychische Phänomene – oder auch solche, die nicht sichtbar waren – könnten bei der kriteriengeleiteten Diagnostik untergehen.

Was hatte Kaspar gesehen, als er ihr heute Vormittag in der Verhandlung gegenübersaß? Eine Gutachterin, die falsche Akten dabeihatte. Die es kaum schaffte, kohärente

Sätze zu formulieren. Hatte sie vorhin deshalb keine fremde Hilfe hinzugezogen? Die Polizei hätte Fragen gestellt. Ebenso Kaspar. Fürchtete sie sich vor den Konsequenzen?

Sarah rieb sich die Augen. Der Gestank im Raum machte ihr zu schaffen. Sie öffnete Fenster und Tür, um frische Luft hereinzulassen. Als sie sich streckte, verlor sie beinahe das Gleichgewicht. Hinter ihren Augen pochte es, als drücke ihr jemand mit den Daumen auf die Augäpfel. Eigentlich hatte sie noch Schreibarbeiten erledigen wollen, doch es war unmöglich. Besser, sie legte sich eine Weile hin. Dave ging donnerstags zum Fußballtraining, sie würde am Abend noch ein paar Stunden arbeiten.

Sie warf einen Blick auf ihr Handy. Keine Nachrichten. Sie schaltete den Anrufbeantworter des Festnetzes ein, verließ die Praxis und schleppte sich die Treppe hoch. Verdorrte Sonnenblumen lagen im Blumenbeet vor dem Haus, gefallenen Soldaten gleich. Daves Rucksack blockierte von innen die Tür, sodass sich Sarah durch einen schmalen Spalt ins Haus zwängen musste. Im Wohnzimmer lief der Fernseher.

Augenblicklich war Sarah wach. Dave wusste genau, dass er vor dem Training seine Hausaufgaben erledigen musste. Sie stapfte ins Wohnzimmer.

Dave lag auf dem Sofa, sein Mobiltelefon in der einen Hand, eine Tüte Chips in der anderen.

Sarah stemmte die Hände in die Seiten. »Was zum Teufel geht hier vor?«

Erschrocken setzte er sich auf. »Nichts.«

Sarah wartete, doch es folgte keine Erklärung. Sie schaltete den Fernseher aus, dann streckte sie die Hand aus. »Telefon!«

Er zögerte, reichte ihr dann aber das Handy. »Wann krieg ich es wieder?«

»Ist das alles, was du zu sagen hast?«

»Sorry«, murmelte er.

»Kein Wunder, sind deine Noten so schlecht! Ich verlasse mich darauf, dass du dich an unsere Vereinbarungen hältst. Aber offenbar habe ich dich überschätzt. Ich werde mich wohl nach einem Babysitter umsehen müssen.« Sarah hätte sich am liebsten die Zunge abgebissen.

»Ein Babysitter?«, stammelte Dave. »Du hast sie nicht mehr alle!«

»Komm mir nicht in diesem Tonfall!«

»Ich hab bloß – «

»Erspar mir deine Ausreden! Ich habe es satt, von dir hintergangen zu werden!« Sarah erschrak über die Härte ihrer Worte, konnte sich aber nicht beherrschen. »Vorgestern hast du einfach so bei deinem Vater übernachtet, letztes Wochenende wollten wir den Vortrag – «

»Welche Vereinbarungen? Du bestimmst hier, nur du!« Daves Stimme überschlug sich. »Ich habe sowieso nichts zu sagen!«

Er sprang vom Sofa. Als Sarah merkte, dass er gehen wollte, packte sie ihn am Arm. Er riss sich los, prallte mit dem Ellbogen gegen die Stehlampe und warf die Tüte auf den Boden. Dann wankte er zur Tür.

Wankte?

Trotz ihres Ärgers erkannte Sarah, dass er sich kaum aufrecht halten konnte. Er griff sich an den Arm. Sie dachte daran, wie müde er am Morgen gewesen war. Was hatte er in der Nacht getrieben? Gechattet? Gezockt? Sie wollte etwas sagen, doch jetzt fehlten ihr die Worte. Die Tür knallte hinter Dave zu. Sarah stand alleine da, umgeben von Chips. Die Versuchung, ihm nachzulaufen, war groß, doch das würde alles nur noch schlimmer machen. Sarah rieb sich die Augen. Was war bloß über sie gekommen? Sie kämpfte mit den Tränen. Ihre Kontaktlinsen brannten. Sarah schlich ins Bad, nahm sie heraus und legte sich aufs Bett. Sie wollte nicht schlafen, nur die Augen ein wenig schließen.

Sie erwachte davon, dass sie Schritte über sich hörte.

15

Dave saß im öffentlichen Lernfoyer der Uni, klappte seinen Laptop auf und loggte sich ins WLAN ein. Ein Babysitter! Wütend hackte er auf die Tasten ein. Jetzt hatte sie einen Sprung in der Schüssel. Machte ihm Vorwürfe, er schlafe zu wenig. Dabei war sie es, die wie ein Zombie daherkam und Mist redete. Okay, gut ging es ihm nicht. Die letzten Tage war er völlig durch den Wind gewesen. Immer wieder wurde ihm übel, erst dachte er, das sei von seinem Besäufnis mit Vanessa, Max und Chiara, doch auch nachdem er den ersten Kater seines Lebens ausgestanden hatte, war der Druck im Bauch nicht gewichen. Er fühlte sich irgendwie krank, ohne es einordnen zu können.

Das war aber nicht der Grund dafür, dass er das Training schwänzte. Er hatte zwar seine Sporttasche mitgenommen, doch unter seinen Turnschuhen lag keine Fußballkleidung, sondern sein Laptop. So weit hatte Mam nicht gedacht, als sie ihm das Handy weggenommen hatte. Wer benutzte hier seine Hirnzellen zu wenig? Er rieb sich den Arm, mit dem er gegen die Stehlampe geprallt war.

Hier hatte er gratis Internetverbindung plus Getränke zur freien Verfügung. Auf dem Bildschirm ging der Chat auf.

– crazy lizard?

Dave traute seinen Augen nicht.

– snowdrop?

– tut mir so leid! ich hatte fürchterlichen zoff. hausarrest, internetverbot, handy weg, das volle programm. bist du mir böse?

– easy. mein handy ist auch weg

Dave las ihre Zeilen immer und immer wieder. Es war die Snowdrop, die er kannte. Tamara. Kein Perverser, kein Fake. Er spürte eine Wärme in sich und wusste wieder: Es war gut. Sie würden es ein zweites Mal versuchen. Tamara schrieb, sie sei so froh, dass er verstand, was sie durchgemacht habe.

– *wir sehn uns bald?,* tippte er.

– *sehr bald. freue mich :-)*

Kaum hatte Dave den Chat beendet, öffnete sich ein zweites Fenster.

Ein Foto tauchte auf.

Woher kam denn das? Es zeigte ihn im *Black Sheep* Club, Chiara küssend, völlig zugedröhnt, in der einen Hand das Alkoholglas, die andere plump an ihrer Brust, sein Shirt vom Drink versabbert. Auf seiner Stirn klebte ein Minzeblatt. Er sah aus wie ein Neandertaler.

Darunter stand: *das bild wandert zu snowdrop, wenn du nicht tust, was wir sagen.*

Sarah schoss die Auseinandersetzung mit Dave durch den Kopf. Ihre hilflose Reaktion. Überfordert und inkompetent. Sie schaute zum Fenster hinüber und sah, dass es schon dunkel war. Wie lange hatte sie geschlafen? Der Wecker zeigte 19.30 Uhr an. Sie blinzelte. Vier Stunden? Unmöglich! Oder spielten ihr die Augen wieder einen Streich? Als sie die Decke zurückschlug und sich aufsetzte, spürte sie Daves Handy in der Hosentasche. Sie schaute aufs Display: Tatsächlich, 19.30 Uhr.

Wieder hörte sie von oben Schritte. Ansonsten war es still im Haus. Sarah gähnte. Auf einmal wurde ihr klar, dass hier etwas nicht stimmte. Dave war im Training, nicht in seinem Zimmer. Oder hatte ihm der Streit so zugesetzt, dass er deswegen zu Hause geblieben war? Sie stand auf, bereit, sich auf die Kommode abzustützen, falls ihr wieder schwindlig wurde. Nichts geschah. Vorsichtig ging sie einige Schritte. Der Boden unter ihren Füßen war stabil, das Pochen im Kopf verschwunden.

Diesmal würde sie ein vernünftiges Gespräch mit Dave führen, sachlich und lösungsorientiert. In der Küche schnitt sie sich eine Scheibe Brot ab, die sie mit Hummus bestrich. Sie fühlte sich besser, ausgeruht und zuversichtlicher. Im Grunde war Dave ein angenehmer Teenager, feinfühlig und ungewöhnlich kooperativ, auch wenn die letzten Monate schwierig gewesen waren. Sarah stellte den Teller zur Seite, wischte sich mit dem Handrücken über den Mund. Sie sah auf das Schuhregal im Flur. Fehlten Daves Hallenturnschuhe? Sie schaute genauer hin.

Ja, sie waren weg. Hatte er sie mit ins Zimmer hochgenommen? Nach dem Training warf er die verschwitzten Sachen einfach die Treppe hinunter, die zur Waschküche führte. Tasche und Schuhe ließ er meist im Flur liegen. Erst nach mehreren Ermahnungen stellte er sie dann ins Regal. Also war er doch zum Fußball gegangen. Sarah schaute zur Garderobe. Seine Jacke fehlte ebenfalls.

Hatte sie sich die Schritte im Dachstock nur eingebildet?

Schlagartig kehrte die Unsicherheit zurück. Sarah lehnte sich gegen die Wand. Was war bloß los mit ihr? Waren ihre Beschwerden womöglich doch nicht auf Stress oder den Sturz zurückzuführen? Litt sie unter einer Krankheit? In Gedanken ging sie die Symptome durch. Ein Hirntumor wäre bei der Untersuchung am Vortag ans Licht gekommen, ebenso eine Demenzerkrankung. Nicht aber eine ganze Reihe von anderen möglichen Diagnosen. Stoffwechselstörungen, Autoimmunerkrankungen, Nervenleiden, Störungen des Gleichgewichtsorgans; das Canvas-Syndrom, die Menière-Krankheit. Einmal hatte Kaspar eine manische

Patientin mit Polyzythämie behandelt, einer bösartigen Erkrankung des Knochenmarks. Die Krankheit war zufällig in der Klinik bei einer Routineblutbildkontrolle entdeckt worden.

Im Dachstock fiel etwas zu Boden.

Sarah zuckte zusammen. Sie hatte sich die Schritte also doch nicht eingebildet.

Doch wenn ihr Sohn nicht im Haus war, wer dann?

Dave starrte auf das Foto, dann wieder auf den Text. Das war es also gewesen, was er in seinem Suff aus dem Augenwinkel wahrgenommen hatte. Jemand hatte ihn mit Chiara fotografiert, um ihn dann zu erpressen. Wenn Tamara das sähe, wäre es aus, das war klar. Sein Puls raste.

– *was wollt ihr von mir?*, tippte er.

– *deine alte ist eine psychotante*

Dave verstand gar nichts mehr.

– *ja, und?*

– *sie gibt medikamente ab*

– *???*

– *besorg uns welche*

– *geht nicht!*, schrieb Dave und merkte, wie seine Finger an der Tastatur klebten. *sie sind in der praxis. kann dort nicht rein*

– *natürlich kannst du dort rein. du klaust ihr mehrere packungen temesta, valium und xanax und lieferst sie uns ab. dann löschen wir das foto*

Dave dachte an den Zweitschlüssel, den Mam bei ihren Wertsachen im Schlafzimmer aufbewahrte.

Als er nicht sofort antwortete, las er: *hast du kapiert?*

– *das sind beruhigungsmittel.* So viel wusste er immerhin. *sie hat nicht viel in der praxis, die meisten patienten kaufen die pillen in der apotheke*

– du nimmst, was du kriegst. sonst bist du am arsch

Dave schluckte. Überall Geschwätz und Gelächter. Er konnte sich nicht konzentrieren, seine Gedanken jagten wie ein Bienenschwarm in seinem Kopf herum. Was sollte er tun, verdammt?

– was, wenn meine mutter das herausfindet?, schrieb er. Gleich darauf war es ihm peinlich.

– bist du ein hosenscheißer oder was? wir geben dir den auftrag, und du erfüllst ihn. so einfach ist das

Wer waren die Typen? Oder Mädchen. Wer sagte denn, dass er nicht mit Vanessa oder Chiara chattete? Das Ganze konnte von Anfang an eine abgekartete Sache gewesen sein. Hatte vielleicht schon damit begonnen, dass die drei ihn auf der Brücke im Regen gesehen hatten, in den Club mitnahmen, abfüllten und Chiara sich an ihn ranschmiss. Oder schlimmer, ein noch früher ausgeheckter Plan. Daran durfte er gar nicht denken. Tamara? Steckte sie hinter alldem? Oder doch ein Perversling, der sich als Snowdrop ausgab? War der ganze Chat mit ihm nur darauf ausgelegt gewesen, Dave zu irgendwas Illegalem zu zwingen? Erst Medikamente, dann Nacktfotos, dann Bombenlegen in der Schule?

Obwohl es keinen Sinn machte, schrieb er: *snowdrop, bist du das?*

– was soll dieser scheiß?, kam es postwendend zurück.

Der Laptop auf Daves Knien fühlte sich tonnenschwer an.

– was muss ich tun?

– steck die medis in eine plastiktüte und deponier sie im abfalleimer bei deiner bushaltestelle

Dave wurde kalt.

– woher weißt du, wo ich wohne?

– unheimlich, nicht wahr?

– wann?

– jetzt

– bin nicht zu hause. Vielleicht konnte er sich noch eine Frist rausholen, bis …

– jetzt, sagten wir!

– ok. dauert eine halbe stunde. dann löscht ihr das foto?

– ja

– wie kann ich sicher sein?

– das kannst du nicht. eine halbe stunde. keine sekunde länger

Sarah stieg die Treppe hinauf. In der einen Hand hielt sie ihr Handy, in der anderen ein Küchenmesser. Sie dachte an Georg Schwartz. An die gezackte Klinge vor ihrem Gesicht, an den Spieß und die Schere, die er in der Jacke versteckt hatte. Ihr Mund war trocken, ihr Atem flach. Kurz erwog sie, die Notrufnummer zu wählen, aber was, wenn es doch Dave war? Man würde sie für eine Spinnerin halten. Sie biss sich auf die Unterlippe, um ein hysterisches Lachen zu unterdrücken.

Es knarrte unter ihren Füßen. Sarah blieb stehen. Horchte konzentriert. Als sie weiterging, achtete sie darauf, die knarrenden Stufen auszulassen. Im schwachen Licht der Straßenbeleuchtung sahen die Möbel wie lauernde Gestalten aus, die Bilder an der Wand wie Fenster ins Leere. Sarah bereute, ihre Kontaktlinsen nicht eingesetzt zu haben, doch jetzt war es zu spät. Sie schlich weiter. Die Treppe wurde schmaler, wo sie zum Dachboden führte. War da ein heller Streifen unter Daves Tür?

Plötzlich vibrierte das Telefon in Sarahs Hand. Vor Schreck ließ sie es beinahe fallen. Das Display zeigte eine Nachricht von Kaspar an. *Ich muss mit dir reden.* Schwer atmend ließ Sarah den Arm sinken. Sie war auf dem oberen Treppenabsatz angekommen, nun sah sie die Tür deutlich.

In Daves Zimmer brannte Licht.

Sarah umschloss den Griff des Messers fester. Ein leises Hämmern erklang. Tock, tock, tock. Metall auf Metall. Dann wurde etwas über den Boden geschleift. Der Lichtstreifen verschwand, es wurde finster. Die Tür ging auf.

Sarah schrie.

Dave klappte seinen Laptop zu und stopfte ihn in die Sporttasche. Er raste aus dem Foyer, stieß dabei mit einem Studenten zusammen, der ihm ein »pass doch auf, Mann!« hinterherschrie, schaute sich nicht um, eilte zur Haltestelle und fuhr die wenigen Stationen den Hang hinauf. Es hatte wieder zu nieseln begonnen. Dave rannte die Straße entlang und war außer Atem, als er zu Hause ankam. Die oberste Etage war erleuchtet. Erst war er erleichtert. Wenn Mam dort war, konnte er sich den Schlüssel schnappen, ohne dass sie es mitkriegte. Dann wurde er wütend. Was machte sie im Dachstock? Das war sein Reich, sie hatte dort gar nichts zu suchen. Hoffentlich merkte sie nicht, dass sein Laptop fehlte.

Lautlos öffnete er die Tür, schlich zu ihrem Schlafzimmer und nahm den zweiten Schlüssel an sich. Aus der Küche holte er eine Plastiktüte und eine Taschenlampe. Dann lief er zur Praxis hinunter. Die Steinstufen waren schlecht beleuchtet, beinahe verfehlte er einen Tritt. Die Taschenlampe wollte er hier draußen nicht einschalten. Fehlte gerade noch, dass ein Nachbar ihn für einen Einbrecher hielt. Er ging in den Warteraum, schloss das Behandlungszimmer seiner Mutter auf. Es roch seltsam. Er rümpfte die Nase. Betrat den Raum, knipste die Taschenlampe an. Er hatte sich keine Gedanken darüber gemacht, wie er den Aktenschrank, in dem Mam die Medikamente lagerte, aufkriegen sollte. Zur Not mit Gewalt. Doch der Schrank war bereits offen, eine Tür war ganz aus den Angeln gehoben worden. Hatte ihn jemand aufgebrochen? Waren sie vor ihm hier gewesen? Verwirrt ging Dave durch den Raum. Auf dem untersten Regal, dort, wo er immer lag, war der Medikamenten-Behälter. Dave nahm ihn hervor und öffnete ihn.

Antidepressiva, Ritalin und das ganze Chemie-Zeug. Alles da. Erleichtert stieß Dave die Luft aus. Er nahm mehrere Packungen Temesta, Valium und Xanax, legte die Schachteln wieder so ordentlich aufeinander, wie Mam es tun würde, warf einen letzten Kontrollblick auf den Behälter. Dann verstaute er die Pillen in der Plastiktüte und diese in der Sporttasche. Könnte klappen. Falls Mam kein Inventar oder so was führte.

Plötzlich hörte er ein Klicken. Es kam vom Eingang.

Dave erstarrte. Er schaltete die Taschenlampe aus.

Eine Hand packte Sarahs Arm, das Messer fiel die Treppe hinunter, das Telefon flog hinterher.

»Sarah!«, brüllte jemand an ihrem Ohr.

Ein Keuchen, laut und schwer.

»Verdammt, was ist in dich gefahren?«, fragte eine bekannte Stimme.

Es roch nach Fisherman's Friend. Sarah spürte Schwielen, vertraute Haut. »Till?«

Die Lampe in Daves Zimmer ging an, blendend hell. Sarah kniff die Augen zusammen.

Till war nur eine Silhouette vor ihr. Er ließ sie los, trat einen Schritt zurück. Jetzt konnte sie ihn deutlich sehen. Das Entsetzen in seinen Augen, die Werkzeugkiste in seiner Hand.

»Was machst du hier?«, stammelte sie.

»Ich?«, fragte er ungläubig. »Was machst *du?* Warum schleichst du dich mit einem Messer in Daves Zimmer?«

»Was …?« Sarah hielt sich am Geländer fest. »Weil ich Schritte gehört habe! Ich dachte, du wärst …«

Till fuhr sich mit der Hand durchs Haar. »Komm, setz dich. Du siehst aus, als würdest du gleich umfallen.«

Er führte sie zu Daves Bett. Sarahs Knie zitterten, ihre Hände waren schweißnass. Till blieb stehen.

»Was tust du hier oben?«, fragte sie.

»Einen Router installieren. Damit der WLAN-Empfang besser ist. Das habe ich Dave doch versprochen.«

Sarah starrte ihn an.

»Hast du meine SMS nicht gelesen?«, fragte er.

Sie schüttelte den Kopf.

»Die Notiz auch nicht, die ich auf die Küchenablage gelegt habe?«

Sarah dachte an das Brot, das sie sich gestrichen hatte. Da hatte nichts gelegen.

»Du glaubst mir nicht«, stellte Till fest.

Bevor Sarah etwas erwidern konnte, verließ er den Raum und trabte die Treppe hinunter. Kurz darauf kehrte er mit einem Post-it und ihrem Handy zurück.

Bin oben, kümmere mich um das WLAN bei Dave, stand auf dem Post-it. *Geht mir besser. Ist es ok, wenn ich um sieben vorbeikomme?,* hatte er in der SMS geschrieben. Abgeschickt um fünfzehn Uhr. Wieso hatte sie das nicht gesehen? Als sie die Praxis verließ, hatte sie ihre Nachrichten kontrolliert. Sarah vergrub das Gesicht in ihren Händen.

Till setzte sich und legte den Arm um sie. »Entschuldige, ich wollte dich nicht erschrecken.«

»Es ist nicht deine Schuld. Mir ist dein Zettel nicht aufgefallen.«

»Kein Wunder, nach dem, was heute passiert ist.«

Es dauerte einen Moment, bis Sarah begriff, dass er von Georg Schwartz sprach.

»Ich hätte beinah die Polizei gerufen«, sagte er.

»Ich bin froh, dass du es nicht getan hast. Worüber hast du eigentlich mit ihm gesprochen?«

»Dass dieser Drachenorden, den du erwähnt hast, auf seine Hilfe angewiesen sei. Er faselte etwas von einem Messer und einer Königstochter. Ich hab einfach gepokert. Sagte ihm, seine Seele müsse rein und er unbewaffnet sein, wenn er die heilige Margit befreien wolle.«

»Die heilige Margit?«

»Na ja, irgendwie muss sie ja heißen. Kunigunde war mir zu abgedroschen.«

Sarah schüttelte den Kopf. »Du bist unglaublich. Was für ein Glück, dass du genau im richtigen Augenblick angerufen hast. Was wolltest du eigentlich?« Erst jetzt fiel ihr ein, dass er Rebekka erwähnt hatte.

Er zögerte. »Der Lindengarten hat sich gemeldet«, sagte er langsam.

»Der Lindengarten?« Sarah hatte mit vielem gerechnet, aber nicht damit.

»Du klingst überrascht.«

»Natürlich! Ich versuche seit Tagen, Antworten zu … ist etwas mit Rebekka?«

»Nein, ich meine, doch, aber nicht –«

»Till! Sag es mir!« Sie packte ihn.

»Es ist nichts Schlimmes«, sagte er rasch. »Sie hat ein paar blaue Flecken, das ist alles. Die Gruppenleiterin hat mich gefragt, ob am vergangenen Wochenende etwas vorgefallen sei.«

»Wie bitte? Nichts Schlimmes?« Sarahs Angst schlug in Wut um. »Und warum rufen sie dich an? Warum nicht mich?«

»Sie haben dich anscheinend wiederholt zu erreichen versucht.«

»Das hätte ich gesehen.« *So, wie sie Tills Nachricht gesehen hatte?*

Er nahm ihr das Telefon aus der Hand. Als er die Anrufliste öffnete, tauchte die Nummer des Heims mehrmals auf. »Vermutlich erschien die Meldung ›Verpasster Anruf‹ einfach nicht auf dem Display. Das kommt manchmal vor.«

»Ich verstehe das nicht, Till.« Sie schluckte. »Langsam glaube ich, dass etwas mit mir nicht in Ordnung ist.« Sie erzählte ihm vom Reifenwechsel, den sie angeblich in Auftrag gegeben hatte. »Und heute Morgen fand ich den Schlüssel zum Aktenschrank nicht.« Dass sie auch die falsche Krankengeschichte eingepackt hatte, erwähnte sie nicht.

Halb erwartete sie, dass Till ihre Pannen herunterspielen würde, doch er schwieg. Das beunruhigte sie fast mehr als die Ereignisse selbst.

»Du hast auch bemerkt, dass etwas nicht stimmt«, sagte sie leise.

Er zögerte.

»Bitte, Till, sei ehrlich.«

»Ja«, gab er zu. »Du bist in letzter Zeit … anders. Aber das muss nichts bedeuten. Du hast viel um die Ohren, trägst eine Menge Verantwortung, für deine Patienten, Dave, Rebekka. Vielleicht brauchst du einfach eine Auszeit.«

Sarah wusste, dass mehr dahintersteckte. Sicher, sie hatte wenig Freizeit, doch sie liebte ihre Arbeit, genoss die Herausforderung, die Befriedigung, wenn ihre Patienten Fortschritte erzielten. Rebekka war keine Belastung, doch das verstand niemand.

»Weißt du Genaueres über die blauen Flecken?«, fragte sie.

»Nein, aber die Gruppenleiterin klang besorgt.«

»Offenbar nicht besorgt genug, um der Sache auf den Grund zu gehen!«

»Immerhin haben sie mich angerufen, als du nicht erreichbar warst. Das ist doch ein gutes Zeichen. Es bedeutet, Rebekka ist ihnen nicht egal.«

»Und deshalb drehen sie den Spieß um? Angriff ist bekanntlich die beste Verteidigung«, sagte Sarah bitter. »Aber da spiele ich nicht mit. Ich werde die Kesb einschalten. Ich rufe gleich morgen früh an.«

Dave lauschte. Irgendjemand war in der Praxis.

Passte ihn einer ab?

Er wartete ein paar Minuten im Dunkeln. Dann öffnete er vorsichtig die Tür. Er linste ins Wartezimmer, halb in der Hoffnung, es leer vorzufinden, halb in Erwartung, gleich eins über den Schädel zu kriegen. Doch da war keiner. Er schlich aus Mams Therapiezimmer, lautlos, mit angehaltenem Atem. Aus dem angrenzenden Raum drang eine Stimme.

Er hatte nur den Hypnotiseur gehört! Keinen Abartigen, der sich als Snowdrop ausgab.

So leise, wie er gekommen war, verließ er die Praxis. Eilte den nassen Weg zur Straße hoch, dann zur Haltestelle runter, sah sich um. Es war dunkel, aber noch nicht spät. Mehrere Leute standen unter dem Dach des Wartehäuschens, bis ein Bus einfuhr und eine Handvoll Fahrgäste ausspuckte, die im Regen davoneilten. Nun war die Station menschenleer, aber sicher nicht für lange.

Dave nahm die Plastiktüte hervor und steckte sie in den Abfalleimer, der fast randvoll war. Er verbuddelte die Tüte in der Tiefe, stapelte ein paar verbeulte Getränkedosen darüber, dann huschte er davon und überquerte die Straße. Plötzlich hielt er inne.

Der Erpresser befand sich bestimmt in der Nähe, um abzuchecken, ob Dave den Auftrag ausgeführt hatte. Und um einzugreifen, falls sich jemand an dem Müll zu schaffen machte. Dave zog sich in den Schatten eines Baumes zwischen zwei Häusern zurück. Es tropfte ihm auf den Kopf. Die Autos brausten vorbei, produzierten Wasserfontänen. Niemand grub im Abfalleimer herum.

Was würde er tun, falls er denjenigen entdeckte, der dahintersteckte? Oder diejenige? Wenn Mam ihm nicht das Handy abgenommen hätte, könnte er die Person fotografieren. Und dann? Wäre er nur nicht mit Max und seinen Freundinnen mitgegangen! Er sah die Szene wieder vor sich. Wie er mit Chiara rumgemacht hatte. Wie etwas aufblitzte. Da war auch ein Gesicht gewesen, aber Dave konnte sich nicht mehr an Einzelheiten erinnern. Wusste nicht mal mehr, ob es ein Mann oder eine Frau gewesen war. Jung oder alt. Bekannt oder nicht.

Er strich sich das feuchte Haar aus der Stirn. Plötzlich kam ihm ein Gedanke.

Andy! Das Ganze konnte auf seinem Mist gewachsen sein. Andy hatte sich als Tamara ausgegeben. Dave hatte ihm die peinlichsten Details seines Lebens verraten, während sich sein Freund auf der anderen Seite krummgelacht hatte. Freund, na ja. Falls Andy das getan hatte, konnte er sich die Freundschaft abschminken. War Andy ihm in den *Black Sheep* Club gefolgt, hatte ihn fotografiert und wollte jetzt die Psychopillen seiner Mutter, weil Kiffen nicht reichte?

Dave schüttelte den Kopf. Passte irgendwie auch nicht.

Wenn er sich nur erinnern könnte, wen er aus dem Augenwinkel gesehen hatte. Vielleicht musste er den Ort noch einmal aufsuchen, so wie in den Krimis. Einer wird niedergeschlagen, verliert sein Gedächtnis, kehrt zurück zum Ort des Geschehens – und zack – funktioniert sein Gehirn wieder.

Aber im realen Leben klappte das sicher nicht.

Doch da gab es vielleicht jemanden, der ihm weiterhelfen konnte.

Dave warf sich die Sporttasche über die Schulter und machte sich auf den Rückweg.

16

Bertram Lutz legte den Hörer auf. Er war froh, dass er nach dem Abendessen nochmals kurz in die Praxis gekommen war, um die wichtigsten administrativen Arbeiten zu erledigen und ein paar Anrufe zu tätigen. Morgen würde er keine Zeit dafür haben. Es warteten neben seinen Stammklienten zwei Erstgespräche auf ihn. Da es sich bei beiden um Notfälle handelte, war er einverstanden gewesen, sie zwischen zwei Termine zu schieben, die er eigentlich mit Büroarbeit hatte füllen wollen. Er räumte die Stifte weg, stellte einen Ordner zurück ins Regal und verließ die Praxis.

Draußen spannte er den Schirm auf. Im Halbdunkel prallte er auf den Sohn seiner Vermieterin.

Dieser zuckte zusammen. »Sorry, ich hab Sie nicht gesehen.«

»Hallo«, sagte Bertram. »Du bist David Marten, nicht wahr?«

»Dave«, sagte der Junge. »Kann ich Sie was fragen?«

»Mich?« Lutz hielt den Schirm über den Teenager, doch diesem schien es egal zu sein, dass er noch nasser wurde.

»Sie machen doch Hypnose«, fuhr Dave fort.

Bertram lächelte, spürte jedoch einen Anflug von Ärger. Musste das bei diesem Wetter sein? Sein Job faszinierte andere, das wusste er. Aber Lust auf eine längere Unterhaltung hatte er jetzt keine.

»Kann man damit ...«, fuhr Dave fort, »ich meine, holen Sie auch verlorene Erinnerungen zurück?«

Der Junge wirkte aufgewühlt. Bertram las in ihm wie in einem offenen Buch. Nahm Stress wahr, Wut, Schuldgefühle. »Fragst du aus reiner Neugier oder – «

»Nein«, unterbrach ihn Dave mit unüberhörbarer Dringlichkeit in der Stimme. »Ich meine es ernst.«

Bertram legte den Kopf schräg. »Was die Hypnose alles kann, das ist ein weites Feld. Es freut mich, dass es dich interessiert. Aber wollen wir das ein anderes Mal diskutieren?«

»Keine Zeit. Es muss jetzt sein! Wenn jemand etwas erlebt hat und sich nicht mehr daran erinnern kann, sagen wir, weil er … ähm, zu viel getrunken hat …«

»Jemand?«

»Ja, jemand. Wenn es für ihn sehr wichtig wäre, das Vergessene wieder zurückzukriegen – geht das mit Hypnose?«

»Das ist möglich. Woran möchtest du dich denn zurückerinnern?«

»Nicht ich!« Dave nestelte an seiner Sporttasche herum, versuchte, Zeit zu gewinnen. »Ich frage nur allgemein.«

»Ich kann dir gern ein Buch ausleihen.«

Dave wand sich, dann brach es aus ihm heraus: »Okay, es geht um mich.«

Na eben. »Du bist erst fünfzehn, du brauchtest die Einwilligung deiner –«

»Woher wissen Sie das?« Ein misstrauischer Blick huschte über Daves Gesicht.

»Wie bitte?«

»Dass ich fünfzehn bin. Woher wissen Sie das? Haben Sie mit meiner Mutter über mich gesprochen?«

Bertram winkte ab. »Wo denkst du hin! Ich habe ein gutes Einschätzungsvermögen, du siehst aus wie fünfzehn. Wenn du eine Sitzung bei mir buchen möchtest, brauche ich die Erlaubnis deiner Eltern. Verstehst du?«

»Klar«, murmelte Dave. »Ist mir schon klar. Wann kann ich kommen?«

Bertram lächelte wieder. Lächeln war immer das Beste, wenn das Gegenüber aufgeregt war. Ein freundliches Gesicht schaffte Vertrauen und beruhigte. »Montagvormittag ginge es bei mir. Um elf. Oder … bist du dann in der Schule?«

»Am nächsten Montag hab ich frei. Projektwoche.«

Selbstverständlich log der Junge. Bertram sagte: »Ich könnte dir auch einen Termin am Abend anbieten.«

Dave schüttelte den Kopf. »Montag um elf passt. Müssen beide Eltern unterschreiben?«

»Nein, das ist nicht nötig.«

Dave atmete erleichtert aus.

Bertram wusste, Dave würde den Vater fragen. Würde ihm irgendeine Geschichte auftischen, wahrscheinlich Lernschwierigkeiten oder Prüfungsstress, das wirkte immer. Papa war froh, seinen Sohn überhaupt noch zu Gesicht zu bekommen, und würde alles unterschreiben. Doch die Hauptsache war, dass Bertram nichts Ungesetzliches tat.

»Haben Sie eine Schweigepflicht?«, wollte Dave noch wissen, als er sich schon halb umgedreht hatte.

»Selbstverständlich.«

»Gut«, sagte der Junge und versuchte, so cool wie möglich zu wirken. »Wir sehn uns.«

Georg Schwartz hatte genug gehört.

Reglos blieb er hinter der Eibe stehen, bis der Hypnotiseur und der Sohn von Doktor Marten die Treppe hinaufgestiegen waren. Dann löste er sich aus dem Schatten und verschwand in die Nacht.

17

Der Duft von Tomatensauce wehte Sarah entgegen, als sie in den Lindengarten kam. Er erinnerte sie daran, dass sie seit dem Frühstück nichts gegessen hatte. Trotzdem fühlte sie sich wach, und der Boden blieb, wo er hingehörte – unter ihren Füßen. Auch Kopfschmerzen hatte sie keine.

Sarah hatte beschlossen, zuerst das persönliche Gespräch mit der Heimleiterin zu suchen, bevor sie die Kesb einschaltete. Doris hatte ein Treffen nach dem Mittagessen vorgeschlagen. Als Sarah nun zur Gruppe 3 hochfuhr, dachte sie noch einmal über die Beschwerde nach, die sie gleich vorbringen würde. Vor dem Gespräch wollte sie noch ihre Schwester besuchen.

Rebekka war im Aufenthaltsraum, zusammen mit zwei weiteren Bewohnern und Vesna, die einen Beutel am Rollstuhl befestigte. Aus dem Essraum ertönte das Klappern von Geschirr, das weggeräumt wurde.

Sarah küsste Rebekka. »Hallo Liebes, ich habe dich vermisst.« Sie strich ihr über die Wange. »Ich habe gehört, was passiert ist. Es tut mir so leid.«

Sie begrüßte Vesna. »Wie geht es ihr?«

»Gut.« Vesna mied ihren Blick.

Sarah wartete, doch Vesna fügte nichts mehr hinzu. Sie wollte nachhaken, da erschien bereits die Heimleiterin in der Tür. Sie bat Sarah mitzukommen. Doris arbeitete seit sechs Jahren im Lindengarten, Sarah hatte sie immer als umgänglich und warmherzig empfunden. Doch als sie jetzt neben Sarah herging, wirkten ihre Gesten distanziert. Offenbar hatte sie ein schlechtes Gewissen.

Doris schlug nicht den Weg zum Büro ein, sondern ging

die Treppe hinunter zum Sitzungszimmer. Als Sarah ihr in den Raum folgte, blieb sie überrascht stehen. Am Tisch saßen Heike, die Springerin, die Dienst gehabt hatte, als Rebekka verschwunden war, sowie weitere Teammitglieder und eine Sozialarbeiterin.

»Bitte, setz dich«, sagte Doris. Sarah nahm Platz. Alle Augen waren auf sie gerichtet. Doris ergriff das Wort. »Sarah, ich weiß, du hast nicht viel Zeit, deshalb komme ich gleich zur Sache. Wir machen uns Sorgen um Rebekka.«

»Hoffentlich!«, entfuhr es Sarah.

Die Sozialarbeiterin beugte sich vor. »Dr. Marten –«

»Sarah.«

»Sarah, Sie sind berufstätig, Mutter und kümmern sich jedes Wochenende um Ihre Schwester. Das sind anspruchsvolle Aufgaben.«

Sarah blickte von Doris zur Sozialarbeiterin. »Was möchten Sie damit sagen?«

»Brauchen Sie Unterstützung?«, fragte die Frau geradeheraus.

Da dämmerte Sarah, worauf sie hinauswollte. »Ihr glaubt … ihr wollt tatsächlich *mir* die Schuld geben an Rebekkas blauen Flecken?«

»Wir empfinden Rebekka montags als verstört«, sagte Doris. »Wir haben festgestellt, dass es ihr im Laufe der Woche immer besser geht.«

Sarah sah alle Anwesenden der Reihe nach an. »Ich fass es nicht! Ihr wollt eure Fehler –«

»Wir sind hier, um gemeinsam eine Lösung zu finden«, unterbrach sie die Sozialarbeiterin. »Nicht, um uns gegenseitig Vorwürfe zu machen.«

Sarah drehte sich zu ihr hin. »Wissen Sie, was vor zwei Wochen geschah? Man hat Rebekka in die Ergotherapie gestellt. Alleine. Ins Dunkle. Statt die Verantwortliche zur

Rechenschaft zu ziehen«, sie warf einen Blick auf die Springerin, »tischt man mir Lügengeschichten auf.«

Doris seufzte kaum hörbar.

»Wir verfolgen alle dasselbe Ziel«, wiederholte die Sozialarbeiterin. »Wir möchten, dass es Rebekka gut geht.«

»Dann schlage ich vor, dass wir der Sache auf den Grund gehen. Hier läuft etwas schief«, sagte Sarah kühl.

»Deswegen sitzen wir hier.« Die Sozialarbeiterin wartete.

»Ich meine, im Lindengarten«, stellte Sarah klar.

»Auf mich wirkst du in letzter Zeit gestresst«, sagte Doris.

»Ich kann mit Stress umgehen.« Sarah drehte sich zu Heike. »Aber manche Menschen kommen mit schwierigen Situationen weniger gut klar. Sie müssen Druck ablassen, oft auf Kosten Schwächerer. Das verstehe ich, auch wenn ich es nicht gutheiße. Was mich aber ärgert, ist, wenn man Fehlverhalten nicht zugibt.«

»Ich habe die Wahrheit gesagt!« Heike kämpfte mit den Tränen. »Ich war mit Rebekka im Zimmer, als das Telefon klingelte. Als ich wieder zurückkam, war sie weg.«

»Und dann bist du einfach nach Hause gegangen? Du hast sie nicht gesucht?«

»Aber da war doch die Notiz.« Jetzt weinte sie. »Warum hätte ich Rebekka suchen sollen?«

»Das reicht.« Doris legte der Springerin die Hand auf den Arm. »So kommen wir – «

»Welche Notiz?«, unterbrach Sarah.

Doris sah sie mit einem seltsamen Ausdruck an. »Auf Rebekkas Bett lag eine Notiz von dir. Dass du sie mitgenommen hast.«

Auf einmal schien sich der Raum zu drehen. Sarah hielt sich an der Tischkante fest.

»Sonst wäre ich doch nicht gegangen!«, schniefte Heike.

»Diese Notiz«, sagte Sarah langsam. »Darf ich sie sehen?«

»Ich habe sie weggeworfen«, sagte Heike.

Sarah war erleichtert. Die Notiz hatte es nie gegeben. Heike brauchte eine Ausrede.

»Das ändert nichts an der Tatsache, dass Rebekka am Montag blaue Flecken hatte«, sagte Doris. »Flecken, die es am Freitag noch nicht gab.«

»Die ihr jemand auch am Sonntagabend hätte zufügen können«, wandte Sarah ein.

»So kommen wir nicht weiter«, unterbrach die Sozialarbeiterin. »Es ist nicht ungewöhnlich, dass die Betreuung pflegebedürftiger Menschen Angehörige überfordert. Wir haben gehofft, dass wir die Sache in einem Gespräch klären können. In der Regel findet sich eine Lösung. Das setzt aber die Bereitschaft voraus, sich mit dem Problem auseinanderzusetzen. Wenn diese fehlt, bleibt uns nichts anderes übrig, als eine Gefährdungsmeldung an die Kesb zu machen.«

Sarah wurde kalt. Es war eine Sache, wenn sie die Behörden informierte. Wenn aber der Lindengarten anrief, würde alles, was Sarah von diesem Zeitpunkt an sagte, nach einer Rechtfertigung klingen. Seit sie Rebekkas Beistand war, musste sie der Kesb alle zwei Jahre einen Rechenschaftsbericht vorlegen. Zwar war die Zusammenarbeit gut, trotzdem fürchtete sie sich vor der Macht der Behörde.

»Rebekkas Pflege überfordert mich nicht.« Sarah zwang sich, in einem neutralen Tonfall zu sprechen. »Ich genieße die Zeit mit ihr.«

»Wer kümmert sich sonst noch um Ihre Schwester?«, fragte die Sozialarbeiterin.

»Niemand. Ich möchte so viel Zeit wie möglich mit ihr verbringen.«

»Kommt es nie vor, dass Sie kurz wegmüssen?«

»Dann kommt Rebekka mit.«

»Hilft dein Partner bei der Betreuung?«, fragte Doris.

Sarah atmete tief ein. »Nein. Till ist zwar oft anwesend, aber nie mit Rebekka allein.«

»Entschuldigen Sie, wenn ich widerspreche«, sagte die Sozialarbeiterin. »Sie schlafen, gehen ins Bad, ans Telefon.«

»Rein theoretisch hätte Till Rebekka verletzen können«, räumte Sarah zähneknirschend ein. »Aber warum hätte er das tun sollen?«

»Behinderte Angehörige können eine Beziehung auf die Probe stellen.«

Sarah schüttelte den Kopf.

»Sehen Sie eine andere Möglichkeit?«, fragte die Sozialarbeiterin. »Dass die Prellungen da sind, lässt sich nicht bestreiten.«

»Es muss hier geschehen sein. Im Lindengarten.« Sarah machte eine ausladende Geste, vermied es aber jetzt, in Heikes Richtung zu sehen. »Rebekka kommt mit vielen Leuten in Kontakt. Was ist mit dem Nachtdienst? Oder vielleicht hat ein Arzt seine Kraft unterschätzt.« Sarah glaubte nicht daran, doch es war wahrscheinlicher, als dass Till Rebekka etwas zugefügt haben könnte.

»Sie haben einen Sohn«, stellte die Sozialarbeiterin fest.

Sarah richtete sich auf.

»Wie ist sein Verhältnis zu Rebekka?«, fragte die Frau weiter.

»Wie können Sie es wagen, Dave zu beschuldigen!«

Die Sozialarbeiterin schwieg.

Sarah lachte ungläubig. »Das gibts doch nicht! Ich muss mir das nicht bieten lassen.«

Doris räusperte sich. »Kürzlich hast du Vesna gegenüber erklärt, David habe ein Problem damit, dass Rebekka die Wochenenden bei euch verbringt.«

Sarah versuchte, sich an das Gespräch zu erinnern. Auf einmal fiel es ihr ein. Sie hatten Rebekka gesucht, und Vesna hatte gefragt, ob Dave sie vielleicht schon abgeholt haben könnte. Sarah hatte in diesem Zusammenhang erwidert, dass Dave die Besuche nicht mehr so toll fände.

»Dave ist ein Teenager«, sagte Sarah. »Im Moment distanziert er sich von seiner Familie. Aber im Innersten liebt er Rebekka. Das weiß ich.«

»Vielleicht wäre es gut, wenn Sie das Gespräch mit ihm suchen könnten«, schlug die Sozialarbeiterin vor.

Sarah stand auf. »Es reicht. Das werde ich mir nicht länger anhören.«

»Sarah, bitte«, sagte Doris.

Sarah marschierte zur Tür. Sie wusste, dass ihr Verhalten unprofessionell war, doch genauso klar war ihr, dass sich alle Personen im Raum bereits eine Meinung gebildet hatten. Es ging nicht darum herauszufinden, was geschehen war.

»Sarah!«

Sie verließ den Raum. Ein Stuhl wurde zurückgeschoben. Jemand lief hinter ihr her.

»Jetzt warte doch!«, rief Doris.

Sarah blieb stehen.

»Ich halte es für angebracht«, sagte Doris, »dass Rebekka das nächste Wochenende hier verbringt. Im Lindengarten.«

Sarah drehte sich um. »Kommt gar nicht infrage. Ich werde Rebekka morgen wie gewohnt nach dem Frühstück abholen.«

Wütend ging sie zum Ausgang. Sie würde sich nicht durch Drohungen einschüchtern lassen. Notfalls würde sie einen Anwalt hinzuziehen. In der kalten Novemberluft überkamen sie die ersten Zweifel. Dave machte eine Veränderung durch. Wie viel bekam Sarah wirklich mit? Machte sie sich etwas vor, wenn sie behauptete, ihn zu kennen?

Sie schob die Hände in die Jackentasche und zog die Schultern hoch. Als ihr Telefon klingelte, war sie froh um die Ablenkung.

Es war Kaspar, der wissen wollte, wie es ihr gehe.

»Gut.« Sarah war nicht in der Stimmung, über ihr Wohlbefinden zu diskutieren. Schon gar nicht mit ihm.

»Auf mich hast du gestern keinen guten Eindruck gemacht.«

»Verdammt, beobachtet mich eigentlich die ganze Welt? Ja, gestern ging es mir schlecht. Heute geht es mir besser. Punkt. Du rufst bestimmt nicht deswegen an. Was möchtest du?«

Sein Tonfall änderte sich. »Wenn du es kurz machen willst, bitte. Ich bezweifle, dass Georg Schwartz bei dir die Behandlung erhält, die er benötigt. Angesichts deiner momentanen Gemütslage.«

»Was?«, stieß Sarah aus.

»Deine Vorstellung gestern in der Klinik war peinlich. Meine Patienten haben das Recht – «

»Georg Schwartz ist jetzt mein Patient, nicht deiner«, stellte Sarah klar. »Ich schulde dir keine Rechenschaft.«

Sie erwartete Proteste, stattdessen fragte Kaspar fast hoffnungsvoll: »Macht er denn Fortschritte?«

Erstaunt blieb Sarah stehen. »Ja.«

»Wie … äußern sie sich?«

»Die Fortschritte?«, fragte Sarah verwirrt.

»Ja.«

Sarah zögerte. Sie unterstand dem Berufsgeheimnis. Andererseits, Kaspar kannte Schwartz' Krankengeschichte, und offenbar war ihm das Schicksal seines ehemaligen Patienten nicht egal.

»Während der letzten Therapiesitzung hat er etwas Vertrauen aufgebaut«, sagte sie.

»Wie zeigte sich das? Hat er etwas gesagt?«

»Nichts Konkretes«, erklärte sie. »Ich spürte aber eine Offenheit, die vorher nicht da war.«

»Du *spürtest* sie nur?«

Sofort bereute Sarah, sich ihm anvertraut zu haben. Sie wechselte das Thema. »Es gibt etwas Wichtigeres, worüber wir sprechen müssen.«

Während sie zu ihrem Auto ging, erzählte sie von Rebekkas blauen Flecken und den Anschuldigungen der Heimleiterin.

»Dave?«, sagte Kaspar empört. »Unmöglich. Er lebt seine Aggressionen nicht heimlich aus. Wenn er wütend ist, lässt er es seine Umgebung unmittelbar spüren.«

Erleichtert setzte sich Sarah hinters Steuer. »Das sehe ich genauso. Trotzdem wüsste ich gern, ob er sich dir gegenüber je negativ über Rebekka geäußert hat.«

Kaspar dachte nach. »Sie war gar nie Thema. Jedenfalls kann ich mich nicht daran erinnern. Andererseits, ich habe ihn schon eine Weile nicht mehr gesehen. Ist etwas zwischen ihm und Rebekka vorgefallen? Seit seinem letzten Besuch bei mir?«

»Wie meinst du das? Er hat doch erst kürzlich bei dir übernachtet. Was mich übrigens sehr geärgert hat«, fügte sie hinzu. »Wie können wir von ihm erwarten, dass er sich an Abmachungen hält, wenn wir es nicht tun?«

»Wie bitte?« Kaspars Empörung klang echt. »Vorletztes Wochenende –«

»Ich rede nicht vom Wochenende«, unterbrach Sarah. »Sondern vom letzten Dienstag.«

»Am Dienstag war er nicht bei mir.«

»Er hat mir eine Notiz hingelegt. Darauf stand, dass er bei dir übernachtet.«

Am anderen Ende war es still.

»Kaspar?«

Er räusperte sich. »Dann hat er dich angelogen.«

Wie benebelt fuhr Sarah nach Hause. Der Regen prasselte auf die Frontscheiben, die Scheibenwischer taten ihr Bestes, um Schritt zu halten. Dave war am Dienstag die ganze Nacht nicht nach Hause gekommen. Wo war er gewesen? Warum hatte er ihr eine Lüge aufgetischt? Sie bog in eine Seitenstraße ein und nahm ihr Telefon hervor, um ihn anzurufen. Da fiel ihr wieder ein, dass sie ihm das Handy weggenommen hatte.

Hatte Doris doch recht? War es Dave gewesen, der Rebekka die Verletzungen zugefügt hatte? Offenbar kannte Sarah ihren Sohn nicht so gut, wie sie gedacht hatte. Die Kopfschmerzen waren wieder da, diesmal nicht hinter den Augen, sondern als dumpfes Pochen an den Schläfen. Sarah massierte die Stellen mit Daumen und Mittelfinger. Ihr fiel ein, dass sie sich gar nicht von Rebekka verabschiedet hatte. Auf einmal sehnte sie sich nach ihrer Schwester. Sie dachte daran, wie sie durch den Wald spaziert waren. Die Luft war frisch, der Himmel klar. Unter den Rädern des Rollstuhls knirschten die Blätter, das Echo von Kinderstimmen hallte zwischen den Bäumen. War es wirklich erst wenige Wochen her? Damals war ihre Welt noch in Ordnung gewesen.

Hätte sie am Nachmittag keine Patiententermine gehabt, wäre Sarah auf der Stelle zurück in den Lindengarten gefahren, um Rebekka bereits heute mit nach Hause zu nehmen. Doch vorher musste sie mit Dave reden. Bei der Vorstellung graute es ihr. Sie hatte es sich zum Beruf gemacht, in die Seele fremder Menschen zu schauen, fürchtete sich aber vor dem, was in ihrem eigenen Sohn vorging.

Eine Viertelstunde später parkte sie in der Einfahrt, die zur Praxis führte, und stieg aus. Es war erst zwanzig vor drei, doch der Himmel lag wie eine dunkelgraue Decke über ihr. Eine leere Cola-Dose steckte in einem kahlen Strauch, der einzige Farbtupfer im Garten. Sarah eilte die Treppe hinunter. Das Licht brannte in ihrem Praxisraum, warm und einladend.

Sie blieb stehen. In *ihrem* Praxisraum?

Vorsichtig ging sie näher. Sie spähte durchs Fenster. Eine massige Gestalt stand vor dem kaputten Aktenschrank.

Bertram Lutz.

Sarah beobachtete, wie er Akten beiseiteschob, als suche er nach etwas. Sie wirbelte herum, riss die Tür auf, trat ins Wartezimmer und marschierte in den Praxisraum.

»Herr Lutz! Was machen Sie hier?«, rief sie.

Lutz zuckte zusammen. »Frau Marten, entschuldigen Sie!« Er trat vom Schrank zurück und hob die Hände in Unschuld. »Ich habe nichts angeschaut.«

»Sie haben hier nichts zu suchen!«

Sein Hals rötete sich. »Ich bitte Sie um Verzeihung. Der Geruch … ich hielt ihn einfach nicht mehr aus. Ich glaube, es befindet sich eine tote Maus in Ihrem Zimmer.«

Tatsächlich war der Gestank stärker geworden.

»Ich denke, er kommt aus dem Schrank«, erklärte Lutz. »Oder von dahinter.«

Sarah betrachtete seine blassen Handflächen und dachte an Fische. Sie verschränkte die Arme vor der Brust. »Wie sind Sie hier reingekommen?«

»Die Tür war offen.«

Sarah holte Luft, um zu erklären, dass sie immer abschloss, wenn sie ging, doch plötzlich kamen sie wieder, die Zweifel. In letzter Zeit hatte sie so vieles vergessen, warum nicht auch, die Tür abzuschließen?

»Frau Marten?« Lutz' Stimme klang hell wie eine Panflöte. »Kann ich Ihnen irgendwie helfen?«

Sarah richtete sich auf. »Ja«, sagte sie knapp. »Ich will den Schrank beiseiteschieben.«

Zusammen gelang es ihnen, das schwere Möbelstück von der Wand wegzuziehen. Zum Vorschein kam eine tote Blaumeise.

18

Georg Schwartz hatte den perfekten Platz gefunden. Hinter einer künstlichen Palme in der Ecke des Cafés. Er trug seinen breitkrempigen Hut, durch die Palmenwedel verdeckt, konnte er unbemerkt den Gesprächen lauschen. Hinter seinem Rücken, keinen Meter von ihm entfernt, saßen sein ehemaliger Psychiater und dessen Sohn an einem Bistrotisch und schwatzten. Georg war den beiden bis zum Café gefolgt, und als sie ihre Jacken über die Stuhllehnen gehängt hatten, um sich in die Schlange an der Selbstbedienungstheke einzureihen, hatte er diesen optimalen Lauschposten entdeckt.

»Und wo warst du tatsächlich am Dienstagabend?«, fragte Eckert seinen Sohn.

Dieser murmelte etwas, das schwer nach Ausrede klang.

Georg vergrub seine Nase in eine Zeitung und spitzte die Ohren.

»Deine Mutter fühlt sich hintergangen«, fuhr der Psychiater fort. »Und ich, ehrlich gesagt, auch.«

Der Junge schwieg.

»Ich war auch mal jung, Dave. Und ich weiß sehr genau, dass es in deinem Alter nicht immer einfach ist, zu –«

»Dad, echt, du hast keine Ahnung!«

»Steckst du in Schwierigkeiten? Ist es das? Sind Drogen im Spiel? Dann wäre jetzt der Moment, offen darüber zu sprechen.« Eine Pause entstand. »Oder … ist es …? Du bist verliebt. Du warst bei einem Mädchen.«

»Hör schon auf, Dad!«

»Schau mich nicht so an. Ich habe Verständnis dafür, dass du sexuelle Erfahrungen sammeln möchtest. Auch wenn du, juristisch gesehen, noch nicht alt genug dafür bist. Ich hoffe, ihr habt verhütet.«

»Nicht so laut! Du bist echt peinlich.«

Georg blätterte in seiner Zeitung. Es war offensichtlich, dass der Junge etwas verbarg. Nach der letzten Stunde bei Doktor Marten hatte Georg das Misstrauen ihr gegenüber ein wenig abgelegt. *Ein wenig*. Nicht komplett, das wäre verantwortungslos. Noch immer hieß es wachsam sein. Doktor Marten war in Gefahr, gar keine Frage, und er würde für ihre Sicherheit sorgen, auch wenn sie das nicht wollte. Die Stimmen in seinem Kopf waren widersprüchlicher denn je. Manchmal drängten sie ihn, etwas Furchtbares anzurichten, dann wieder spürte er glasklar, dass alles, was ihn von außen angriff, in Wirklichkeit von innen kam. Das war entsetzlich und tröstlich zugleich. Es machte ihm Angst, dass er Dinge in sich trug, über die er keine Kontrolle hatte. Und es gab ihm Hoffnung, dass die Bedrohung nicht von einer realen äußeren Macht kam. Aber vielleicht irrte er sich. Auch seine Verwirrung konnte zum Gesamtplan des Feindes gehören. Er fokussierte sich darauf, seine einzige Verbündete zu schützen. Er beobachtete Doktor Marten, wenn sie mit dem Auto von zu Hause losfuhr, wartete, bis sie mit der behinderten Frau zurückkam. Diese war harmlos, vermutlich ihre Schwester. Doch der Sohn? Georg hatte sich entschieden, Dave ebenfalls zu den potenziellen Widersachern zu zählen. Und selbstverständlich kontrollierte er jeden Schritt von Doktor Eckert.

Der Psychiater hatte keine reine Weste. Georg wusste, was damals passiert war, er hatte es in der geschwungenen Handschrift der Edlen gelesen. Deren Schatz er hütete.

»Deine Mutter hat mir erzählt, es gehe dir nicht gut«, sagte Eckert. »Körperlich, meine ich. Sie macht sich Sorgen.«

»Mam sorgt sich nur um sich selbst. Ich bin in Ordnung.«

»Deine Mutter steht beruflich unter Druck, Dave. Aber sie … hast du Kopfschmerzen? Magen-Darm-Probleme?«

»Übelkeit. Bauchweh. Ist nicht schlimm.«

»Das kann bei Stress in der Pubertät auftreten. Du bist nicht allein, Dave. Teil dich mir mit, dann kann ich dir helfen.«

»Wobei willst *du* mir denn helfen?«

»Ich bin dein Vater. Dein Wohlergehen ist mir wichtig. Und ich bin Arzt. Mir ist klar, dass du in dieser Lebensphase deinen eigenen Weg gehen willst, aber noch sind wir für dich verantwortlich. Begreifst du das?«

Dave antwortete nicht.

»Hast du ein Mädchen geschwängert?«

»Nein!«

Eine Weile sagte keiner etwas. Dave spielte wohl mit einem Strohhalm, Georg hörte Schlürfgeräusche.

»Aber wenn du mir wirklich helfen willst«, nuschelte Dave, »kannst du mir einen Gefallen tun.«

»Gern, Dave«, sagte Eckert. »Was immer dir wichtig ist.«

»Ich möchte eine Stunde bei Lutz. Dafür brauch ich deine Erlaubnis.«

»Beim Hypnotiseur, der in die Praxis eingezogen ist? Seit wann interessierst du dich denn für diesen Hokuspokus?«

»Der Mann ist seriös. Sonst hätte Mam ihn nicht als Mieter genommen.«

»Ich sage nicht, dass er – «

»Gibst du mir die Erlaubnis?«

Eckert zögerte. Dann hörte Georg das Klicken eines Kugelschreibers.

»Ist das eine Mutprobe?«, fragte Eckert. »Etwas, das du nachher mit Andy auf YouTube stellst?«

»Dad, echt! Unterschreibst du nun oder nicht?«

»Ich hoffe, du weißt, dass man sich Selbstvertrauen nicht anhypnotisieren kann, das muss in dir wachsen. Falls es das ist, was du bei Lutz suchst.«

»Ja, das ist es. Aber erzähl Mam nichts davon.«

»Hilfe anzunehmen, ist nicht beschämend. Deine Mutter würde es sicher – «

»Mam soll es nicht erfahren. Das kann doch was zwischen uns beiden sein. Du weißt schon, von Mann zu Mann.«

»Versuch nicht, mich zu manipulieren. Aber wenn du wirklich glaubst, dass so eine Sitzung dir etwas bringt, will ich dir nicht im Weg stehen. Gib mir den Stift. Falls dir bei diesem Lutz nicht wohl ist, sagst du es mir.«

Die beiden wechselten das Thema, sprachen darüber, was sie an diesem gemeinsamen Wochenende zusammen unternehmen würden. Nach einer Viertelstunde verließen sie das Café. Georg wartete einige Minuten, dann erhob er sich, legte die Zeitung weg und trat in den trüben Tag hinaus.

Samstagnachmittag im November. Das erste Mal seit Langem regnete es nicht, doch die dunklen Wolken hingen tief. Zahlreiche Leute bummelten mit vollen Einkaufstaschen an ihm vorbei, guckten in die weihnachtlich dekorierten Schaufenster. Der Geruch von gerösteten Kastanien wehte Georg entgegen. Er ging Richtung Hauptbahnhof, dachte an das, was der Psychiater getan hatte. Er wusste, dass Eckert sich fürchtete. Dazu hatte er auch allen Grund.

Von einer Holzbank flog eine Blaumeise auf.

19

2 Jahre zuvor

Sie machen das gut, Frau Lindner.« Die Stimme der Kunsttherapeutin klang dumpf und wie von weit her, dabei befand sich die Frau dicht neben Lisa und schaute ihr über die Schulter.

Sechs Frauen und zwei Männer saßen mit ihr im Kreativraum. Einige malten, andere arbeiteten mit Karton, Holz und Leim. Eine Patientin starrte reglos auf die Puppe, die sie gestrickt hatte. Diese besaß zwei große schwarze Augen, aber keinen Mund.

Lisa töpferte. Ihre Hände glitten über den kühlen Lehm, fuhren den Formen nach, welche sich wie von selbst ergaben. Ihre Finger fanden die Gestalt, die sich in dem braunen Klumpen versteckte, ohne dass Lisa wusste, was sie da modellierte.

»Erkennen Sie, was Sie tun?«, fragte die Therapeutin.

Lisa schwieg. Es spielte keine Rolle, was in der Dunkelheit ihrer Seele lauerte und nun in der physischen Welt auftauchte. Gesund machen, wie die Therapeutin behauptete, konnte es sie nicht.

Mit Daumen und Zeigefingern schob sie den Ton von der Mitte nach außen, verstrich ihn, tauchte die Hände in die Wasserschale, glättete die Flächen. Kanten und Rundungen entstanden. Eine Nase, Wangen und Lippen. Jo-Jo.

»Unglaublich, Ihr Talent«, hörte sie die Therapeutin hinter sich sagen. »Wer ist das?«

»Ich habe keine Ahnung.« Das stimmte nicht, doch

warum sollte sie der fremden Frau etwas erzählen, das diese niemals verstehen würde.

Lisa schaute quer über den Werktisch zum Drachentöter. Er arbeitete mit Drähten und Metallteilen an einem Gebilde, das wie die elektronische Verknüpfung eines Riesencomputers aussah. Er hatte ihren Blick bemerkt, betrachtete erst sie, dann die Therapeutin, nickte bestätigend. Ja, Lisa traute ebenfalls niemandem. Doch aus einem anderen Grund. Georg ging davon aus, überall von Feinden belagert zu sein. Lisa sah keinen Sinn darin, jemandem Einblick in ihre Abgründe zu gewähren. Sie spürte, dass der Drachentöter etwas für sie empfand. Er würde sich vor sie stellen, wenn sie in Gefahr geriet, das hatte er ihr mehrmals versichert. Lisa vergaß es nicht. Er war ein kleiner Funke in der Dämmerung, in der sie sich befand. Doch es reichte nicht, um sie am Leben zu halten. Sie würde sterben. So wie ihre Schwester.

Lisa wusste nicht, wie lange sie schon in der Klinik Schlossau war. Die Wochen waren im trüben Grau vergangen. Sie hatte etwas an Gewicht zugelegt, weil sie wieder regelmäßig aß, sah gepflegter aus. Jeden Abend schrieb sie ein paar Worte in ihr Tagebuch. *Schockfrost.* Das war der richtige Name. Schockgefroren war sie seit Jahren.

Der Drachentöter beobachtete sie, einsatzbereit. Sanft schüttelte Lisa den Kopf. Wenn sie hätte lächeln können, hätte sie es getan. Leidensgenosse. Er lebte in seinem Kerker, sie in ihrem.

Ihre Finger bearbeiteten den Lehm, formten Haare, Kiefer und die Konturen des Gesichts. Dann verfeinerte sie die Züge des Mannes, den sie so gut kannte. Den sie mit ihrer Schwermut zum hilflosen Beobachter gemacht hatte. Den sie verloren hatte. Sie wusste es. Eine Schuld mehr, die sie trug. Ihre Trauer war seine geworden, ihre Ohnmacht seine.

Sie arbeitete an der kleinen Narbe an seiner rechten Schläfe. Sie hatte die Form eines Z. Lisa erinnerte sich gut daran, wie er sie sich zugezogen hatte. Sie waren durch den Wald gestreift, er in seiner Pfadfinderuniform, sie im Sommerkleid, aus dem ihre Schwester herausgewachsen war. Sie erzählte ihm eine lustige Geschichte, er schaute lachend zurück, sah den Ast nicht, der über den Weg wuchs. Die Spitze bohrte sich in seine Schläfe. Nicht tief, aber genug, um eine Narbe zu hinterlassen. Später verblasste sie, doch Lisa wusste, dass sie dort war. Dass sie sich weich anfühlte. Ein Zeichen ihrer Verbundenheit. Z steht für zusammen, sagte er.

Es gab niemals einen anderen für sie. Und keine andere für ihn. Aus der Kinderliebe war etwas gewachsen, das unzerstörbar schien. Jetzt, wo Lisa auf die traurigen Gesichtszüge aus Ton starrte, wusste sie, dass dem nicht so war. Sie, Lisa, hatte die Liebe zerstört. Sie schaute auf die Brauen, die wohlgeformten Ohren, das Kinn. Sie schloss die Augen, erinnerte sich. Erkannte Jo-Jos stetes Bemühen, ihr zu helfen, spürte sein Vertrauen in ihre Genesungskraft. Doch er hatte sich geirrt. Sie wurde vom Abgrund verschlungen, und er konnte es nicht verhindern. Stumm schrie sie ihren Schmerz in eine Welt, die sie nicht hörte.

Ihre Finger bohrten sich in den Ton, vergruben sich in der kühlen Masse, verwüsteten das Antlitz dieses Menschen, den sie so geliebt hatte. Ihre Schultern zuckten, die Bilder überwältigten sie, die Erinnerungen vermischten sich. Ihre tote Schwester hing am Dachbalken, das weiße Sommerkleid wehte im Luftzug, eine Stimme ertönte hinter ihr, doch Lisa verstand nicht, was sie sagte. Ihr Kopf fiel nach vorn, landete im kalten Lehm, blieb liegen.

Ihre Stirn auf seiner. Ihre Seele vereint mit seiner. Und doch unendlich allein.

20

Unter dem vorwurfsvollen Blick von Doris packte Sarah Rebekkas Sachen ein. Ihre Schwester schaute sie an und gluckste. Sarah kontrollierte die Anticholinergika, zählte die Katheterbeutel und nahm das Arnikaöl vom Nachttisch. Die gleichen Arzneimittel hatte sie zu Hause, Massageöl ebenfalls, doch sie verspürte das kindliche Bedürfnis zu demonstrieren, dass Rebekkas Wohlbefinden ihr wichtig war.

»Ich halte das für keine gute Idee«, wiederholte Doris zum dritten Mal.

Sarah nahm Rebekkas Jacke vom Bügel und zog sie ihr an. »Ich wünsche dir ein schönes Wochenende.«

Ohne zurückzublicken, schob sie den Rollstuhl aus dem Zimmer. Bildete sie es sich nur ein, oder war es ungewöhnlich still im Lindengarten? Da und dort sah sie eine Betreuerin oder einen Bewohner, niemand sprach sie an. Ihr schien, als ginge sie an einer Mauer stummer Vorwürfe entlang. Kurz vor dem Ausgang hatte sie erneut das Gefühl, dass der Boden unter ihren Füßen schwankte. Sarah klammerte sich an die Griffe des Rollstuhls.

Die Sehstörungen waren heute Morgen zurückgekehrt. Erst hatte Sarah sie der Müdigkeit zugeschrieben. Sie hatte am Vorabend mit Dave gestritten und nachher nicht einschlafen können. Doch so erschöpft fühlte sie sich eigentlich gar nicht. Der lange Nachmittagsschlaf wirkte wohl noch nach.

»Langsam mache ich mir ernsthafte Sorgen«, erzählte sie Rebekka, als sie draußen waren. »Till klagt auch über Schwindel, und Dave sieht furchtbar aus. Er hat heftige

Bauchschmerzen. Ob wir auf etwas allergisch reagieren? Vielleicht ist das Haus von Schimmelpilz befallen? Ich habe gelesen, dass es versteckten Schimmel gibt. Das könnte erklären, warum es dir nicht gut geht, wenn du am Wochenende nach Hause kommst.«

Sie waren am Wagen angelangt. Mit geübten Bewegungen schnallte Sarah ihre Schwester in ihrem Sitz an. Der Verschluss war ungewöhnlich kalt. Es gelang Sarah erst beim dritten Versuch, den Gurt zu befestigen. Sie legte die Wange auf Rebekkas seidiges Haar und schloss kurz die Augen. Rebekka gab einen sanften Ton von sich. Sarah strich ihr über den Arm und setzte sich hinters Lenkrad.

»Daves Beschwerden könnten auch psychische Ursachen haben«, berichtete Sarah. »Etwas stimmt ganz und gar nicht mit ihm. Abgesehen von seiner Gesundheit, meine ich. Kürzlich hat er mich sogar angelogen. Er hat behauptet, er übernachte bei Kaspar. Es hat sich dann herausgestellt, dass das überhaupt nicht stimmte!« Beim Gedanken daran hielt Sarah das Lenkrad fester. »Und das Schlimmste daran ist, dass er noch immer nicht mit der Wahrheit herausrückt. Er weigert sich zu sagen, wo er war! Ich weiß nicht, was ich tun soll. Kaspar meint, ich solle ihn unter Hausarrest stellen. Ehrlich gesagt, finde ich das keine Strafe. Dave verschanzt sich gern in seinem Zimmer. Ich möchte ihm den Laptop wegnehmen, doch Kaspar ist natürlich dagegen. Klar, es ist auch *sein* Geschenk. Der großzügige Vater, für den nur das Beste gut genug für seinen Sohn ist.« Sie hörte die Bitterkeit aus ihren Worten und atmete durch. Rebekka reagierte auf Stimmungen, Sarah wollte sie nicht verunsichern. »Dieses Wochenende ist Dave bei ihm. Das heißt, ich muss noch nichts entscheiden. Ich bin froh.«

Nicht nur darüber war sie froh. Dass Dave weg war, gab Sarah die Gelegenheit herauszufinden, ob er hinter

Rebekkas blauen Flecken steckte, ohne ihn direkt zu fragen. Wenn Rebekka diesen Montag erneut Prellungen aufwies, wurden sie ihr eindeutig im Lindengarten zugefügt, denn Sarah würde ihre Schwester nicht aus den Augen lassen. Sie blickte in den Rückspiegel. Einen Moment lang sah sie nicht Rebekka, sondern eine verzerrte Version von ihr, als wäre der Spiegel kaputt. Sie blinzelte. Das vertraute Gesicht war wieder da. Verwirrt richtete sie den Blick wieder auf die Straße. Gerade rechtzeitig, um die Ampel zu sehen, die vor ihr auf Rot wechselte. Mit voller Wucht trat sie auf die Bremse. Gleichzeitig nahm sie hinter sich eine Bewegung wahr. Ihre Schwester war gegen den Beifahrersitz geprallt.

»Rebekka!«, schrie sie.

Sie löste den Gurt, zerrte ihn beiseite, drehte sich um. Rebekka lag zwischen Rücksitz und Beifahrersitz, die Augen weit aufgerissen.

Hinter ihnen hupte es, als die Ampel auf Grün schaltete. Sarah sprang aus dem Auto, rannte auf die andere Seite, riss die Tür auf. Sie beugte sich über ihre Schwester, berührte ihre Glieder, tastete Nacken und Wirbelsäule ab. Rebekka schien unverletzt. Sorgfältig hob Sarah sie hoch. Sie murmelte beruhigende Worte, strich ihr über den Kopf. Durch einen Tränenschleier sah sie, wie die Fahrzeuge einen Bogen um ihren Wagen machten. Eine Frau kurbelte das Fenster herunter und fragte, ob alles in Ordnung sei. Sarah nickte mechanisch.

Wie hatte das passieren können? Sie hatte die Verschlüsse wie immer zugemacht! Oder nicht? Sie würde den Sitz später genau untersuchen, jetzt aber musste sie weg von der Straße. Sorgfältig setzte sie Rebekka auf den Beifahrersitz. Sie rollte ihre Jacke zu einem Kissen zusammen, das sie zwischen das schmale Gesicht und die Scheibe klemmte. Dann fuhr sie im Schneckentempo weiter. Neben ihr zuckte Rebekka in regelmäßigen Abständen.

Bei der erstbesten Gelegenheit parkte Sarah und nahm ihre Schwester in den Arm. Sie vergrub das Gesicht in ihrem Haar, ließ das Zittern zu, das sie erfasste. Sie wusste nicht, wie lange sie so dasaßen. Als sie endlich aufsah, waren die Scheiben beschlagen, ihre Zweifel größer denn je. War sie wirklich in der Lage, Rebekka zu versorgen?

Reiß dich zusammen!

Dass Sarah keine sichtbaren Verletzungen entdeckt hatte, bedeutete nicht, dass Rebekka nichts passiert war. Am besten, sie fuhr mit ihr in die Notaufnahme. Sie setzte ihre Schwester auf den Beifahrersitz zurück, baute Stützen und weitere Polster und zog den Sicherheitsgurt fest. Zweimal kontrollierte sie, ob er auch wirklich geschlossen war.

Das Krankenhaus würde vielleicht die Kesb informieren. Was, wenn man Sarah nicht glaubte? Wenn man ihre Erklärung als Ausrede abtat? Sollte sie den Unfall verschweigen? Wie könnte sie dann die neuen Prellungen erklären?

Rebekka gab einen lang gezogenen Laut von sich.

Sarah richtete sich auf. »Entschuldige, Liebes. Wir fahren jetzt nach Hause und machen es uns gemütlich. Ich habe Kürbisrisotto vorbereitet. Nach dem Essen werde ich dich gründlich massieren, einverstanden?«

Sie startete den Motor, reihte sich vorsichtig in den Verkehr ein. Es kostete sie alle Energie, sich auf die Straße zu konzentrieren. Als sie zu Hause ankamen, waren die Kopfschmerzen wieder da, und sie fühlte sich, als habe sie einen Marathon hinter sich. Sie schluckte eine Schmerztablette und wärmte das Essen.

Danach legte sie Rebekka aufs Bett und holte das Arnika-Öl. Schon nach wenigen Minuten schlief Rebekka ein. Am liebsten hätte sich Sarah zu ihr gelegt, doch der defekte Autositz ließ ihr keine Ruhe. Leise schlich sie aus dem Zimmer.

Die Haltegurte schienen in Ordnung zu sein, ebenso die Verschlüsse. Der Sitz selbst war fest mit der Karosserie verbunden, die ausgefahrenen Rasterarme unverändert. Sarah testete die Verankerung, da war kein Spielraum. Die Haltegurte mussten sich gelöst haben, ganz klar. Sarah schloss sie erneut, diesmal zerrte sie heftig daran. Der Verschluss ging nicht auf.

Sarah presste die Faust auf den Mund. Der Fehler lag also doch bei ihr. Sie richtete sich auf und legte den Kopf in den Nacken. Am Himmel sah sie einen Rettungshelikopter, vermutlich war er auf dem Weg ins Universitätsspital. Es schien, als fliege er direkt auf sie zu. Sie rieb sich die Augen. Als sie sie wieder öffnete, flog der Hubschrauber in die entgegengesetzte Richtung.

Rebekka schlief noch immer. Sarah setzte sich an den Computer und gab Schimmelpilz ein. Sie erfuhr, dass man versteckten Schimmel durchaus ausfindig machen konnte. Spezialisten setzten dafür Thermografie-Kameras ein, maßen Feuchtigkeit mit Hochfrequenzmethoden und nahmen Luftproben. Eine Firma arbeitete sogar mit einem Schimmelpilzspürhund. Sarah notierte sich die Telefonnummer. Sie würde gleich am Montag dort anrufen. Aktiv nach Lösungen zu suchen, verlieh ihr einen Energieschub. Sie beschloss, Till zu bitten, sich Rebekkas Sitz anzuschauen, und wählte seine Nummer.

Er nahm sofort ab. »Sarah! Ich habe gerade an dich gedacht.«

»Ja?«

»Ich weiß, es ist dein Wochenende mit Rebekka, aber … ich vermisse dich. Darf ich euch vielleicht besuchen kommen? Wir könnten spazieren gehen. Du hast doch einmal gesagt, du würdest gerne zum Zoo hochlaufen, der Rollstuhl sei dir aber zu schwer.«

Sarah wurde leicht ums Herz. »Das wäre schön!«

»Super!« Er klang erfreut wie ein Junge. »Soll ich den Aktenschrank reparieren, wenn ich schon da bin? Im Atelier habe ich das nötige Material.«

Sarah zögerte. »Woher weißt du, dass er kaputt ist?«

»Du hast es mir gesagt, am Donnerstag. Als ich dich fragte, wie es im Gericht lief.«

Hatte sie das wirklich? Sarah versuchte, sich an das Gespräch zu erinnern, doch die vergangenen Tage hatten ein wildes Durcheinander in ihrem Kopf hinterlassen.

»Sarah, ist alles in Ordnung?«

»Ja«, sagte sie rasch. »Gerne, danke. Ich hätte noch eine Bitte.« Sie schilderte kurz, was auf der Fahrt passiert war, versuchte dabei, die Sache herunterzuspielen.

Till sog hörbar Luft ein. »Wie geht es Rebekka?«

Als Sarah die Sorge in seiner Stimme hörte, platzte alles aus ihr heraus. Sie erzählte ihm von Rebekkas blauen Flecken, den Anschuldigungen gegen sie, der toten Blaumeise hinter dem Schrank, Daves Lügen.

»Ich habe den Vogel unter den Rosenbusch gelegt, ich weiß es ganz genau! Es erschien mir so passend.«

»Vielleicht war es nicht derselbe Vogel?«

»Er liegt nicht mehr dort, ich habe nachgeschaut.«

»Ein Fuchs könnte ihn geschnappt haben.«

»Und hinter den Schrank gelegt haben? Echt, Till, ich glaube, ich drehe langsam durch.«

»Du bist müde«, beschwichtigte er sie. »Was ich sehr verständlich finde. Hör zu, leg dich hin, ruh dich ein wenig aus. In einer Stunde bin ich bei dir und schaue mir den Autositz an.«

Wie gut es tat, die Verantwortung abgeben zu können,

wenn auch nur für eine kurze Weile. Sarah bedankte sich und legte sich zu Rebekka, die inzwischen wach war. Sarah hatte kein Bedürfnis zu schlafen, genoss aber die Ruhe im Haus, den sanften Atem ihrer Schwester, den Klang des Regens, der gegen die Fensterscheibe prasselte.

»Wollen wir einen Spaziergang zum Zoo machen?« Sie ließ eine Strähne von Rebekkas Haar durch ihre Finger gleiten. »Till hat angeboten, den Rollstuhl zu schieben. Wir könnten nebeneinandergehen, wie früher, als Papa noch da war.«

Erinnerungen stiegen in ihr auf. An gemeinsame Ausflüge mit ihren Eltern, später mit der eigenen Familie. Wie Dave den Zoo geliebt hatte! Während die meisten Kinder vor dem Affengehege stehen blieben, zog es ihn immer wieder zu den Echsen. Sie schmunzelte, als sie daran dachte, wie Kaspar die Gelegenheit nutzte, ihm die klassische Systematik näherzubringen. Dave hatte sich vor allem für das Verhalten der Tiere interessiert.

Die Haustür ging auf, Sarah hörte, wie die Kleiderbügel klimperten. Kurz darauf erschien Till in der Tür.

»Hallo die Damen.« Er küsste Sarah.

Sarah stützte sich auf den Ellbogen. »Schön, dass du da bist.«

Till setzte sich auf die Bettkante. Rebekka stöhnte.

Sarah legte ihr den Arm über den Oberkörper. »Sie ist total verstört. Schon gut, Liebes, ich gehe nicht weg.« Wie schnell Rebekka gelernt hatte, dass Tills Anwesenheit Konkurrenz bedeutete. Sie verstand viel mehr, als die meisten ihr zutrauten.

»Soll ich mich um den Sitz und den Schrank kümmern, oder wollen wir zuerst spazieren gehen?«, fragte Till.

»Spazieren gehen. Es wird so früh dunkel.«

Zwanzig Minuten später schlenderten sie unter den

tropfenden Bäumen hindurch. Till schob den Rollstuhl mühelos den Waldweg hinauf, während sich Sarah ganz darauf konzentrieren musste, die Füße richtig aufzusetzen. Immer wieder musterte Till sie von der Seite.

»Ich mache mir wirklich Sorgen«, sagte er schließlich.

»Ich mir auch.« Sarah schob die Hände in die Taschen. »Ich werde nächste Woche einen Termin mit meinem Hausarzt vereinbaren.«

»Könnte es sein …« Till suchte nach Worten.

»Du kannst es ruhig sagen.« Sarah blieb stehen. »Dass ich mir alles nur einbilde?«

»Nein, natürlich nicht. Aber dass die Beschwerden psychische Ursachen haben?«

»Dir ging es neulich auch nicht gut, nachdem du bei mir warst. Und Dave wirkt richtig krank.«

»Findest du?«

»Du etwa nicht?«

Till zuckte die Schultern. »Er sieht etwas übermüdet aus, aber ehrlich gesagt, er ist um einiges munterer, als ich es in dem Alter war. Vielleicht ist er unglücklich verliebt. Das kann einem Teenager ganz schön auf den Magen schlagen.«

Kannte sie ihren Sohn so schlecht? Während sie weitergingen, ließ Sarah die letzten Wochen Revue passieren. Hatte sie sich nur eingeredet, dass sich Dave veränderte? Vielleicht war sie es, die eine Wandlung durchmachte. Hatte er sich deshalb zurückgezogen? Weil ihr Verhalten ihn verunsicherte?

Sie kamen zur Krete, der Weg wurde eben, dann neigte er sich leicht abwärts. Der Ruf eines Pfaus hallte durch den Wald. Sarah beschloss, ihre Sorgen für einen Moment beiseitezuschieben.

»Lass uns reingehen«, sagte sie. »Ich war schon lange nicht mehr im Zoo.«

Den Rest des Nachmittags verbrachten sie im Affenhaus und in der Masoala-Halle. Der kleine Regenwald war eine warme Oase inmitten des kalten Herbsts. Das saftige Grün beruhigte nicht nur Sarah, sondern auch Rebekka. Die sporadischen Zuckungen hörten auf, sie entspannte sich. Sarah gelang es, sich ganz auf die Situation einzulassen. Sie spürte sogar einen kurzen Anflug von Glück.

Das Gefühl verschwand, als sie zu Hause ankamen. Sarah starrte auf den Nissan in der Einfahrt, er erschien ihr wie ein Vorwurf.

»Ich schau mir den Sitz gleich an«, sagte Till.

Er brachte Rebekka ins Haus zurück und ging wieder nach draußen. Sarah setzte Teewasser auf und nahm eine weitere Schmerztablette. Der Ausflug hatte ihr gutgetan, doch die Kopfschmerzen waren geblieben.

Till hatte nichts Verdächtiges gefunden.

Sarah schlug die Hände vors Gesicht. »Also war es meine Schuld«, flüsterte sie.

»Das hätte jedem passieren können«, beschwichtigte er.

Sarah schwieg. Sie streckte die Hand nach ihrem Tee aus, die Tasse kippte um, heißes Wasser rann über den Tisch. Geistesgegenwärtig packte Till den Rollstuhl und zog Rebekka weg.

»Verdammter Mist!«, fluchte Sarah.

Till holte einen Lappen. »Nicht weiter schlimm.«

»Doch! Es *ist* schlimm! Sag ruhig, was du denkst!«

»Ich denke, ich sollte mich um den Schrank kümmern. Es ist schon spät.«

»Bleibst du heute Nacht nicht hier?«

Er sah weg.

Sarah spürte, wie ihr kalt wurde. Hatte er genug von ihren Problemen? Von ihr? Sie musste sich wieder in den Griff bekommen.

»Du kannst dich ja später entscheiden«, sagte sie so gelassen wie möglich. »Lass uns in die Praxis gehen.«

»Du brauchst nicht mitzukommen«, sagte er. »Ich krieg das allein hin. Ich muss vermutlich nur die Scharniere ersetzen.«

»Ich leiste dir gern Gesellschaft.«

Sie sagte nicht, dass es ihr zu heikel erschien, ihn alleine gehen zu lassen. Immerhin lagen die Akten ihrer Patienten offen im Regal. Sie sah ihm aber an, dass er ihre Vorbehalte spürte. Plötzlich hatte sie ein schlechtes Gewissen.

»Wie du meinst«, sagte er kurz angebunden.

Sarah hätte es nicht verwundert, die Praxistür offen vorzufinden, doch sie war abgeschlossen, das Licht gelöscht. Auch im Raum selbst befand sich alles genau so, wie sie es zurückgelassen hatte.

Till untersuchte die Schranktür. »Was hast du bloß damit angestellt?«

»Ich musste die Scharniere mit einem Hammer herausschlagen.«

Till zog eine Augenbraue hoch. »Das nenne ich overkill.«

Die Vertrautheit zwischen ihnen war wieder da. Sarah lächelte zurück und zuckte mit den Schultern. »Ich hatte es eilig.«

»Ich kann die Tür so weit hinkriegen, dass du sie wieder abschließen kannst, schön wird es aber nicht aussehen. Sie muss ersetzt werden. Dazu brauche ich einige Tage.«

»Du hast Wichtigeres zu tun. Ich lass einen Schreiner kommen.«

»Ich mache es gerne.«

Sie berührte zärtlich seine Schulter. »In Ordnung, danke.«

Während Till den Werkzeugkasten holte, stellte Sarah Rebekkas Rollstuhl so hin, dass diese den ganzen Raum im

Blick hatte. Da fiel ihr der Behälter auf, in dem sie Medikamente aufbewahrte. Sie nahm ihn aus dem Schrank, zählte die Packungen. Über die Hälfte fehlte.

Ihr wurde flau. Sie versuchte, sich daran zu erinnern, wann sie den Kasten das letzte Mal hervorgeholt hatte. Vor zwei Wochen hatte sie einer Patientin Temesta mitgegeben. Sarah suchte die Akte heraus und schlug die Konsultation auf. Sie hatte die Tablettenausgabe eingetragen. Wenigstens das, dachte sie.

»Was ist?«, fragte Till, der schon unter der Tür stand.

»Es fehlen Medikamente.«

»Bist du sicher?«

»Natürlich!« Aufgeregt ging sie hin und her. »Schau selber nach, wenn du mir nicht glaubst.«

»Ich glaube dir …«

»Aber?«

Er stellte das Werkzeug hin. »Kann es sein, dass du einfach vergessen hast, die Pillen nachzubestellen? Ich nehme an, du verabreichst sie deinen Patienten regelmäßig.«

»Ausgeschlossen.«

Er schwieg.

»Es sind so viele Packungen verschwunden, wie ich sie in einem halben Jahr nicht brauche!«

»Gut, dann lass uns nachdenken«, sagte er ruhig. »Gibt es eine andere Erklärung?« Sarah dachte daran, wie Bertram Lutz in ihrem Schrank gewühlt hatte. Langsam setzte sie sich.

»Woran denkst du?«, fragte Till.

Bevor Lutz eingezogen war, war ihre Welt noch in Ordnung gewesen. Alles hatte erst danach begonnen. Die Pannen, die Ungereimtheiten, die Unfälle. War die Tür zur Praxis gestern wirklich unverschlossen gewesen? Oder hatte

Lutz ihr das nur weiszumachen versucht? Aber wie hätte er die weiteren Missgeschicke auslösen sollen? Die Kopfschmerzen, die Sehstörungen?

»Sarah? Was hast du?«, wiederholte Till.

»Kann es sein«, flüsterte sie, »dass Bertram Lutz mich hypnotisiert hat?«

21

Bertram stellte einen Duftstein auf das Fensterbrett im Warteraum. Lavendel. Nicht wirklich sein Fall, aber der Geruch der toten Blaumeise lag noch immer in der Luft. Er lüftete nochmals kurz, dann betrat er seinen Praxisraum. Er ging davon aus, dass Dave nicht pünktlich war, wie es heutzutage bei Jugendlichen die Regel zu sein schien. Bei einem siebzehnjährigen Mädchen, das eine Weile wegen Stottern zu ihm gekommen war, hatte er die Behandlung abbrechen müssen. Sie hatte sich nicht nur um Minuten, sondern um halbe Stunden verspätet und seine Tagesplanung völlig durcheinandergebracht.

Bertram schaute auf die Uhr. Fünf vor elf. Er kippte die Lamellenjalousien, sodass der Raum milde abgedunkelt wurde, stellte sein Handy und das Praxistelefon auf lautlos. Draußen schlugen die Kirchenglocken. Kaum waren sie verhallt, klopfte es an seine Tür. Dave gehörte also doch nicht zur unzuverlässigen Liga. Oder, was wahrscheinlicher war, seine Angelegenheit war ihm zu wichtig, um zu spät zu kommen.

Der Junge trug einen schwarzen Kapuzenpulli, das Haar hing ihm ins Gesicht. Trotz seiner Blässe und der ungesunden Augenringe war sein Blick lebhaft.

»Hier bin ich.« Er streckte Bertram die Hand hin.

»Bitte, nimm Platz.«

»Auf der Couch?« Dave schaute zur Liege hinüber.

»Erst mal auf dem Stuhl. Wir besprechen, was du dir von der Hypnose erhoffst. Danach folgt die Behandlung.«

»Okay.«

Bertram setzte sich vor das Beistelltischchen, nahm Block

und Bleistift zur Hand. Dave ließ sich ihm gegenüber nieder. Seine Schnürsenkel waren offen, die heraushängenden Laschen seiner Turnschuhe sahen aus wie Hundezungen.

»Also, was bringt dich zu mir?«, fragte Bertram. »Du hast etwas erwähnt von einer verlorenen Erinnerung, die du wiederfinden möchtest.«

»Na ja«, gab der Junge zurück. »Es ist so: Ich war mit Freunden in einem Club, und wir tranken ein bisschen Alk.«

Bertram schrieb mit. »Ein bisschen?«

»Ich war schon recht beduselt.«

»Und dann ist etwas geschehen, das dich beschäftigt.«

»Eigentlich hab ich's gar nicht richtig gecheckt. Aber nachher … ich meine, was draus entstanden ist …« Dave spielte mit den Kordeln seiner Kapuze.

»Du hast die Tragweite dessen, was passiert ist, zum damaligen Zeitpunkt nicht abschätzen können?«

Dave schüttelte den Kopf. »Da war nur ein flüchtiges Bild. Der Blitz einer Kamera, dann ein Gesicht. Und das suche ich jetzt wieder. Ist das möglich?«

Bertram schrieb: *Kurzzeitgedächtnis. Gruppendruck. Scham.* »Sofern du das Erlebnis tatsächlich mit deinen Sinnen wahrgenommen hast, liegt das im Rahmen des Möglichen. Es kann jedoch sein, dass du nur die Erinnerung deiner eigenen Vorstellung findest. Verstehst du das?«

»Nicht wirklich.«

»Falls das Gesicht nicht real war, sondern eine vorübergehende Sinnestäuschung unter Alkoholeinfluss, ist diese ebenfalls in deinem Hirn gespeichert. Wenn auch in einem anderen Teil. Wenn wir diesen Bereich aktivieren – «

»Ach so.« Er klang enttäuscht. »Dann kriegen Sie das nicht hin, dass man sich sicher ist?«

»Eine Garantie kann dir niemand geben«, sagte Bertram. »Aber wir können es versuchen. Bist du bereit?«

Dave nickte.

Bertram bat ihn, es sich auf der Liege bequem zu machen.

»Haben Sie kein Pendel oder so, das Sie vor meinen Augen schwingen?«, fragte Dave.

Bertram lächelte. »Nein, wir machen es ganz ohne Abrakadabra. Und nun versuch, dich zu entspannen, David.«

Er setzte sich auf. »Dave.«

»Wie haben dich deine Eltern gerufen, als du noch ein Kind warst?«, fragte Bertram.

»Na, David natürlich. Aber seit ein paar Jahren lasse ich mich so nennen, wie ich es will.«

»Das respektiere ich selbstverständlich, doch wenn wir Zugang zu deinem Unterbewusstsein erhalten möchten, empfiehlt es sich, dich mit deinem Taufnamen anzusprechen.«

Dave legte sich wieder hin. Er schien nicht überzeugt. »Okay, wenn's sein muss.«

Bertram bat ihn, die Augen zu schließen und seine Aufmerksamkeit auf den Atem zu richten. Er führte ihn zu einem friedlichen inneren Ort, sprach mit weicher Stimme, und als er Dave fragte, wo er sich befände, erwiderte dieser: »Palmenstrand.« Was die überwiegende Mehrheit von Bertrams Klientel tat. Dicht gefolgt von Blumenwiese, Bergtal und Waldlichtung. Nie nannte jemand sein Lieblingscafé, den Eiffelturm oder die Fifth Avenue.

Bertram geleitete Dave mit assoziativen Schlüsselwörtern in einen tieferen Entspannungszustand, nahm wahr, wie sich die Atmung beruhigte, die Finger ihre Spannung verloren und Dave einen schweren Seufzer ausstieß. Es war eine Kunst, das richtige Maß an visueller Anregung zu finden und gleichzeitig eine Vertrautheit aufzubauen. Bertram beherrschte sie seit seiner Jugend.

Unmerklich lenkte er Dave in die Situation, die ihn belastete, und fragte nach einer Weile: »Wo bist du, David?«

»Vor mir tanzen fluoreszierende Fische in der Nacht. Da ist ein Schirm. Es regnet. Zwei Mädchen und ein Typ.«

»Geh einfach weiter, David. Du machst das gut.«

Ein paar Minuten passierte äußerlich nichts. Dave schien sich auf den Prozess einzulassen und erzählte mit wenigen Worten, was er sah. »Wir sind vor dem Club. *Black Sheep.* Da ist ein schwarzer Türsteher mit blonder Afrofrisur. Er will uns erst nicht reinlassen.«

Bertram wartete eine Weile. Dann sagte er: »Aber jetzt lässt er euch rein, nicht wahr?«

Dave zögerte, suchte die Bilder. Dann murmelte er: »Ja. Es hat viele Leute, die tanzen. Das farbige Licht blinkt. Wir steigen eine Treppe hoch, und Max bestellt was … wir kiffen … Vanessa trinkt … Chiara auch. Und ich …« Seine Stimme verebbte, wurde so leise und langsam, dass Bertram nicht mehr verstand, was er sagte.

Plötzlich hielt Dave den Atem an.

»Was geschieht gerade, David?«

Keine Antwort. Daves Augen huschten blitzartig von rechts nach links, seine Hände ballten sich zu Fäusten.

»David. David? Hörst du mich? Tauch nicht zu tief ab.«

Ruckartig bewegte Dave den Kopf. Er setzte sich hoch, riss die Augen auf. Flüsterte: »Verdammte Scheiße.«

Bertram beugte sich zu ihm hin. »Was passiert, David?«

Der Junge stand auf, wankte aus dem Raum, Bertram lief ihm nach, doch Dave schüttelte ihn ab.

»Lassen Sie mich!«, rief er, torkelte zur Toilette und klappte den Deckel hoch. Er sackte auf die Knie und übergab sich.

Bertram stützte seinen Kopf.

Dave stieß ihn von sich. Ein Schweißfilm bedeckte

seine Stirn. »Weg! Ich brauch keinen, der mir beim Kotzen zuschaut!«

Er war kalkweiß, erbrach sich immer und immer wieder, zitterte und würgte.

Dann fiel er in sich zusammen, kippte nach hinten und blieb mit offenen Augen reglos liegen.

22

Die Luft im Patientenzimmer war stickig, sie fühlte sich wie Watte auf Sarahs Zunge an. Sarah schob die Ärmel ihres Pullovers zurück. Sie hörte Stimmen im Korridor, Schritte, die lauter wurden, an der geschlossenen Zimmertür vorbeigingen, abklangen. Die neue Patientin, die ihr gegenübersaß, reagierte nicht.

»Können Sie diesen Sog, den Sie erwähnt haben, beschreiben?«, bat Sarah.

»Ich stehe am Geländer und lehne mich darüber«, antwortete die Frau mit monotoner Stimme. »Es ist nicht so, dass ich springen will. Ich falle einfach vornüber.«

Sarahs Handy vibrierte. Sie fuhr zusammen. Im Lindengarten hatte man ihr die Geschichte mit dem Sicherheitsgurt nicht abgenommen. Doris führte Rebekkas erneute Prellungen auf weitere Misshandlungen zurück und wollte heute eine Gefährdungsmeldung machen. Dass die Kesb so schnell reagierte, war zwar unwahrscheinlich, trotzdem blickte Sarah ängstlich zur Handtasche, in der das Telefon steckte.

Sie zwang sich, sich auf die Patientin zu konzentrieren. Kaum war das Eintrittsgespräch zu Ende, eilte sie aus dem Zimmer und kramte das Mobiltelefon hervor.

Es war nur Kaspar gewesen. Sarah schloss die Augen und lauschte dem Ticken der Uhr, die über ihr an der Wand angebracht war. Sie brauchte nicht aufzuschauen, um zu wissen, dass es halb zwei war. Sie hörte es an den Stimmen, die zugenommen hatten, spürte es am Luftzug, der vom Eingang der Klinik kam. Die Besuchszeit hatte begonnen.

Sarah verzog sich in eine ruhige Ecke, um Kaspar

zurückzurufen. Sie hatte weder Lust auf seine Belehrungen noch auf seine Vorwürfe. Den Anruf zu ignorieren, würde ihn aber nur unnötig verärgern. Vermutlich wollte er über Georg Schwartz reden. Sarah konnte sich nicht erklären, warum der Patient ihn so beschäftigte. Es passte nicht zu Kaspar. Sich abzugrenzen, fiel ihm normalerweise leicht.

»Endlich!«, sagte er.

»Ich war in einem Explorationsgespräch mit einer neuen – «

»Dave ist zusammengebrochen.«

»Was?« Sarah sprang auf.

»Ich bin mit ihm zur Notfallstation gefahren. Es geht ihm wieder besser. Seine Vitalzeichen sind normal, der Blutschnelltest hat nichts Außergewöhnliches ergeben. Keine Spuren von Drogen oder Alkohol. Zuckerspiegel und Blutdruck sind ebenfalls in Ordnung.«

»Hat er Herzrhythmusstörungen?« Sarah dachte an einen unentdeckten Herzklappenfehler.

»Nein.«

Sie atmete erleichtert aus. »Eine vasovagale Synkope?«

Eine Fehlsteuerung der Kreislauffunktion war nicht außergewöhnlich bei Teenagern.

»Vermutlich«, sagte Kaspar. »Ich habe trotzdem weitere Blutuntersuchungen in Auftrag gegeben. Damit wir eine Stoffwechselkrankheit ausschließen können.«

»Gut.« Sarah fragte sich, warum die Schule Kaspar verständigt hatte und nicht sie. Oder hatte sie wieder einen Anruf übersehen? Sie traute sich nicht, Kaspar zu fragen.

»Eine vasovagale Synkope tritt oft als Überreaktion auf eine Stresssituation auf«, erklärte Kaspar.

»Ich weiß.«

Er räusperte sich. »Warum fühlt sich Dave in letzter Zeit dermaßen unter Druck?«

»Das musst du schon ihn fragen.«

»Ich frage aber dich.« Seine Stimme klang seltsam.

»Höre ich da einen Vorwurf?«

»Bei der Blutentnahme ist mir eine Verletzung an seinem Ellbogen aufgefallen«, fuhr Kaspar fort.

Sarah dachte an den Streit von neulich. Wie sie Dave gepackt hatte. Wie er sich losriss und gegen die Stehlampe prallte.

»Er behauptet, er sei gestolpert.« Die Zweifel darüber waren Kaspar anzuhören. »Im Wohnzimmer.«

Sarah wurde heiß. »Es war nicht meine Schuld, falls du das anzudeuten versuchst. Dave hat sich darüber geärgert, dass ich ihm sein Handy weggenommen habe, dann ist er …« Ihr wurde schwindlig. Einmal mehr. Sie setzte sich, fühlte sich matt.

»Sarah? Bist du noch da?« Kaspars Stimme drang von weit her zu ihr.

»Ja.«

»Auf mich wirkst du überfordert.«

Sarah riss sich zusammen. »Das bin ich nicht. Nur etwas müde. Aber das hat nichts mit Dave zu tun.«

»Kam es in den letzten Wochen zu weiteren Unfällen?«

»Was soll diese Frage?«

»Ich will offen sein, Sarah. Ich mache mir Sorgen.«

»Wirfst du mir etwa vor, ich hätte Dave absichtlich verletzt?«, fragte sie ungläubig.

»Ich will nur wissen, ob –«

»Ich stoße unseren Sohn nicht! Ich schlage ihn auch nicht!« Sie bemerkte, wie sich Köpfe in ihre Richtung drehten, und senkte die Stimme. »Und nein, es gab keine weiteren Unfälle«, zischte sie.

Kaspar ließ sich nicht aus der Ruhe bringen. »Was ist mit Till?«

»Was meinst du?«

»Er ist regelmäßig im Haus, er verbringt viel Zeit mit –«

»Das reicht. Ich muss mir das nicht anhören! Du bist eifersüchtig, weil Till deinen Sohn mehr sieht als du. Das kann ich verstehen. Till zu verdächtigen, ist aber keine gute Idee. Er würde Dave nie etwas zuleide tun.«

»Hör mir doch einfach mal zu! Könnte es sein, dass Till Dave missbraucht?«

»Bist du völlig übergeschnappt?«

»Ich bitte dich, Sarah! Man würde meinen, in deinem Beruf hättest du genügend –«

»Du glaubst, dass Till Dave sexuell –«

»Ich frage dich nur, ob es möglich wäre. Dave hat sich verändert. Du warst es, die mich darauf aufmerksam gemacht hat. Denk doch einmal darüber nach. Alle Zeichen eines Übergriffs sind da.«

»Er könnte auch unglücklich verliebt sein. Oder er ist den Anforderungen des Gymnasiums nicht gewachsen«, wehrte Sarah ab. Gleichzeitig fragte sie sich, warum sie den Gedanken nicht zuließ. Hatte sie sich nicht darüber gewundert, dass sich Till auf eine Beziehung mit ihr einließ? Sie hatte einen Sohn in einem schwierigen Alter, betreute eine behinderte Schwester, übte einen Beruf aus, der ihr vieles abverlangte. Ja, sie war attraktiv. Doch es gab viele gut aussehende Frauen, die ein einfacheres Leben führten, mit denen Till Museen besuchen, Städte bereisen, Ausflüge unternehmen konnte. Die ihn zu seinen Ausstellungen begleiten und spontan bei ihm übernachten würden.

»... deshalb halte ich es für eine gute Idee, wenn Dave vorläufig bei mir bleibt«, sagte Kaspar.

»Geht in Ordnung«, antwortete Sarah reflexartig und beendete das Gespräch.

Sie starrte auf einen Kunstdruck, der an der Wand hing,

ohne ihn richtig wahrzunehmen. Hatte sich Till womöglich gar nicht für sie interessiert? Sondern für Dave? Wie in Trance stand sie auf. Sie dachte an die Müdigkeit, die sie immer wieder verspürte. Die sie zwang, sich mitten am Tag hinzulegen. Damit Till sich unbemerkt an Dave heranmachen konnte? Hatte er wirklich einen Router in Daves Zimmer installiert?

Sie verließ die Klinik. Die kalte Luft traf sie wie eine Ohrfeige. Sarah schüttelte den Kopf. Nein, es passte nicht. Zugegeben, in letzter Zeit vertraute Dave sich ihr nicht mehr so bereitwillig an wie früher, doch einen sexuellen Übergriff hätte er ihr nicht verheimlicht. Oder doch? Vielleicht war es umgekehrt gewesen. Nicht Till hatte sich an ihm vergriffen, sondern Dave hatte Till Avancen gemacht. Oder steckte Bertram Lutz dahinter? Vielleicht hatte er sie tatsächlich hypnotisiert. Sie hatte den Gedanken verworfen, jetzt aber blitzte er wieder auf. Sarah rieb sich die Augen. Ihre Überlegungen wurden immer absurder. Eine Weile stand sie da und starrte ins Nichts.

Sie stieg in ihren Wagen. Am liebsten wäre sie gleich zu Till gefahren, hielt es aber für ungeschickt, ihn so unvermittelt mit Kaspars Vorwürfen zu konfrontieren. Sie musste zuerst ihre Gedanken ordnen. Abgesehen davon, standen noch drei Therapiesitzungen auf dem Programm.

Auf dem Weg in die Praxis dachte sie über die letzten Wochen nach. Sie suchte nach Anzeichen dafür, dass sich Till und Dave näher standen, als sie annahm. Sie fand keine. Sie versuchte, sich zu erinnern, ob Dave irgendwann Angst vor Till gezeigt hatte. Auch nicht. Rebekka fiel ihr ein. Wie sie gestöhnt hatte, als sich Till auf die Bettkante setzte. Spürte sie etwas? Plötzlich hatte Sarah schreckliche Bilder vor Augen, eins ums andere, wie ein Daumenkino. Till, der sich über Dave beugte, um ihm etwas zu erklären,

Tills Arm, der ihren Sohn beim Computerspiel wie zufällig streifte. Daves blasses Gesicht, seine Augenringe, das Gähnen.

Sarah dachte an die Nacht, in der er nicht nach Hause gekommen war. Noch immer weigerte er sich zu sagen, wo er sich herumgetrieben hatte.

Als sie in die Einfahrt einbog, wusste sie immer noch nicht, was sie von Kaspars Anschuldigungen halten sollte. Sie war dankbar, dass sie sich die nächsten drei Stunden mit den Problemen ihrer Patienten befassen konnte. Bertram Lutz war nicht da, auch darüber war sie froh.

Es war kurz nach sechs, als sie die Haustür aufschloss. Erst jetzt wurde ihr bewusst, was Kaspar am Telefon gesagt hatte.

Dave würde vorübergehend bei ihm bleiben.

Die Stille im Haus klang beinahe vorwurfsvoll. War es das, was Till wollte? Sie ganz für sich alleine? Rebekka dürfte sie vielleicht bald auch nicht mehr über das Wochenende nach Hause nehmen. Steckte Till auch hinter dieser Geschichte?

Wie in Trance streifte Sarah durchs Haus. Erinnerungen wurden wach, sie betrachtete sie aus verschiedenen Blickwinkeln, suchte Erklärungen. Verwarf sie wieder.

Es gab nur einen Weg, Antworten auf ihre Fragen zu finden. Sie musste mit Till reden.

Sein Atelier befand sich in einer ehemaligen Brauerei im Industrieviertel. Über ein Dutzend Künstler arbeiteten in den roten Backsteingebäuden, in der Lagerhalle war eine Galerie untergebracht. Till hatte Sarah einmal durch alle Räume geführt. Es gab ein Studio einer skandinavischen Malerin, die in Zürich einen Artist-in-Residence-Aufenthalt absolvierte, ein Filmemacherteam, das sich auf einminütige Cartoons spezialisiert hatte, je eine Werkstatt für einen Stahlschweißer und einen Bildhauer, deren Arbeit Steinstaub verursachte, der sich in allen Ritzen und Spalten sammelte und immer wieder für Streit sorgte. Das Hauptgebäude, in dem sich auch Tills Atelier befand, hatte eine Höhe von gut fünf Metern und reichlich Raum für all seine Werkzeuge und Materialien.

Licht drang aus den Fenstern, doch diese befanden sich so weit oben, dass Sarah nicht ins Atelier sehen konnte. Wie Till auf den Überraschungsbesuch reagieren würde?

Sie klopfte.

Sie hörte Schritte, die Tür wurde aufgezogen. Dahinter tauchte eine riesige Installation auf, die Sarah fast erschlug. Schlangen aus gekrümmten Lichtdioden, überall. Ineinander verschlungen, verknotet, verwickelt. Sie wirkten verblüffend echt, reptilartig, schienen sich auf einen Punkt an der Decke hin zuzubewegen, wo sie in einem Feuerwerk aus Helligkeit explodierten. Gleißend grell und schrill. Geblendet wich Sarah zurück.

Das Licht erlosch. Eine Hand packte sie und zog sie in den Raum. Die Tür fiel mit einem lauten Knall hinter ihr zu.

»Sarah! Was zum Teufel machst du hier?«, stieß Till aus. »Ich habe dir gesagt, die Installation ist noch nicht fertig!«

Tausend Lichtpunkte tanzten auf ihrer Netzhaut. Sie konnte Till nicht sehen, nicht einmal seine Umrisse erkannte sie in der Dunkelheit.

»Was … stellt es dar?« Sie kämpfte gegen die Beklemmung, die das Gewirr in ihr auslöste. Im Gegensatz zu Tills anderen Werken, die klare Linien und Formen aufwiesen, wirkten die Lichtschlangen unberechenbar und impulsiv.

»Du wirst es verstehen, wenn es fertig ist«, sagte er knapp. »Warum bist du hier?«

Sein schroffer Tonfall verstärkte ihr Unbehagen. Sie

erwog, ihn ein anderes Mal auf Dave anzusprechen. Sie wusste, dass er es nicht mochte, bei der Arbeit gestört zu werden. Wurde der kreative Fluss unterbrochen, hatte Till ihr einmal erklärt, dauerte es manchmal Stunden, bis er den Einstieg wieder fand.

Dave war wichtiger. »Ich muss mit dir reden.«

»Worüber?«

»Wollen wir irgendwo hingehen, wo es … normales Licht gibt?«

Er führte sie in den angrenzenden Materialraum und schaltete die Deckenlampe ein. Staub bedeckte sein Haar, seine Hände waren dunkel vor Schmutz. Aus den Taschen seiner Arbeiterhose quollen Drähte; an seinem Gürtel hingen Zangen und Schraubenzieher.

»Ist etwas passiert?«, fragte er etwas freundlicher.

»Dave ist heute zusammengebrochen.« Sie schilderte kurz, was geschehen war.

Er sah sie verständnislos an. »Was ist eine vasovagale Synkope?«

»Eine kurzzeitige Bewusstlosigkeit aufgrund eines neurogenen Schocks. Sie wird durch einen überschießenden Vagotonus ausgelöst, daher der Name.«

Till runzelte die Stirn. »Vagotonus?«

»Das Gehirn wird zu wenig durchblutet«, erklärte sie. »Bei Menschen im Wachstum ist das nichts Außergewöhnliches, vor allem, wenn sie gestresst sind. Der Nervus Vagus ist dazu da, Muskeln in Gefahrensituationen stärker mit Blut zu versorgen. Die Gefäße werden größer, man nennt das Vasodilatation. Das parasympathische Nervensystem ist in einem extremen Erregungszustand, das führt zu einem Überschuss von Acetylcholinesterasehemmern und diese wiederum …« Sie verstummte, als ihr bewusst wurde, dass sie Zeit zu schinden versuchte.

Till nahm ihre Hand und drückte sie. »Entschuldige, dass ich vorhin so schroff war. Wenn ich arbeite, bin ich ganz in meine Welt vertieft. Wie geht es ihm?«

Als Sarah die Besorgnis in seiner Stimme hörte, entspannte sie sich ein wenig. »Besser. Er wird eine Weile bei Kaspar bleiben.«

»Ach ja? Warum das?«

Sie musste sich überwinden, die Worte auszusprechen. »Kaspar fragt sich, ob mehr hinter Daves Unwohlsein steckt als Alltagsstress.«

»Aber du hast doch gerade gesagt, dies sei nichts Außergewöhnliches bei Jugendlichen.«

»Till, ich weiß nicht, wie ich es formulieren soll. Deshalb frage ich dich geradeheraus: Läuft zwischen dir und Dave etwas?«

Till starrte sie an. Öffnete den Mund, klappte ihn wieder zu. Endlich schüttelte er den Kopf. »Das ist … verdammt, Sarah, wie kommst du auf so eine absurde Idee?«

»Dave ist in letzter Zeit seltsam. Etwas beschäftigt ihn stark.«

»Und da kommst du als Erstes darauf, dass ich ihn … was eigentlich? Verführt habe? Missbrauche? Ist dir klar, wie krank das ist?«

»Ich frage dich nur.«

»Nein, tust du nicht! Du verdächtigst mich. Sag es ruhig, wie es ist!«

»Ich weiß nicht, was ich denken soll!«

Sie schloss die Augen. Als sie sie wieder öffnete, stand Till dicht vor ihr. Sein Mund war verzerrt, seine Empörung schien echt. Sie wollte sich schon entschuldigen.

»Weißt du, was dein Problem ist?«, schnauzte er. »Du verbringst zu viel Zeit mit Psychos!«

»Nur weil ich die dunklen Seiten der menschli–«

»Und das zwischen uns?«, fuhr er unbeirrt fort. »Was ist das? Glaubst du, ich ficke dich als Ablenkungsmanöver?«

»Till! Es reicht!« Sarah wurde wütend. »Ich darf dich wohl noch fragen! Die meisten Übergriffe passieren innerhalb der Familie, tu nicht so, als wüsstest du das nicht.«

Till fuhr sich mit der Hand durchs Haar.

»Du hast meine Frage nicht beantwortet«, sagte Sarah.

»Nein! Nein, zwischen Dave und mir läuft nichts! Ich steh auf Frauen, nicht auf Jungs. Wenn du mir nicht glaubst …« Er packte ihr Kinn, drückte seine Lippen auf ihre.

Sarah wehrte sich. Das war nicht der Moment, in dem sie Till nahe sein wollte.

Doch als sie seinen heißen Atem spürte, seine Zunge in ihrem Mund fühlte, ließ ihr Widerstand nach. Das Misstrauen war nicht weg, doch sie spürte wieder den Mann, den sie begehrte. Es ist Till, sagte sie sich, Till, den ich liebe. Seine Lust nährte die ihre.

Wortlos begann Till, sie auszuziehen. Kühle Luft strich über ihre Haut, ließ sie frösteln. Sarah wusste nicht, ob vor Kälte, Erregung oder Unbehagen. Es war ihr egal. Sie wollte abtauchen, die Sorgen und die Verantwortung, die auf ihr lasteten, für einen Moment beiseiteschieben, ihre Realität gegen eine andere eintauschen. Sie streckte die Hände nach Till aus, er griff nach ihren Handgelenken, hielt sie mit kräftigen Fingern fest. Sarahs Körper vibrierte. Sie glaubte, Schlangen zu spüren, die über ihre Haut glitten, dachte an die Lichtdioden, die im Dunkeln lauerten. Spürte Tills Verlangen, seine Kraft. Sie vergaß die Zweifel, die Ängste der vergangenen Tage und Wochen. Es gab nur noch das Hier und Jetzt. Ihr Rücken schabte über die Mauer, doch sie nahm den Schmerz nicht wahr, nur Till, vor ihr, in ihr. Er ließ keinen Platz für Zweifel.

23

Dave flog hoch hinauf und immer höher. Seine Schwingen trugen ihn durch die Lüfte, es fühlte sich fantastisch an. Er befand sich kilometerweit über der hell erleuchteten Stadt, durchstieß die Wolkendecke, konnte die Krümmung der Erde sehen, spürte die Kraft seines Körpers, die unbeschreibliche Freiheit. Sterne funkelten wie Millionen Tautropfen im Universum, das ihm gehörte, nur ihm.

Plötzlich erschrillte ein kreischender Ton, drang in sein Hirn, vernebelte seine Sicht. Er versuchte, das Gleichgewicht zu halten, schaffte es nicht. Seine Schwingen konnten ihn nicht mehr tragen, wurden schwach, brüchig, ein Schulterknochen zerbarst, große Federn segelten zu Boden. Dave schrie. Sein rechter Flügel brach. Ohnmächtig flatterte er im leeren Raum, trudelte kopfüber nach unten. Sein linker Flügel knickte ab. Dave stürzte im Höllentempo der Erde entgegen, brüllte um sein Leben, spürte, dass er es verloren hatte, nahm die eiserne Faust um sein Herz wahr, die Klaue der Todesangst. Da formte sich ein Gesicht am Firmament, überirdisch groß, durchscheinend. Tamara … Snowdrop. Sie lächelte, winkte ihn zu sich. Ein Wesen aus einer anderen Welt, das er nie erreichen würde. Ihre Konturen verblassten wieder, und Dave sauste im Sturzflug hinunter. Die Luft zischte an seinem Gesicht vorbei, die Berge kamen rasend schnell näher, die Lichter der Stadt waren zu sehen. Straßen, Autos, Menschen. Dave erreichte den Boden. Schlug auf.

Er schreckte hoch, schweißgebadet. Nach Atem ringend, setzte er sich auf. Er war in Dads Wohnung eingedöst und prompt wieder im üblichen Albtraum gelandet. Er fühlte sich beschissen. Seine Magenschmerzen waren schlimmer denn je, reißend und brennend. Was war nur los mit ihm, verdammt?

Er musste hier weg, raus an die Luft. Vorsichtig stand er auf. Es war schon dunkel.

Dad klapperte in der Küche herum, rief: »Bist du hungrig, Dave?«

»Weiß nicht.«

»Ich mach uns Pizza mit extra Salami.«

Dave bekam schon beim Gedanken daran Brechreiz. Er schlurfte in die Küche, wo sein Vater zwei Fertigpizzas mit Zucchini, Artischocken und Salami belegte.

»Mehr Parmesan?«, fragte Dad.

Dave schüttelte den Kopf. »Ich habe keinen Hunger.«

Dad schaute ihn prüfend an. »Ich dachte, wir essen zusammen. Du kannst wahrhaftig ein paar Kalorien vertragen.«

Dave murmelte etwas von Bauchweh.

Dad horchte auf. »Du sagtest, es sei besser geworden.«

»War es ja auch. Aber es ist wieder da.«

»Wir gehen dem auf den Grund, Dave, das versprech ich dir.«

Dave drehte den Wasserhahn auf und trank in großen Schlucken. Sein Mund fühlte sich noch immer pelzig an, der Traum hatte ihn ordentlich erwischt, und er konnte den Geruch der Salami, die er sonst liebte, nicht ausstehen. Er wischte sich das Wasser vom Mund und sagte: »Ist es okay, wenn ich noch eine Runde rausgehe?«

»Wo willst du denn hin?«

»Andy treffen. Mathearbeit.«

Dave war überrascht, als sein Vater zustimmte.

»Aber erst isst du was«, sagte er. »Ich schieb die Pizza in den Ofen, und du nimmst ein paar Bissen. Wenn dir der

Käse zu schwer ist, pickst du dir das Gemüse raus. In deiner Verfassung solltest du nicht mit leerem Magen aus dem Haus.«

Dave setzte sich, wartete, bis Dad den heißen Teller vor ihn stellte, und vertilgte ein Viertel der Pizza. Sein Magen rebellierte nicht, im Gegenteil. Vielleicht war Essen doch keine so schlechte Sache. Er verdrückte auch noch den Rest. Dad schien zufrieden.

Dave stellte Besteck und Geschirr auf die Ablage. »Kann ich jetzt gehen?«

»Um zehn bist du wieder da.«

»Mam lässt mich bis elf.«

»Wir wissen beide, dass das nicht stimmt. Ich will dich um zehn zu Hause sehen, du musst morgen früh raus. Und ich auch.«

Dave zog die Jacke an, schnürte seine Schuhe und warf die Tür ins Schloss. Er hatte mit mehr Widerstand gerechnet. Mam ließ ihn unter der Woche nie so spät weggehen. Dad hatte fast erleichtert geklungen. Vielleicht hatte er ein Date mit einer heißen Krankenschwester.

Dad und Sex? Abartig, der Gedanke.

Dave kam zur Hauptstraße. Er beschloss, ein paar Haltestellen zu Fuß zu gehen. Es hatte aufgehört zu regnen, aber der Nebel lag dicht über der Stadt. Die Autos fuhren im Schritttempo, die Rücklichter leuchteten als verschwommene rote Flecken durch den grauen Schleier. Nachdem er zwanzig Minuten zügig Richtung Stadtzentrum gelaufen war, nahm er den Bus ins Industrieviertel.

Selbstverständlich ging er nicht zu Andy.

Georg Schwartz hatte es genau gehört.

Ein Kratzen an der Außenwand des Hauses, ein schleifendes Geräusch, als sich jemand übers Geländer hievte, dann ein leises Plopp, als ein Paar Schuhe auf dem Boden seines Balkons aufschlugen.

Sie waren da.

Obwohl er immer damit gerechnet hatte, dass es eines Tages passieren würde, packte ihn die Panik. Sein Herz begann zu rasen, sein Atem stockte. Er saß wie so oft im Dunkeln seines Wohnzimmers, um den Angreifern wenigstens eine Spur voraus zu sein. Sie konnten nicht ahnen, dass er zu Hause war. Was sie vorhatten, war klar: die installierten Mikrokameras entfernen, die Aufnahmen analysieren und die nächsten Schritte gegen ihn planen. Vielleicht starteten sie gar eine Doppeloffensive und drangen gleichzeitig bei ihm und Doktor Marten ein. Sollte er sie warnen?

Schemenhaft zeichnete sich der Kerl vor dem nächtlichen Himmel ab. Dann machte er sich an der Glastür zu schaffen. Diese war so altersschwach, dass ein Billigschraubenzieher genügte, um das Schloss zu knacken. Georg hatte es nie verstärkt, er wollte keinen zusätzlichen Verdacht erwecken. Er wohnte in der zweiten Etage, damit er im Notfall mit einem wagemutigen Sprung auf die Wiese die Flucht ergreifen konnte. Allerdings bedeutete dies auch, dass seine Feinde einen leichten Einstieg über das Vordach fanden und von der straßenabgewandten Seite her unbemerkt eindringen konnten.

Lautlos zog Georg sich nach hinten zurück, Blick auf die unbekannte Gestalt, Ohren auf Empfang, Nackenhärchen aufgerichtet. Georg sah scharf wie ein Sperber. Der Mann nahm etwas aus seiner Tasche und hantierte im Halbdunkeln am Griff der Balkontür herum. Es konnte sich nur noch um Sekunden handeln, bis er in der Wohnung stand. Da drehte der Einbrecher den Kopf.

In diesem Moment war Georg alles klar.

Er versteckte sich unter dem Sofa. Rutschte ganz nach

hinten zur Wand. Die Stahlfedern bohrten sich in seinen Rücken, der Staub kratzte ihn in der Nase.

Eine Schraube fiel draußen zu Boden. Der Eindringling hob sie auf, wohl um sie später wieder einzusetzen, damit Georg nichts merkte. Doch Georg hatte ihn gesehen. Er wusste, was der Mann von ihm wollte.

Denn er hatte ihn erkannt.

Dave zog den Reißverschluss seiner Jacke hoch. Der bissige Wind, der durch die Straßen fegte, blies ihm frontal ins Gesicht. Er umschlängelte eine Baustelle, kam an einer mit Gittern umzäunten Verbrennungsanlage vorbei. Der hohe Turm ragte wie ein Knochenfinger in den Himmel. Ein paar Gestalten steckten in schummrigen Ecken ihre Köpfe zusammen und schienen irgendwelche Deals abzuwickeln. Dave bog um die Ecke, erreichte eine heller erleuchtete Straße und ging Richtung Fabrikhallen.

Er brauchte Hilfe. Er wollte kein verdammtes Opfer mehr sein, sondern handeln. Er hatte sich überlegt, Mam alles zu gestehen, Snowdrop, die Nacht im Club, den Pillenklau, alles, doch etwas stimmte mit ihr nicht. Sie hörte ihm kaum zu, wankte durchs Haus wie ein Zombie. Und dann war da noch die Sache mit Rebekka. Dave hatte gehört, wie sie am Telefon darüber gesprochen hatte. Sie glaubte, er habe Rebekka die blauen Flecken zugefügt. Ein Kloß bildete sich in seinem Hals. Er schluckte ihn hinunter. Nur nicht flennen. Nicht jetzt. Er musste irgendwie aus dieser Erpressersache herauskommen.

In der Hypnosesitzung hatte er sich erinnert. Bevor er gekotzt hatte und ohnmächtig geworden war. Chiara. Die Küsse, seine Fummeleien, das Aufleuchten des Blitzes. Er hatte einen Sekundenbruchteil hinübergeschaut und ein Gesicht gesehen. Es war nicht Max gewesen und nicht

Andy. Im Suff im *Black Sheep* hatte er es nicht weiter beachtet, doch dieser Lutz hatte ihn tatsächlich in sein Unterbewusstsein geführt, oder wie immer man das nennen wollte. Als Dave auf der Couch lag und aufgefordert wurde, sich zu entspannen, hatte die Weichei-Stimme des Hypnotiseurs ihm die verlorenen Bilder zurückgebracht. Ein Typ mit Handycam. Kurzhaarschnitt, Schläfen abrasiert, Piercing in der Augenbraue. Einer, der aussah wie ein Geier.

Dave kam zum roten Backsteingebäude. Erst wollte er gleich zum Haupttor rein und bei Till klopfen. Dann zögerte er. Mam hatte erzählt, dass Till es nicht mochte, wenn unangemeldet Gäste eintrudelten. Andererseits, Till war auch ohne Voranmeldung in sein Leben getrudelt. Und Dave brauchte seine Hilfe. Vielleicht konnte Till ihm einen Rat geben. Im Materialraum brannte Licht. Dave beschloss, einen Blick hineinzuwerfen. Er schleifte eine Holzkiste über den Boden und deponierte sie vor dem hohen Fabrikfenster. Kletterte darauf, stellte sich auf die Zehenspitzen, schaute ins Innere.

Und zuckte zurück.

Um ein Haar hätte er den Halt verloren und wäre auf den Hinterkopf geknallt. Wie widerlich war das denn! Seine Mam und Till. Nackt zwischen Geräten und Werkzeugen. Schlagartig kam die Übelkeit zurück. Die Erpressung war komplett vergessen. Die Bitte um Tills Hilfe ebenfalls. Dave starrte auf die beiden Körper, die von den Neonröhren grell erleuchtet wurden, unfähig, einen klaren Gedanken zu fassen.

Ein Klicken ertönte. Holz knarrte, Metall rastete ein. Die Angel der Balkontür quietschte, als sie nach innen geöffnet wurde. Georg kämpfte unter dem Sofa gegen den Hustenreiz. Sein Atem wirbelte Staubfussel auf.

Der Eindringling betrat die Wohnung, zog die Vorhänge zu und knipste eine Taschenlampe an. Der Strahl huschte im Zickzack über den Teppichboden, blieb auf Georgs Bücherregal haften. Mit eiligem Schritt näherte sich der Mann, legte die Lampe auf ein Regalbrett, begann, systematisch ein Buch ums andere herauszunehmen. Georg hörte raschelndes Papier, als der andere die Seiten durchblätterte, nahm wahr, dass die Werke wieder an ihren Platz gestellt wurden. Minuten vergingen. Er atmete kaum, das Kitzeln in seiner Nase war unerträglich und zog zur Stirn hoch.

Der Einbrecher arbeitete sich weiter vor. Als er bei den Büchern nicht fündig geworden war, öffnete er Schublade um Schublade, wuchtete den Fernseher zur Seite, stellte ihn zurück, ging ins Badezimmer, riss den Spiegelschrank auf, nahm sich die Küche vor, stöberte, suchte, rumorte in den Schränkchen. Er preschte ins Schlafzimmer, durchwühlte Georgs Möbel, hob die Matratze an, das hörte Georg ganz genau, dann schob er einen Stuhl herbei, stieg darauf und inspizierte das an der Decke montierte Eckgestell. Fand die Schachteln mit Georgs Kassetten, legte sie zurück, forschte weiter. Der Strahl des Lichts zuckte auf, die Bewegungen des Mannes wurden immer nervöser, sie erschütterten Georgs Eingeweide. Der Staub juckte ihn so sehr in der Nase, dass er sich nicht mehr zurückhalten konnte.

Er musste niesen.

Totenstille, augenblicklich.

Die Taschenlampe wurde ausgeknipst. Ein unterdrückter Fluch ertönte, hektische Schritte folgten. Dann lief der Mann wie von Sinnen im Dunkeln zum Balkon, riss den Vorhang zur Seite, öffnete die Tür und entfloh nach draußen.

Er hatte nicht gefunden, was er gesucht hatte.

Georg wartete, bis die Geräusche sich entfernt hatten. Vielleicht war sich der andere inzwischen nicht mehr sicher, ob er sich das Niesen nur eingebildet hatte, ob es wirklich aus dieser und nicht aus einer Nachbarswohnung gekommen war, ob Georg tatsächlich zu Hause gewesen war.

Er musste Doktor Marten informieren, dringend. In der Dunkelheit kroch er unter dem Sofa hervor, tappte durchs Zimmer, ergriff das Telefon und wählte die Nummer, die er auswendig kannte. Es klingelte fünfmal. Die Stimme des Praxis-Anrufbeantworters erklang. Georg wartete den Piepton ab, dann flüsterte er in den Hörer: »Doktor Marten, wir wissen jetzt, mit wem wir es zu tun haben. Der Feind hat sein Gesicht offenbart. Es ist Ihr Ex-Mann, Doktor Eckert.«

24

Sarah hörte sich die Nachricht zwei Mal an. Enttäuscht drückte sie die Löschtaste. Sie hatte geglaubt, dass Georg Schwartz Fortschritte machte. Während der letzten Therapiesitzung hatte er seine Wahnvorstellungen erkannt und sich vorsichtig der Realität zu stellen begonnen. Doch seine Nachricht deutete darauf hin, dass er wieder am Ausgangspunkt stand. Es erstaunte Sarah nicht, dass er Kaspar als Bedrohung wahrnahm. Schwartz war monatelang in der Klinik Schlossau gewesen, Kaspar ein fester Bestandteil seiner inneren Bilder.

Sarah blickte auf die Uhr. Eine halbe Stunde bis zum nächsten Patiententermin. Genug Zeit, um Kaspar anzurufen. Sie fürchtete sich vor den Fragen, die er ihr stellen würde, aber sie wollte wissen, ob Daves Laborresultate schon eingetroffen waren. Der Schimmelpilzverdacht hatte sich als Sackgasse erwiesen. Der Experte hatte keinen Befall feststellen können. Kurz hatte Sarah erwogen, einen weiteren Experten hinzuzuziehen, sie musste sich aber eingestehen, dass es vermutlich keinen Zweck hatte. So einfach ließen sich Daves Beschwerden und die Kopfschmerzen und Sehstörungen, die sie und Till immer wieder befielen, also doch nicht erklären. Gestern hatte sie endlich ihren Hausarzt aufgesucht, doch auch dieser hatte nichts Ungewöhnliches feststellen können. Um eine Vergiftung auszuschließen, hatte er verschiedene Blutuntersuchungen in Auftrag gegeben. Sarah war die Lebensmittel durchgegangen, die sie alle drei in letzter Zeit zu sich genommen hatten, hatte aber keine Übereinstimmung gefunden, die einen Verdacht erlaubt hätte. Till und sie tranken morgens

Kaffee, Dave aber nicht. Dave und sie frühstückten, Till verließ das Haus mit leerem Magen. Nur abends hatten sie manchmal gemeinsam eine Mahlzeit zu sich genommen, aber nie zweimal dasselbe Gericht. Sarah stand vor einem Rätsel.

Sie wählte Kaspars Handynummer. Er nahm sofort ab, als hätte er auf ihren Anruf gewartet.

»Wie geht es Dave?«, fragte sie.

»Auf und ab.« Kaspar klang müde. »Er ist heute nicht zur Schule gegangen. Ich habe ihn krankgemeldet. Die Laborergebnisse sind noch nicht da.«

Im Hintergrund hörte Sarah, dass der Fernseher lief. »Du bist zu Hause?«

»Ich wollte ihn nicht alleine lassen.«

»Holst du ihn bitte ans Telefon?«

»Rufst du nur wegen Dave an?«

»Nur?«, wiederholte Sarah.

»Ich meine … einen Moment.«

Sarah hörte, wie er Dave rief. Einige Sekunden verstrichen, dann kam Kaspar wieder ans Telefon.

»Er will nicht.«

»Wie bitte?«

»Er möchte nicht mit dir reden.«

»Und warum nicht?« Sarahs Puls schoss in die Höhe. »Hast du mit ihm über Till gesprochen? Über deine Anschuldigungen? Sie sind völlig aus der Luft gegriffen. Ich habe mit –«

»Er spricht auch kaum mit mir«, unterbrach Kaspar.

»Ich komme heute Abend vorbei.«

»Ich halte das für keine gute Idee.«

»Er ist immer noch mein Sohn!« Plötzlich hielt Sarah inne. »Was hast du gemeint mit ›nur‹ deswegen? Ist noch etwas vorgefallen?«

Kaspar seufzte. »Ich dachte, du wolltest über die Beschwerdeführerin sprechen.«

Der Themenwechsel kam unerwartet. Sarah brauchte einen Augenblick, um sich die Gerichtsverhandlung in Erinnerung zu rufen. Wie erwartet, hatte die Beschwerdeführerin Berufung gegen die Entscheidung eingelegt, doch warum sollte sie sich mit Kaspar darüber austauschen wollen?

»Mir blieb keine Wahl«, sagte er.

»Ich verstehe nicht, wovon du sprichst.«

»Du weißt es noch nicht?«

Sarah umklammerte den Hörer fester. »Was weiß ich nicht?«

Kaspar seufzte. »Ich musste es tun. Es war offensichtlich, dass du nicht in der Lage – «

»Verdammt, Kaspar, was hast du getan?«

»Ich habe Zweifel daran geäußert, dass du in der Lage bist, ein Gutachten zu verfassen.«

Sarah war nicht überrascht. Nach der Vorstellung, die sie während der Verhandlung geboten hatte, zweifelten vermutlich alle Beteiligten an ihrer Kompetenz. Doch keiner hatte Maßnahmen ergriffen. Nicht der Richter, nicht der Klinikvertreter. Kaspar war es gewesen, der ihr in den Rücken gefallen war.

»Diesmal lief es glimpflich ab«, fuhr Kaspar fort. »Doch was, wenn nächstes Mal ein weniger erfahrener Richter entscheidet? Einer, der eine fürsorgerische Unterbringung als Zwangsmaßnahme betrachtet?«

»Eine fürsorgerische Unterbringung *ist* eine Zwangsmaßnahme!«

»Ich spreche nicht von der rechtlichen Bedeutung.«

»Ich auch nicht! Du weißt ganz genau, dass mein Gutachten stringent und plausibel ist. Es entspricht den objektiven Gegebenheiten, meine Vorarbeit war ausgezeichnet. Dass ich mich an der Verhandlung nicht gut fühlte, ändert nichts daran.«

»An deinen Erhebungsmethoden habe ich nichts auszusetzen, aber deine Schlussfolgerungen entbehren jeglicher Grundlage. Dir muss klar sein, dass die Patientin suizidgefährdet ist. Sie aus der Klinik zu entlassen, wäre fahrlässig.«

»Auch während hochakuter Phasen hat sie keine Suizidversuche unternommen.«

»Hast nicht du immer wieder betont, wir könnten keine Zukunftsprognosen abgeben?«, sagte Kaspar. »Denk doch nur an Lisa Lindner!«

Sarah schnappte nach Luft. Sie zwang sich, sich nicht anmerken zu lassen, wie tief sie das verletzte.

»Was hast du gemacht?«, fragte sie stattdessen. »Hast du deine inhaltlichen Einwände vor ein Gericht gebracht?«

»Ja«, antwortete Kaspar.

Der Feind hat sein Gesicht offenbart.

Die Worte von Georg Schwartz hallten in Sarah nach. Sie atmete tief in den Bauch und legte den Pfeil ein. Vielleicht litt Schwartz doch nicht unter Wahnvorstellungen. Vielleicht war er der Einzige, der die Wahrheit erkannte. Sie unterdrückte ein nervöses Lachen. Wenn Kaspar ihre Gedanken lesen könnte, würde er *sie* womöglich einweisen. War es das, was er wollte? Reichte es ihm nicht, sie beruflich anzugreifen? Wollte er sie in den Wahnsinn treiben? Nein, es ergab keinen Sinn. Andererseits ergab nichts, was in den vergangenen Wochen geschehen war, einen Sinn.

Sarah legte Zeige-, Mittel- und Ringfinger auf die Sehne.

Am Nachmittag hatte sie das Gespräch mit Bertram Lutz gesucht. »Erinnern sich Ihre Patienten im Nachhinein eigentlich immer daran, dass sie hypnotisiert wurden?«, fragte sie beiläufig.

Lutz sah sie mit seltsamem Ausdruck an. »Natürlich. Wir sprechen darüber, legen zuerst die Regeln fest. Erst dann führe ich sie in ihr Unterbewusstsein.«

»Funktioniert Hypnose auch, wenn der Patient nichts davon weiß?« Sarah dachte an Zaubervorführungen und Trickbetrüger.

»Was genau möchten Sie mich fragen, Dr. Marten?«

Sie brachte die Anschuldigungen nicht über die Lippen. Sie kamen ihr lächerlich vor. Stattdessen murmelte sie etwas von einem Termin und eilte aus Lutz' Praxisraum. Noch einer, der sie für eine Spinnerin hielt.

Es gibt keine Spinner, hatte sie Dave einmal erklärt. Manche Menschen verhalten sich einfach anders, als wir es von ihnen erwarten.

Sarah richtete den Bogen aus.

Sie verstecken tote Blaumeisen hinter Schränken, dachte sie. Schieben Rollstühle in leere Zimmer. Vertauschen Aktenunterlagen. War sie das gewesen? Unter Hypnose?

Sarah zog den Bogen bis zum Ankerpunkt aus. Sie spürte die Sehne an der Nase, den Finger am Mundwinkel. Atmete wieder tief ein. Nahm die Mitte der Zielscheibe ins Visier. Löste die Hand, langsam und gleichmäßig. Der Pfeil schoss davon. Und blieb einen halben Meter neben der Zielscheibe stecken.

Der Trainer kam auf sie zu. Er zog die Augenbrauen hoch und betrachtete sie stumm.

»Ich weiß nicht, was ich falsch mache«, sagte sie.

»Lass mal sehen.«

Sarah nahm einen neuen Pfeil aus dem Köcher. Diesmal versuchte sie, ganz bei sich zu bleiben. Sie spürte den Atem, der durch ihren Körper strömte, den Boden unter ihren

Füßen, die Kraft in ihrem Rücken. Ihr Kopf pochte dumpf, doch daran hatte sie sich schon fast gewöhnt.

Erneut schoss sie weit daneben.

»Schön«, lobte der Trainer.

»Und warum treffe ich dann nicht einmal die Scheibe?«

»Weil du danebenzielst.«

Sarah schüttelte den Kopf. »Ich habe genau auf die Mitte gezielt, die Abweichung mit einberechnet.«

»Vielleicht müsstest du mal einen Sehtest machen. Kann es sein, dass du eine Brille brauchst?«

»Ich trage Kontaktlinsen.«

»Mit einer starken Korrektur?«

»Zweieinhalb Dioptrien links, fünf rechts. Und eine Hornhautverkrümmung.«

Der Trainer dachte nach. »Hast du die Linsen falsch eingesetzt?«

»Bestimmt nicht. Das Gefäß, in das ich sie über Nacht lege, ist mit links und rechts bezeichnet.« Sie verstummte. Was nützt die Beschriftung, wenn die Person, die die Linsen einlegt, links und rechts verwechselt? Unterlagen verlegt? Schlüssel verliert? Anweisungen schreibt, an die sie sich nicht erinnern kann?

»Bin gleich zurück.« Sarah legte den Bogen auf den Köcher und lief zur Toilette. Dort nahm sie die Kontaktlinsen heraus, spülte sie ab und setzte die linke ins rechte Auge, die rechte ins linke Auge. Die Umgebung präsentierte sich gestochen scharf. Sarah kehrte in den Trainingsraum zurück. Der Boden wankte nicht mehr, als sie an die Schießlinie trat, die Farben der Zielscheibe waren satt und klar. Sie schoss erneut.

Und traf die Mitte.

Ungläubig ließ Sarah den Bogen sinken. Sie dachte an die Sehstörungen, die ihr seit einer Woche zu schaffen machten. Die Kopfschmerzen, die Müdigkeit. Womöglich hatte sie die ganze Zeit ihre Kontaktlinsen falsch getragen.

Sie sind in Gefahr, Doktor Marten.

Spürte Georg Schwartz ihre Unsicherheit? Erkannte er, dass sie eine Bedrohung für sich selbst war? Oder glaubte er wirklich, jemand wolle ihr schaden?

Obwohl der Gedanke absurd war, versuchte Sarah, die Ereignisse aus diesem Blickwinkel zu betrachten. Sie ging alle Pannen einzeln durch. Allein die Vorstellung, dass nicht sie dafür verantwortlich war, ließ sie entspannter werden. Nur etwas machte ihr zu schaffen: Niemand hatte einen Grund, ihr zu schaden.

Natürlich hatte es immer wieder Patienten gegeben, die enttäuscht eine Therapie abbrachen. Exploranden, die nicht einverstanden waren mit einem Gutachten, das sie erstellt hatte. Aber niemand hasste sie so sehr, dass er sie in den Wahnsinn treiben wollte.

Oder doch?

Kaspar ärgerte sich offenbar viel mehr über ihre Ansichten, als sie geglaubt hatte. Dass er rechtliche Schritte eingeleitet hatte, beunruhigte Sarah. Vielleicht waren es nicht ihre Ansichten, die ihn störten. Vielleicht zweifelte er tatsächlich an ihren Fähigkeiten. Sie konnte es ihm nicht verdenken. Nicht nach allem, was geschehen war. Trotzdem passte es nicht zu ihm, sie heimlich anzugreifen. Wenn ihm etwas nicht passte, sagte er es geradeheraus. Sie konnte ihm vieles vorwerfen, Hinterlist gehörte nicht dazu.

Wer sonst kannte ihre Gewohnheiten? Wer hatte Zugang zum Haus und zur Praxis? Till. Schon wieder. Doch seine Empörung, als sie ihn vorgestern mit ihren Vorwürfen konfrontiert hatte, schien echt zu sein. Auch die Leidenschaft, mit der er sie geliebt hatte.

Lutz hätte sich zwar in die Praxis schleichen können,

nicht aber ins Haus. Außerdem kannte er Rebekka nicht. Ein Motiv fehlte ihm ebenfalls. Blieb Dave. Vielleicht war er wütender auf sie, als sie ahnte. Auf Till. Empfand er ihn immer noch als Störfaktor? Doch auch das passte nicht. Die Vorfälle waren zu subtil, zu durchdacht für einen pubertierenden Teenager.

Als Sarah ihre Sachen einpackte, kam ihr ein weiterer Gedanke. Womöglich hingen die Pannen gar nicht miteinander zusammen. Die Kontaktlinsen hatte sie mit größter Wahrscheinlichkeit selbst vertauscht. Die Kopfschmerzen waren eine Folge der Anstrengung. Ihr Gehirn hatte über Tage die falsche Korrektur ausgleichen müssen. Dass sie die Anrufe auf ihrem Handy nicht gesehen hatte, lag vermutlich an ihren überanstrengten Augen, dass sie den Reifenwechsel vergessen hatte, am Treppensturz.

Und Rebekkas blaue Flecken? Die Übergriffe im Heim konnten rein zufällig im gleichen Zeitraum stattgefunden haben wie die anderen Vorfälle. Sarah nahm sich vor, jeder Panne, jeder Ungereimtheit einzeln nachzugehen. Bis sie nachvollziehen konnte, wie es dazu gekommen war.

25

2 Jahre zuvor

Lisa war müde, unendlich müde, doch sie konnte nicht schlafen. Man gab ihr Tabletten, die sie entspannten, die ihr aber nicht gegen die Schlaflosigkeit halfen. Sie wand sich im Bett, hörte den Atem ihrer Zimmergenossin, ein raues Kratzen, unterbrochen von langen, tiefen Schnarchgeräuschen. Lisa setzte sich auf, schaltete das Nachttischlämpchen an. Die andere Patientin schlief weiter.

Lisa schlug die Decke zurück, schlüpfte in ihre Badeschuhe und zog den Frotteemantel über ihren Pyjama. Auf dem Fenstersims lag das modellierte Gesicht von Jo-Jo. Die Delle, die sie verursacht hatte, war deutlich zu sehen. Nachdem die Feuchtigkeit aus dem Lehm verdunstet war, hatten sich erste Risse gebildet. Ein paar Tage später klaffte ein tiefer Spalt durch die Mitte der Stirn, die Nase bröckelte ab, die Lippen zerfielen. Inzwischen bestand das Antlitz aus vertrockneten Krümeln ohne Zusammenhalt.

Es zeigte die Wahrheit. Sie hatte Jo-Jo verloren, und sie war schuld. Sie hatte die Verbindung abgebrochen.

Sie wandte sich ab, griff nach ihrem Tagebuch. Lautlos öffnete sie die Tür und ging den Flur entlang, der von viel zu hellen Neonröhren beleuchtet wurde. Im Stationszimmer saß die Nachtwache mit einem Kaffee am Computer. Die junge Rumänin sah fragend durch die Scheibe zu Lisa hinüber, wollte aufstehen, doch Lisa schüttelte den Kopf und gab ihr zu verstehen, es sei alles in Ordnung.

Im Aufenthaltsraum hielten sich zwei weitere schlaflose Patienten auf, einer las in einem Reiseführer, der andere war über ein vielteiliges Puzzle gebeugt, das ein Eisbär zu werden schien. Die Einzelteilchen waren alle weiß. Vielleicht half sinnloses Tun gegen innere Sinnlosigkeit.

Lisa durchquerte den Raum, ihre Schritte waren schwer, ihr Körper erschöpft. Sie setzte sich in einen Korbsessel und klappte ihr Tagebuch auf.

Heute mit Doktor Eckert über Ziele gesprochen, schrieb sie. *Ich habe keine.*

Der Psychiater hatte sie gefragt, ob sie manchmal daran denke, ihrem Leben ein Ende zu setzen. Lisa hätte sich ihm fast anvertraut, dann hatte sie es sich anders überlegt. Galt sie als suizidal, war es schwierig, aus diesem »geschützten Ort«, wie sie ihn nannten, entlassen zu werden. Was unsinnig war. Es gab so viele Möglichkeiten, sich hier umzubringen, Lisa hatte es bei früheren Psychiatrieaufenthalten mehrmals miterlebt. Eine Zimmergenossin hatte sich mit einem Bastelmesser die Pulsadern aufgeschnitten, ein alter Mann Reinigungsmittel getrunken. Das wollte Lisa nicht. Es gab nur eine Art, auf die sie sterben wollte. Dazu musste sie aus der Klinik entlassen werden.

Sie sah dem Mann zu, der sich verbissen aufs Puzzle konzentrierte und an seinem Daumennagel kaute. Er hatte ein Ziel. Den Eisbären zusammenzusetzen. Der Lesende wollte eine Asienreise machen, das erzählte er immer wieder während des Essens. Vorsätze, Ziele, Wünsche. Der Drachentöter, der einzige Mensch außer dem Psychiater, mit dem sie hier ab und zu ein paar Worte sprach, war ebenfalls voller Ziele. Feinde abwehren, die Überwachung kontrollieren, den Gesamtplan verstehen. Eine Energie und Kraft steckte in ihm, um die sie ihn beneidete.

Nichts spielt eine Rolle, schrieb sie. Der Kugelschreiber blieb auf der Stelle stehen und bewegte sich nicht weiter. Sie starrte ins Leere, merkte erst nach geraumer Zeit, dass die beiden Patienten verschwunden waren. Das Puzzle war noch nicht vollständig, der Reiseführer stand wieder im Regal. Die rumänische Nachtwache blätterte in einer Zeitung, die große Wanduhr zeigte halb drei Uhr morgens.

Lisa hörte dem Ticken zu, das seltsam laut in der Stille erklang. Dann schrieb sie in ihr Tagebuch. *Ein Ziel habe ich. Ein letztes.*

26

Sarah stellte einen Teller Spaghetti vor Till auf den Tisch. »Nicht so fantasievoll wie deine Gerichte, aber mehr habe ich so schnell nicht hinbekommen.«

»Ich hätte dich gern bekocht.«

»Diesmal wollte ich etwas für dich tun.« Sarah setzte sich mit ihrem Teller an den Tisch. Sie hatte im Wohnzimmer gedeckt, nicht in der Küche wie sonst. »Ich weiß, wie schwierig ich in letzter Zeit gewesen bin. Du warst immer für mich da. Die Anschuldigungen, die ich vorgestern … Till, es tut mir leid.«

Er zuckte die Schultern. »Wenn ich ein Kind hätte, würde ich auch jedem Verdacht nachgehen. Wie geht es Dave?«

»Mittelmäßig.« Sie hatte auch heute wieder mit Kaspar telefoniert. Dave weigerte sich nach wie vor, mit ihr zu reden, was ihr mehr zu schaffen machte, als sie sich eingestand. Am Vorabend hatte sie ihn besucht, doch obwohl sie über eine Stunde an seinem Bett gesessen hatte, hatte er alle ihre Versuche, ein Gespräch in Gang zu bringen, erfolgreich abgewehrt. Sie wurde das Gefühl nicht los, dass ihn Schuldgefühle quälten. Das würde die Bauchschmerzen erklären. Dave hatte schon als Kind empfindlich reagiert, wenn ihn etwas belastete.

Sarah griff nach der Gabel. Seit sie sich entschieden hatte, den Ungereimtheiten auf den Grund zu gehen, waren ihre Selbstzweifel verschwunden. Auch ihre Kopfschmerzen waren weg. Heute hatte sie sich im Internet Überwachungskameras angeschaut und einen Termin mit einer Sicherheitsfirma vereinbart. In Zukunft wüsste sie

Bescheid, wenn sich jemand während ihrer Abwesenheit an ihren Sachen zu schaffen machte – oder wenn sie selbst die Akten vertauschte. Schlüssel verlegte. Vögel versteckte.

Sie spürte Tills Blick auf sich und sah auf. »Entschuldige, hast du etwas gesagt?«

»Ich habe gefragt, ob du Käse möchtest.«

»Gerne.«

Er reichte ihr die Tüte mit dem Käse. »Woran hast du gedacht?«

Sie erzählte ihm von ihrem Versuch, mit Dave zu reden.

»Hast du schon etwas von der Kesb gehört?«, fragte er.

»Nein.« Sie wechselte das Thema. In letzter Zeit hatte sich alles nur um sie und ihre Sorgen gedreht. »Wie läuft es mit der Installation?«

»Gut«, sagte er.

»Was stellt das Werk dar?«, fuhr sie fort, als er nichts mehr sagte.

Er kaute, ohne den Blick vom Teller zu heben.

Ärgerte er sich immer noch darüber, dass sie unangekündigt im Atelier aufgetaucht war? Sarah griff nach der Weinflasche. »Möchtest du mehr Wein?«

Er hielt ihr sein Glas hin. »Gib mir etwas Zeit. Es ist meine wichtigste Arbeit. Ich zeige sie dir, wenn sie vollendet ist.«

Sie aßen schweigend zu Ende. Etwas schien Till zu beschäftigen, doch offenbar wollte er nicht darüber reden. Als Sarah vorschlug, einen Film zu schauen, stimmte Till sofort zu. Während sie Kaffee kochte, ging Till die DVDs im Wohnzimmer durch.

Sarah schenkte sich noch etwas Wein ein und brachte Till eine Tasse Kaffee. Sie setzte sich neben ihn und schloss die Augen, genoss Tills Nähe, den Wein, der sie von innen wärmte.

Sie schreckte auf. Tills Kaffeetasse war auf dem Boden zerschellt.

»Sorry, ich ...«, murmelte er und stützte sich auf die Armlehne. Seine Bewegungen hatten etwas Unkoordiniertes.

»Ist alles in Ordnung?«, fragte sie.

Er beugte sich vor, streckte die Hand aus, griff ins Leere.

»Till! Was ist los?« Sarah sprang auf, ging vor ihm in die Hocke.

Er hob den Kopf. Seine Augenlider waren schwer, sein Mund seltsam verzerrt. Sarah packte seinen Arm, suchte seinen Puls. Zu langsam.

»Ist dir übel?«, drängte sie.

Er stand auf, machte ein paar torkelnde Schritte und fiel auf die Knie. Sarah rannte ins Bad, um den Notfallkoffer zu holen. Als sie zurückkam, lag Till auf dem Rücken. Er flüsterte etwas, das sie nicht verstand. Sie drehte ihn auf die Seite, schob ihm ein Kissen unter den Kopf. Niedriger Blutdruck. Pupillenverengung. Verlangsamte Reflexe. Eine allergische Reaktion? Solange seine Atemfunktion nicht gestört war, befand er sich nicht in Lebensgefahr. Das konnte sich aber von einem Moment auf den anderen ändern.

»Till«, sagte sie ruhig. »Hörst du mich?«

Er sah sie benommen an.

»Ich fahre dich jetzt in die Notaufnahme. Kannst du aufstehen, wenn ich dir helfe?«

Er schien nicht zu begreifen, was sie von ihm wollte. Als sie aber den Arm unter seinen Oberkörper schob, mühte er sich auf die Beine. Seine Knie gaben nach. Sarah brauchte alle Kraft, um ihn aufrecht zu halten und zum Auto zu schleppen. Till fiel auf den Rücksitz und blieb wie gelähmt liegen. Seine Atemzüge waren immer noch regelmäßig, aber kaum wahrnehmbar.

Sarah fuhr direkt vor den Eingang der Notaufnahme, sprang aus dem Wagen und riss die hintere Tür auf. Till reagierte nicht, als sie ihn ansprach. Zwei Sanitäter kamen auf sie zu, hoben Till hoch, legten ihn auf eine Bahre und marschierten zur Notaufnahme. Als Sarah dort ankam, waren die Pfleger mit Till bereits verschwunden.

»Dr. Marten?«

Es dauerte einen Moment, bis Sarah Dr. Stahlberger erkannte. War es wirklich erst zwei Wochen her, seit sie selbst hier eingeliefert worden war?

»Wie geht es Ihnen?«, fragte der Arzt. »Haben Sie wieder Beschwerden?«

»Ich nicht. Aber mein Partner. Er ist zusammengebrochen.«

Stahlberger betrachtete sie mit seltsamem Ausdruck. Sie erzählte, was geschehen war.

»Bitte«, bat sie. »Ich muss zu ihm.«

»Warten Sie. Ich bin gleich zurück.«

Zehn Minuten vergingen. Stahlberger kam nicht zurück.

Sarah stand auf, stellte sich vor die Tür, die zu den Untersuchungsräumen führte. Als sie aufging, erhaschte Sarah einen Blick von Stahlberger, der im Flur mit einer Kollegin sprach. Sarah eilte auf ihn zu.

Eine Hand hielt sie zurück. »Sie können hier nicht rein.«

Sie machte sich los. »Ich bin Ärztin!«

Stahlberger kam ihr entgegen. »Ist in Ordnung. Kommen Sie, Dr. Marten.«

Sarah folgte ihm. »Wie geht es ihm?«

»Stabil«, sagte Stahlberger.

»Was haben die Schnelltests ergeben?«, drängte Sarah.

»Haben Sie bei Herrn Kowak in letzter Zeit Veränderungen bemerkt?«, fragte die behandelnde Ärztin. »Hat er über Beschwerden geklagt?«

Sarah dachte an Tills Verhalten während des Essens. An seine Zurückhaltung, sein Schweigen. »Nein«, log sie.

Die Ärztin notierte sich etwas. »Nimmt Herr Kowak Sedativa?«

Sarah schüttelte den Kopf. »Beruhigungsmittel? Nicht, dass ich wüsste.«

»Wir haben Benzodiazepine in Blut und Urin gefunden.«

»Was genau?«

»Alprazolam, Diazepam, Lorazepam. Die exakten Resultate erhalten wir erst morgen, doch wir können bereits jetzt sagen, dass die Konzentration viel zu hoch ist. Weit über dem therapeutischen Blutspiegel. Dieser liegt bei Alprazolam zwischen 0,005 bis 0,05 µg/ml, wir haben aber …«

Sarah fröstelte.

»Dr. Marten?«

Sarah sah auf.

Die Ärztin betrachtete sie aufmerksam. »Es ist ungewöhnlich, drei verschiedene Sedativa einzunehmen. Um es vorsichtig auszudrücken.«

Sarah hörte nicht mehr zu. Alprazolam, Diazepam, Lorazepam. Die Wirkstoffe waren ihr gut bekannt. Sie verschrieb sie ihren Patienten. In Form von Xanax, Valium oder Temesta. Es waren die Medikamente, die aus ihrem Schrank verschwunden waren.

27

Daves Bauch schmerzte, als hätte er Scherben verschluckt. Er hatte keinen Appetit, stattdessen ewig währende Übelkeit. Kein Husten, kein Fieber, kein Halsweh. Aber eine verdammt schlechte Laune. Heute Morgen hatte er lustlos in seinem Frühstück herumgestochert, vorhin nach dem Mittagessen Dads Steak eins zu eins wieder ausgekotzt.

Dad hatte ihm erlaubt, morgen einen weiteren Tag zu Hause zu bleiben, anscheinend war ihm klar, dass Dave nicht simulierte, um die Schule zu schwänzen, sondern irgendeinen Virus eingefangen hatte.

Er saß auf dem Bett, Kissen im Rücken, Laptop auf den Knien, neben sich eine Kanne Schwarztee, den sein Vater ihm zwangsverordnet hatte, und sein Handy. Wenigstens das hatte er wieder zurückbekommen. Durch die offene Tür konnte er vom Wohnzimmer her das Geklapper einer Tastatur hören. Dad arbeitete von daheim aus, um Dave nicht allein zu lassen. Dave hatte gesagt, das sei nicht nötig, und hatte sich schon darauf gefreut, den ganzen Tag vor der Glotze zu hängen, doch Dad schien Mam beweisen zu wollen, dass er es mit der elterlichen Sorgfalt ebenso ernst nahm wie sie. Eltern! Dave stöhnte. In den letzten Tagen hatte er mehrere Streitgespräche zwischen ihnen mitgekriegt. Die Stimmung war ähnlich gereizt wie damals vor der Scheidung. Till hatte er auch nicht um Rat fragen können. Vielleicht war es sowieso keine gute Idee gewesen, sich an ihn zu wenden. Der versuchte bloß, sich bei ihm einzuschleimen, um auf Mam einen guten Eindruck zu machen. Wieso waren die Erwachsenen eigentlich alle so scharf darauf, als tolle Jugendversteher rüberzukommen?

Dave loggte sich als Crazy Lizard ein. Snowdrop war offline.

Er hätte es sich denken können. Er trank einen Schluck faden Tee, spielte ein paar Runden eines neuen Computerspiels, das ihn schon nach kurzer Zeit langweilte, dann döste er wieder ein.

Er schreckte hoch, als sein Handy einen Hüpfton von sich gab. Ein WhatsApp von Andy.

– *alter, was ist eigentlich los mit dir?*

– *magengrippe*, schrieb Dave zurück, froh, wieder mal etwas von ihm zu hören.

– *shit! mit alles? oben und unten? :-D*

– *bisschen rumreihern. halb so wild. dafür tv gucken bis zum abwinken.* Sollte Andy ruhig glauben, er verbringe eine coole Zeit zu Hause.

– *echt? ich komm später mit nem geilen splattermovie vorbei. wird dich aufheitern. eine riesentittige axtmörderin kommt drin vor:-DD*

– *bin nicht allein*

– *mam nicht bei den psychos?*

– *bin bei dad*

– *??*

– *lange story*

– *jaaa?*

– *ein andermal. hausaufgaben?*

– *vor- und nachteile der demokratie. aufsatz, 2 seiten*

– *klingt nach fun und action*

– *LOL. wir sehn uns, alter*

Dave legte das Handy weg. Googelte »Demokratie«, gelangte über »Monarchie« zu »Diktatur« und landete über die Bildersuche bei Saddam Hussein, Adolf Hitler und Osama bin Laden. Er driftete noch mehr ab, schaute ein paar YouTube-Filmchen, spielte nochmals eine Runde des öden Spiels und trank Tee. Irgendwann fand er unerwartet einen guten Einstieg und begann, über die Demokratie zu schreiben. Erst mal die Vorteile. Die Nachteile würde er später finden. Vielleicht würde er morgen wieder zur Schule gehen. Irgendwie machte das Chillen keinen Spaß, und Bauchweh konnte er auch in der Schule haben. Am besten vergaß er alles, was in letzter Zeit passiert war. Mam und Till im Atelier. Den Abend im Club, die Erpressung, die Hypnose. Ja, sogar Snowdrop. Tamara. Irgendwas war mit ihr nicht okay. Entweder ihre Eltern hatten ihr wieder Hausarrest gegeben und das Handy abgenommen. Oder sie war doch ein Fake. Er schob den Gedanken beiseite. Auf jeden Fall lag es nun an ihr, sich zu melden. Er würde mit Andy abhängen, die riesentittige Axtmörderin gucken und sein Leben wieder hinkriegen. Und ja, okay, vielleicht auch wieder bei Mam wohnen. Bei Dad war es nicht besser.

Im Wohnzimmer klingelte das Telefon. Dad nahm ab, seine Stimme klang komisch, irgendwie aufgebracht.

»Wie bitte?«, sagte er. »Was willst du damit andeuten, Elmar?«

Dave lauschte. Elmar. Elmar Stahlberger. Das war ein Arztkollege von Dad.

»Doch«, fuhr Dad fort, »mit meiner Familie ist alles in Ordnung. Nicht perfekt, aber bei wem ist das schon so. Dave pubertiert, du weißt ja, wie das ist. Und meine Exfrau … du hast Sarah kürzlich kennengelernt … Ja … Was meinst du damit, schon wieder im Notfall? Till Kowak? Das ist der neue Lebenspartner von Sarah. Was? Eine Überdosis? Ist er … lebt er?«

Dave hielt den Atem an.

»Magen ausgepumpt? … Das kann ich mir nicht vorstellen! … Verstehe. … Ich werde es versuchen. … Ja, ich spreche mit ihr. Aber das wäre ja … In Ordnung. Danke. Danke, Elmar. Ich weiß es wirklich zu schätzen!«

Dave war baff. Till hatte eine Überdosis genommen? Wovon? Irgendeine Designer-Künstlerdroge vermutlich.

Ein Pling kündigte eine E-Mail an. Dave öffnete die Augen. Merkte, dass er geschlafen hatte.

Er schaute auf den Bildschirm seines Laptops.

Und erschrak.

Wieder ein Foto von ihm.

Durch Mams Praxisfenster aufgenommen, wie er in ihrem Schrank nach den Medikamenten wühlte. Undeutlich und dunkel, aber eindeutig er.

Ein zweites Bild erschien. Wie er die Tüte mit den Tabletten im Abfalleimer bei der Bushaltestelle vergrub. Beide Male war er klar erkennbar, man sah, wie er gehetzt um sich blickte.

Ein Textfeld ging auf: *im kaffee von till kowak wird man die medikamente finden, die du gestohlen hast*

Ihm wurde schlecht. Er schluckte mühsam. Dann hackte er in die Tastatur: *wer bist du, arschloch?*

– diesmal wirst du etwas größeres für uns erledigen

– scheiß drauf! lasst mich einfach in frieden!

– wenn du es nicht tust, wandern die bilder zur polizei. du weißt, was das bedeutet?

Dave starrte auf den Bildschirm.

– tötungsversuch. dafür kriegst du mehrere jahre

Bevor Dave das richtig kapierte, klingelte es an der Tür.

Sarah hörte Schritte, dann öffnete Kaspar. Als er sie sah, wich er einen Schritt zurück.

»Ich muss mit Dave reden«, sagte sie.

Sie rechnete mit seinem Protest, doch Kaspar trat zur Seite und bat sie herein. Er wirkte weder erstaunt noch verärgert, das machte Sarah misstrauisch. Georg Schwartz' Warnung schoss ihr durch den Kopf.

»Ich habe gehört, was mit Till passiert ist«, sagte Kaspar. »Möchtest du eine Tasse Tee?«

Stahlberger. Sarah presste die Lippen zusammen. Der Arzt hatte kein Recht, Informationen ohne Tills Zustimmung weiterzugeben.

»Er weiß, dass er damit gegen die Schweigepflicht verstößt«, erklärte Kaspar. »Er wollte uns einen Gefallen tun. Komm, setz dich.« Er deutete in Richtung Wohnzimmer. Keine Worte des Mitgefühls, des Bedauerns.

Sarah blieb im Flur stehen. »Einen Gefallen? Was meinst du damit?«

»Er hätte gleich zur Polizei gehen können. Er wollte mir aber Gelegenheit geben, zuerst mit dir zu reden.«

Der Arzt hatte den Zusammenhang also erkannt. Xanax, Valium und Temesta – Medikamente, die eine Psychiaterin zur Hand hatte.

»Verdammt, Sarah, was geht hier vor? Zuerst stürzt du die Treppe hinunter, dann fällst du in Ohnmacht. Jetzt ist Dave krank. Stahlberger sind die vielen Zufälle auch nicht entgangen!«

Er trat ganz nahe an sie heran. »War es Till? Sag es mir! Till hat euch das angetan, nicht wahr? Doch statt ihn anzuzeigen, hast du beschlossen, die Sache selbst in die Hand zu nehmen. Dafür zu sorgen, dass er ein für alle Mal aus eurem Leben verschwindet!«

Sarah war sprachlos.

»Was hast du getan?« Kaspar griff sich mit beiden Händen an den Kopf. »Ihm Sedativa ins Feierabendbier gemischt? Medikamente im Wein aufgelöst?«

Wäre Sarah nicht so besorgt gewesen, sie hätte laut gelacht. Kaspar führte sich auf wie ein Schauspieler, der mit übertriebenen Gesten und Worten ein Publikum zu fesseln versuchte.

Doch dies war keine Bühne. Es war ihr Leben. Das, was noch davon übrig war.

»Sarah! Sprich mit mir!«

Kurz erwog sie, Kaspar von den vielen Kleinigkeiten zu erzählen, den Bausteinen ihres Alltags, die wie von Geisterhand verschoben wurden. Es erinnerte sie an ein Gesellschaftsspiel, das sie früher mit Dave gespielt hatte. Darin versuchten die Spieler, Figuren aus vier Teilen zusammenzubauen: Hut, Kopf, Körper und Füße. Dave hatte sie jeweils absichtlich falsch aneinandergereiht und sich über die entstandenen Figuren amüsiert. Ein Fischer im Arztkittel. Eine Flugbegleiterin mit Kochmütze. Wenn Kaspar derjenige war, der nun die Karten verschob? Seit Georg Schwartz die Anschuldigung hervorgebracht hatte, wurde Sarah den Gedanken nicht mehr los, auch wenn er völlig aus der Luft gegriffen zu sein schien.

»Ich will zu Dave«, sagte sie.

»Nicht, bevor du mir sagst, was hier vor sich geht!«

Sarah schob sich an ihm vorbei. Kurz glaubte sie, er würde sie zurückhalten, stattdessen eilte er ihr nach. Daves Zimmer lag am Ende des Flurs. Im Gegensatz zu seinem Zimmer im Dachgeschoss ihres Elternhauses war es mit teuren Möbeln bestückt, die jede Woche von einer Putzhilfe abgestaubt wurden.

Dave lag im Bett und gab vor zu schlafen. Dass er wach war, erkannte Sarah an seinen flachen Atemzügen. Unter der Decke schaute ein Stück von seinem Laptop hervor. Sarah beugte sich über ihren Sohn, legte ihm die Hand auf die Stirn. Wie blass er war.

»Dave«, sagte sie leise, aber bestimmt. »Ich muss mit dir reden.«

Er regte sich nicht.

»Ich weiß, dass du mich hörst.«

Keine Reaktion.

Sarah setzte sich auf die Bettkante und schob den Laptop zur Seite. Dave riss die Augen auf, packte den Laptop, presste ihn an sich und drehte sich zur Wand.

»Dave! Schau mich an!«

»Hau ab!«

Seine Worte waren wie eine Ohrfeige.

»David«, sagte Kaspar streng, »in diesem Haus behandeln wir einander mit Respekt.«

»Ich bin krank.«

»Das ist keine Entschuldigung.«

»Es gibt ein paar Dinge, die ich dich fragen muss«, sagte Sarah. »Bitte schau mich an.«

Langsam drehte sich Dave um. Er mied ihren Blick, starrte auf einen Punkt hinter ihr.

Sie atmete tief ein. »Till ist heute Abend zusammengebrochen. Ich habe ihn in die Notaufnahme gefahren. Dort hat man festgestellt, dass er verschiedene Beruhigungsmittel zu sich genommen hat.«

Daves Gesichtsausdruck veränderte sich nicht.

»Er hat sie nicht absichtlich geschluckt. Vermutlich befanden sie sich in seinem Kaffee.« Eine andere Erklärung hatte sie nicht.

Kaspar starrte sie an.

Sarah beugte sich vor. »Kürzlich ist mir aufgefallen, dass Medikamente aus meiner Praxis verschwunden sind.« Keine Überraschung in Daves Augen. »Ich frage dich geradeheraus«, fuhr sie fort. »Hast du etwas damit zu tun?«

Kaspar richtete sich empört auf.

»Dave?«, wiederholte Sarah.

Nur das Zittern seines Kinns verriet, dass er sie hörte.

»Fuck!«, brach es aus Dave heraus. »Du hast sie nicht mehr alle!«

»David!« Kaspar trat vor.

Sarah hielt ihn mit einer Handbewegung zurück. »Dave, beantworte meine Frage.«

»Nein! Okay? Darf ich jetzt endlich pennen?«

Sarah zögerte. Sie hatte ihn auch auf Rebekkas blaue Flecken ansprechen wollen, doch als sie ihn so vor sich sah, die Beine angezogen, die Arme um die Knie geschlungen, wusste sie, dass es zwecklos war. Er hatte eine Barriere um sich errichtet, die sich von außen nicht bezwingen ließe. Aber vielleicht würde ihre Frage in ihm nachwirken. Sie würde das Gespräch morgen weiterführen.

Sie legte ihm die Hand auf die Schulter. »Es gibt für alles eine Lösung. Ich liebe dich.«

Die Worte füllten den Raum wie abgestandene Luft.

Kaspar folgte ihr aus dem Zimmer. Die erwarteten Vorwürfe blieben aus. »Ich könnte einen Drink brauchen«, sagte er stattdessen. »Möchtest du auch einen?«

Fast hätte sie Ja gesagt. Doch da war wieder diese nagende Unsicherheit. Sarah wusste nicht mehr, wem sie trauen konnte. »Nein, danke. Ich bin müde.«

Kaspar sah sie skeptisch an.

Sie glaubte, sich rechtfertigen zu müssen. »Ich hatte einen langen Tag.«

»Waren die Sedativa wirklich im Kaffee?«, fragte er schließlich.

Sollte er dahinterstecken, wusste er es ohnehin, dachte sie und nickte. »Ich gehe davon aus, ja.«

Der Gedanke traf sie wie ein aus dem Hinterhalt abgeschossener Pfeil. Die Beruhigungsmittel waren nicht für Till bestimmt gewesen.

Sondern für sie.

28

2 Jahre zuvor

Um zwei hatte Lisa ein Gespräch mit Doktor Eckert. In den letzten Tagen hatten die Antidepressiva angefangen, ihre Wirkung zu entfalten. Lisa schlief etwas besser, fühlte sich kräftiger. Gleichzeitig war eine seltsame Entschlossenheit in ihr herangewachsen, gepaart mit einer immer häufiger aufflackernden Verzweiflung. Sie nahm Gefühle wieder wahr. Erst nur dumpf, dann qualvoll. Das war es also, was unter der Depression steckte. Gefühltes Leid. Sie wollte nie mehr in dieses Loch des Nichtfühlens fallen. So konnte sie ebenso wenig weiterleben. Sie wusste, wie der nächste Schritt aussah. Den letzten, den sie tun würde. Doch es sollte nicht hier drin geschehen.

Sie ging den Flur entlang und setzte sich in den Wartebereich. Sie war eine Viertelstunde zu früh.

Kurz darauf tauchte der Drachentöter auf. »Darf ich, edle Frau?«, fragte er und zeigte auf den Stuhl neben ihr.

»Natürlich«, antwortete sie.

»Ich möchte dich nicht belästigen«, fuhr er fort und scharrte unruhig mit seinen Schuhen auf dem Boden.

»Du störst gar nicht.«

»Ich will dir helfen.«

Sie sah ihn lange an. »Das ist leider nicht möglich.«

Er nickte, als hätte er es schon gewusst. »Aber du darfst mir vertrauen.«

»Das tue ich«, sagte sie.

Er lächelte. Er wirkte jetzt weniger verkniffen, schien sich zu freuen. Jemand vertraute ihm. Das musste eine große

Seltenheit für ihn sein. Dann riss er sich wieder zusammen, schaute sich hastig um, als suche er nach der nächsten Gefahr, und flüsterte: »Ich weiß, dass du hier rauswillst. Aber das ist nicht einfach. Du darfst ihnen kein Futter geben. Du verstehst? Sie verwenden alles gegen dich.«

»Ich verstehe.«

»Du musst mitspielen.«

»Das werde ich, Drachentöter.«

Sein Adamsapfel zitterte. Bitter stieß er hervor: »Wer mit einem FFE eingekerkert wurde, ist für sie kein menschliches Wesen mehr.«

»Es heißt nicht mehr FFE«, sagte sie, »sondern FU. *Fürsorgerische Unterbringung.*«

»Dieses Wort ist eine Lüge!«, rief er aufgebracht. »Sie haben es einfach umbenannt! Verdreht und verlogen! Vorher beschrieb das Wort die grausame Wahrheit, so wie sie war. Unterbringung klingt nach Hotel. Wir sind hier nicht in einem Hotel! FFE war ehrlich! *Fürsorgerischer Freiheitsentzug!* Denn das tun sie mit uns. Sie entziehen uns die Freiheit. Sie wollen uns brechen, manipulieren, zerstören.« Er stand auf, ging mit schnellen Schritten hin und her. Sprach mit sich selbst. Immer lauter, immer wirrer.

Lisa sagte nichts. Sie wusste, dass er litt.

Er fing an, von Ungerechtigkeiten und abgekarteten Spielen zu reden, wurde lauter, aufgeregter. Schließlich begann er zu schreien. Eine Pflegerin eilte herbei. Es war wieder so weit. Sie würden ihn beruhigen wollen, er würde um sich schlagen, etwas von einem Drachen stammeln, der in ihm lebte, vier oder sechs kräftige Arme würden nach ihm greifen und ihn ins Isolationszimmer bringen. Wo man ihn niederspritzen und festbinden würde. Lisa kannte das. Die Leute fürchteten sich vor ihm. Dabei war der Drachentöter selbst keine Gefahr, sondern die manifestierte Angst.

Noch immer schrie er im Korridor, zwei weitere Pfleger kamen, sprachen auf ihn ein, dann führten sie ihn weg. Er warf einen verzweifelten Blick zurück zu Lisa und rief: »Du kannst dich auf mich verlassen, edle Dame!«

Lisa schaute ihm nach. Sie hörte nicht, wie die Tür zum Praxiszimmer von Doktor Eckert geöffnet wurde.

»Frau Lindner? Bitte treten Sie ein.«

Lisa tat es, setzte sich ihm gegenüber und sagte ihren einstudierten Satz: »Ich möchte ein Gesuch um Entlassung stellen.«

»Ach ja?« Eckert wirkte überrascht. »Kürzlich sprachen wir doch über Ihre fehlenden Ziele.«

»Jetzt habe ich welche«, sagte sie. »Ich möchte wieder in meine Wohnung ziehen und arbeiten.«

»Arbeiten?«

»In einer betreuten Gärtnerei.«

»Dies müssten wir gut planen«, gab er zu bedenken, »und sorgfältig in die Wege leiten. Damit es nicht zu einem Rückfall kommt.« Er schrieb etwas in ihre Krankengeschichte, sah hoch und fügte an: »Sie machen mir tatsächlich einen stabileren Eindruck. Allerdings könnte das auch vorübergehender Natur sein. Lassen Sie sich Zeit, überstürzen Sie nichts, das könnte Ihre Genesung verzögern. Als Erstes können Sie mithilfe der Sozialarbeiterin Informationen über diese Gärtnerei –«

»Ich habe schon Informationen. Aus dem Internet.« Sie nahm einen Brief hervor. »Sehen Sie. Das ist mein Bewerbungsschreiben.« Sie hielt es ihm hin.

Er zog die Augenbrauen hoch.

»Und das ist die Antwort der leitenden Gärtnerin. Sie würde mich probehalber aufnehmen. Drei halbe Tage die Woche.«

Eckert räusperte sich. »Das geht mir alles etwas schnell.

Vor noch nicht langer Zeit konnten Sie nicht unterscheiden, ob Ihre Schwester –«

Lisa zuckte zusammen.

Ihm entging es nicht. »Sie konnten die Realität nicht von Ihren erlebten Traumata unterscheiden.«

»Sie unterstützen meine Entlassung also nicht?«

Eckert schüttelte den Kopf. »Ich unterstütze sie zum jetzigen Zeitpunkt nicht. Sie sind hier gut aufgehoben.«

»Aber Beschwerde einlegen darf ich?«

»Das dürfen Sie. Ich würde ihr aber in Ihrem momentanen Zustand keine große Chance einräumen.«

Lisa hatte damit gerechnet, dass er ihr Entlassungsgesuch ablehnen würde. Sie holte einen zweiten Brief hervor. »Hier. Das ist meine Beschwerde. Ich möchte aus der Klinik austreten.« Sie überreichte ihm das Schreiben.

Er überflog es. »Ich respektiere natürlich Ihren Wunsch und leite ihn ans Gericht weiter, aber wie gesagt ...« Er legte das Schreiben in ihre Patientenmappe.

»Wann entscheidet das Gericht?«, fragte Lisa.

»Man wird zuerst einen unabhängigen Gutachter bestellen«, erklärte er. »In der Regel geht das schnell.«

Er verschränkte die Arme und schaute sie so eindringlich an, dass Lisa befürchtete, er könnte ihre geheimsten Gedanken erraten. Nein, dumm war Doktor Eckert nicht.

29

Jedes Mal, wenn Sarah ein Fahrzeug hörte, schaute sie aus dem Fenster. Keine Frage, irgendwann würde die Polizei bei ihr auftauchen. Mit Sicherheit hatte Stahlberger seinen Verdacht gemeldet. Hastig schlüpfte sie in ihre Jacke. Sie hatte alle Patiententermine abgesagt, sich beim Gericht krankgemeldet. Sie steckte die Kaffeedose ein, holte ihren Laptop aus dem Büro und ging zum Wagen.

Sie hatte die ganze Nacht kein Auge zugetan. Immer wieder fragte sie sich, wer einen Grund hatte, ihr zu schaden. Ihr zu schaden oder sie zu töten? Nein, nicht töten. Dazu gab es geeignetere Methoden als Beruhigungsmittel im Kaffeepulver. Sie dachte an die Müdigkeit, die sie in den letzten Wochen so häufig schlagartig überfallen hatte. Wollte Kaspar ihr berufliches Renommee infrage stellen? Warum hatte er Georg Schwartz an sie überwiesen, wenn er ihre Fähigkeiten anzweifelte? Ihr fiel ein, wie oft er in letzter Zeit von Lisa Lindner gesprochen hatte. Warum streute er Salz in alte Wunden? Um sie zu verunsichern?

Sarah schloss das Auto auf und setzte sich hinters Steuer. Sie versuchte, sich daran zu erinnern, ob sie an den Tagen, an denen sie sich so mitgenommen gefühlt hatte, mehr Kaffee als sonst getrunken hatte. Till trank morgens auch Kaffee. Warum hatte er nicht reagiert? Sie hätte sich die Tage aufschreiben sollen. Im Nachhinein kamen ihr die letzten Wochen vor wie ein einziger, langer Traum – ein Albtraum.

Sie startete den Motor. Eine Krähe flog vorbei, schwang sich empor und setzte sich auf das Giebeldach über Daves Fenster. Der fahle Morgenhimmel spiegelte sich in der Scheibe. Dahinter, Leere. Sie konnte nicht glauben, dass Dave die Tabletten dem Kaffeepulver beigemischt haben sollte. Auch wenn er sich im Moment außergewöhnlich stark von ihr distanzierte, er würde sie nicht vergiften. Etwas unterlassen, ja. Sie hintergehen, belügen, ja. Aber nicht vergiften.

Wer dann?

Wieder dachte sie an Till. Sie versuchte, ihn nicht als Geliebten, sondern als Menschen zu betrachten, den sie noch kein Jahr kannte. Aber auch das ergab keinen Sinn. Wenn er die Tabletten in den Kaffee geschüttet hatte, hätte er nicht davon getrunken. Oder doch?

Sie fuhr die stille Wohnstraße entlang. Raureif bedeckte die Bäume, stellenweise war die Fahrbahn glatt. Sarah drehte die Heizung auf. Bevor sie sich weitere Gedanken zum Vorfall machte, musste sie wissen, ob sich die Sedativa überhaupt in der Dose befunden hatten. Eine ehemalige Studienkollegin arbeitete am Institut für Rechtsmedizin. Sarah hatte Judith immer als unkompliziert erlebt, sie hoffte, dass sie den Kaffee diskret untersuchen würde.

Das Institut war der Universität angeschlossen. Die Zufahrt erfolgte durch eine Parkgarage, sie führte zu einem mehrstöckigen Gebäude. Die Leichenannahme war im Untergeschoss, der Besucherparkplatz hinter dem Haupteingang. Im dritten Studienjahr hatte Sarah erwogen, die Fachrichtung Rechtsmedizin zu wählen. Sie hatte sich immer für rechtliche Fragen interessiert und hätte gern mit den Untersuchungsbehörden zusammengearbeitet. Dann aber hatte sie Kaspar kennengelernt. Sein Vater, ein renommierter Psychiater, hatte ihr eine neue Welt eröffnet, ihr Interesse an einem Gebiet geweckt, das Sarah vorher nie richtig zur Medizin gezählt hatte.

Judith hatte ihren Sinneswandel nicht verstanden. Sie traten ihre Praktika an und verloren sich aus den Augen. Als Sarah jetzt am Empfang nach der Rechtsmedizinerin fragte, bat man sie, im Wartebereich Platz zu nehmen. Kurz darauf erschien eine zierliche Frau, die herzlich lachte.

»Sarah! Was für eine Überraschung! Du siehst genauso aus wie vor zehn Jahren. Wie schaffst du das bloß? Deine Entscheidung, Psychiaterin zu werden, war doch richtig gewesen. Der Tod färbt langsam auf mich ab.« Sie deutete auf die grauen Strähnen im Blond.

»Du siehst wunderbar aus.« Sarah küsste sie auf beide Wangen.

»Wie geht es deiner Familie?«

Sarah zögerte kurz. »Gut.«

Judith hakte nicht nach. »Was verschafft mir die Ehre? Ich nehme nicht an, dass du mir um acht Uhr morgens einen Besuch abstattest, um unsere Freundschaft aufleben zu lassen.«

»Nicht nur«, gab Sarah zu. »Können wir irgendwo ungestört reden? Ich werde dich nicht lange aufhalten.«

»Sicher.« Judith führte sie in ihr Büro.

Dort packte Sarah die Kaffeedose aus und erzählte, was geschehen war. Dann fügte sie hinzu: »Ich habe die Befürchtung, dass Dave in schlechte Gesellschaft geraten ist. Kürzlich hat einer seiner neuen Freunde bei uns übernachtet. Ich halte es für möglich, dass sich dieser einen Streich erlaubt hat.«

»Ein gefährlicher Streich«, mahnte Judith.

Sarah nickte. »Bevor ich aber etwas unternehme, möchte ich sicher sein, dass mein Verdacht begründet ist.« Judith zu belügen, gefiel ihr nicht, doch sie fürchtete, die Kollegin würde darauf bestehen, dass sie die Polizei einschaltete, wenn sie die ganze Wahrheit erfuhr.

Jetzt war es Judith, die zögerte. »Wenn ich Spuren der Sedativa finde?«

»Dann melde ich das«, sagte Sarah.

Judith nickte langsam. »Gut. Ja, das können wir so machen.«

»Wie lange wird es dauern?«

»Nicht lange, die Substanzen sind einfach nachzuweisen. Vermutlich kann ich dir heute Nachmittag Bescheid geben.«

»Danke! Ich weiß das wirklich zu schätzen.« Sarah stand auf und ergriff die Hand ihrer Kollegin. »Ich hätte dich gerne unter angenehmeren Umständen wiedergesehen.«

Judith lächelte. »Ich dich auch. Treffen wir uns mal zum Kaffee?« Sie zog eine Grimasse. »Oder vielleicht besser zu einem Tee.«

Auf dem Weg zu Till ins Krankenhaus rief Sarah Kaspar an. Daves Zustand war unverändert. Er hatte kaum gefrühstückt und war danach sofort wieder eingeschlafen. Sarah fragte sich, ob man Dave ebenfalls heimlich Beruhigungsmittel verabreicht hatte. Aber warum hatte die Blutuntersuchung keine Auffälligkeiten gezeigt?

Bevor Sarah ins Krankenhaus trat, zog sie den weißen Kittel an, den sie eingepackt hatte. Auf dem Weg zu seinem Zimmer schnappte Sarah sich ein Blutdruckmessgerät und eilte damit den Flur hinunter. Keine Wache. Sie klopfte an und öffnete die Tür.

Till war alleine.

Seine Augen waren halb geschlossen; als sie näher kam, blinzelte er. »Sarah?«

Sie trat ans Bett. »Wie geht es dir?«

Er wich zurück.

Sarah schluckte. »Ich war es nicht. Bitte, du musst mir glauben!«

Er richtete sich auf. Seine Bewegungen waren unkoordiniert, sein Blick trüb, doch geistig schien er wach zu sein.

»Ich habe nicht viel Zeit«, sagte sie. »Ich nehme an, dass die Polizei den gleichen Schluss gezogen hat wie du und mich demnächst – «

»Die Polizei weiß von nichts.«

Sarah schüttelte den Kopf. »Sie brauchen nur zwei und zwei zusammenzuzählen.«

»Dr. Stahlberger war hier. Er hat mich gefragt, ob ich wisse, was ich geschluckt habe.«

Sarah hielt die Luft an.

Till wich ihrem Blick aus. »Ich habe ihm erklärt, dass ich in letzter Zeit unter Druck stand und nicht schlafen konnte. Dass die Schlafmittel, die ich ohne Rezept erhielt, keine große Hilfe waren und ich mir deshalb auf dem Schwarzmarkt stärkere Medikamente besorgt habe.«

Sarah legte ihm die Hand auf den Arm. »Ich weiß nicht, was ich sagen soll. Danke! Ich verspreche dir …«

Er schaute sie an. In seinen Augen lagen Trauer und Enttäuschung. »Warum?«, fragte er.

»Nein, Till, so war es nicht!«

»Du hättest mich einfach bitten können zu gehen«, sagte er. »Ich verstehe, dass es schwierig ist für dich, alles unter einen Hut zu bringen. Dave, Rebekka, deine Arbeit. Ich wollte nie eine Belastung sein.«

»Das bist du nicht!« Sarah schüttelte heftig den Kopf. »Mein Gott, wie kannst du glauben, dass ich dir so etwas antun würde? Ich begreife nicht, was passiert ist, aber eines verspreche ich dir: Ich werde es herausfinden.«

»Sarah, außer dir war niemand im Haus.«

»Ich vermute, dass die Tabletten schon länger in der Kaffeedose waren.« Sarah sprach hastig. »Erinnerst du dich, wie müde ich mich fühlte? Vielleicht waren sie nicht gleichmäßig im Pulver verteilt. Das würde erklären, warum wir unterschiedlich darauf reagieren.«

»Willst du damit sagen, es war Dave?«

»Natürlich nicht!«

Er starrte sie an. »Sondern?«

»Ich weiß nicht …« Sarah zuckte hilflos mit den Schultern.

»Eine andere Möglichkeit gibt es nicht«, sagte Till.

Sarah betrachtete ihn. Sie spürte Liebe, Fürsorge, da waren aber auch Unsicherheit und Skepsis. Wie viel wusste sie wirklich über ihn?

»Jeder könnte sich Zugang zum Haus verschafft haben«, sagte sie. »Vielleicht hat Dave vergessen abzuschließen. Oder jemand kam durchs Fenster herein, oder …«

Da war es wieder, das Misstrauen in Tills Augen.

»Ich habe keine Ahnung! Vielleicht wurde ich wirklich hypnotisiert …«

Till nickte. »Das würde vieles erklären. Rebekkas blaue Flecken, der Vogel hinter dem Schrank. Dein seltsames Verhalten in letzter Zeit.« Seine Erleichterung war hörbar. »Glaubst du, es war dieser Lutz?«

»Er ist der einzige Hypnotiseur, den ich kenne.«

»Und warum soll er das getan haben?«

»Das weiß ich nicht. Aber ich gehe dem nach.« Sie deutete auf den Laptop in ihrer Tasche. »Als Erstes werde ich ein paar Recherchen anstellen.«

»Ich helfe dir.« Till gähnte.

Sie schüttelte den Kopf. »Bis die Wirkung der Medikamente nachgelassen hat, dauert es noch ein paar Stunden. Am besten, du schläfst eine Runde. Ich werde in die Cafeteria hinuntergehen, dort gibt es Internet.«

In der Cafeteria setzte sie sich in eine Ecke und klappte ihren Laptop auf. Der Name Bertram Lutz tauchte in unterschiedlichen Zusammenhängen auf. Der Hypnotiseur hatte in Fachzeitschriften Artikel verfasst, er gab Workshops und war Mitglied eines Schachklubs. Vermutlich hatten sich ihre Wege aber nicht gekreuzt, bevor er den Praxisraum anmietete. Dann gab sie Till Kowak ein. Fotos seiner Werke erschienen. Kritiker lobten eine Ausstellung in Bukarest. Till hatte Lichtschläuche in einer Halle installiert, die im Dunkeln schwebten. In einem Interview erklärte er, sie stellten Irrwege dar, symbolisierten eine existenzielle Angst. Ein anderer Beitrag beleuchtete seinen Werdegang. Lehre als Elektriker, Matura, Studium an der Hochschule der Künste. All das war Sarah bereits bekannt. Wenn Till Geheimnisse hatte, hütete er sie gut.

Erst jetzt dachte Sarah daran, ihr Handy wieder einzuschalten. Drei Anrufe in Abwesenheit. Sie hörte ihre Mailbox ab. Eine Patientin bat um einen neuen Termin, Georg Schwartz warnte sie wieder vor Kaspar. Der dritte Anruf kam von der Kesb, die ein Treffen mit ihr vereinbaren wollte. Sarahs Puls schoss in die Höhe. Sie rief zurück, erfuhr aber, dass sie die Mitarbeiterin gerade verpasst hatte. Mit zitternden Händen klappte sie ihren Laptop zu und ging wieder hoch.

Till schlief. Sarah schrieb ihm einen Zettel und schlich hinaus. Bevor sie Bertram Lutz zur Rede stellte, wollte sie Dave besuchen.

Er war genauso abweisend wie am Vorabend. Er mied ihren Blick, beantwortete ihre Fragen einsilbig und machte keinen Hehl daraus, dass er nichts von ihr wissen wollte. Obwohl Sarah mit dieser feindseligen Haltung gerechnet hatte, reagierte sie verletzt. Vielleicht hatte sie sich getäuscht, und er war zu mehr fähig, als sie ahnte. Dass sie Gutachten über fremde Menschen erstellte, ihren eigenen Sohn aber nicht einzuschätzen vermochte, machte ihr zu schaffen. Sie warf einen letzten Blick auf das blasse Gesicht, die purpurfarbenen Augenringe. Wenn sie ihn doch nur wie früher in die Arme schließen und ihm sagen könnte, dass alles in Ordnung käme!

Kaum hatte sie sich von Kaspar verabschiedet und das Haus verlassen, klingelte ihr Handy. Es war Judith.

»Hast du die Resultate schon?«, fragte Sarah.

»Wenn man weiß, wonach man sucht, geht es schnell.«

Sarah hielt die Luft an.

»Nichts«, sagte Judith. »Weder Alprazolam, Diazepam noch Lorazepam im Kaffee.«

Wie war das möglich?

»Kann es sein, dass dein Freund noch etwas gegessen oder getrunken hat?«, fragte Judith.

»Wir haben beide das Gleiche zu uns genommen. Bis auf den Kaffee.«

»Vielleicht bevor er zu dir kam?«

»Beruhigungsmittel entfalten ihre Wirkung in weniger als einer Stunde. Wir waren die ganze Zeit zusammen.«

»Seltsam.«

»Ich kann es mir nicht erklären. Es ist genau wie bei meinem Sohn.« Sie erzählte von Daves Beschwerden. »Auch bei ihm hat man nichts gefunden.«

»Klingt nicht nach Sedativa. Eher nach einer Vergiftung.«

»Der Gedanke ist mir auch gekommen«, sagte Sarah. »Der Notfallarzt hat nichts gefunden.« Sie erzählte ihr vom Schimmelpilzverdacht, der sich als falsch erwiesen hatte.

»Schick mir die Blut- und Urinproben von Daves letzter Untersuchung«, sagte Judith. »Ich schau sie mir an. Oder besser, bring sie vorbei, wenn du Zeit hast.«

»Ich bin in einer halben Stunde bei dir.«

30

Der Himmel hing voller Wolken, aber noch regnete es nicht. Bertram nutzte die Gelegenheit, um den Vorplatz und die Treppe zu fegen. Das nasse Laub klebte am Boden und verfing sich zwischen den Borsten des Besens. Er klopfte ihn am Randstein ab, schaufelte die Blätter auf einen Haufen und brachte sie weg. Jetzt fielen die ersten Tropfen. Bertram eilte nach innen.

Die nächste Stunde verbrachte er im Internet. Er checkte seine Mails, surfte auf verschiedenen Psychologieforen und bestellte online einige Bücher.

Das Telefon läutete. Bertram erkannte die Stimme am anderen Ende zuerst nicht, so schwach klang sie.

»David?«, fragte er. »Dave? Bist du das?«

»Ja. Machen Sie auch Hypnose am Telefon?«

»Wie bitte?« Bertram war überrascht. Nach der letzten Sitzung hatte er damit gerechnet, dass dem Jungen das Interesse an Hypnose vergangen war. »Eigentlich nicht. Der persönliche Kontakt ist wichtig. Telefonische Behandlungen werden vor allem von Scharlatanen angeboten.« Er hatte das Wort nicht in den Mund nehmen wollen, aber nun war es zu spät. Doch Dave schien andere Sorgen zu haben, als ihn mit Betrügern in einen Topf zu werfen.

»Ich bin krank. Kann nicht kommen. Aber ich muss dringend etwas wissen.«

»Hat es mit dem Mann zu tun, an den du dich in der letzten Sitzung wieder erinnert hast?«

Dave sog die Luft ein, dann sagte er mit spürbarem Misstrauen: »Ich hab nicht erzählt, dass es ein Mann war.«

»Nun … ich hab es angenommen. Ich konnte es an

deinem Verhalten ablesen. Menschen kommunizieren in erster Linie nonverbal.«

Dave schien immer noch skeptisch. »Sie haben nicht mit meiner Mutter gesprochen?«

»Nein, das habe ich nicht. Du wolltest das so, und das respektiere ich. Die Erlaubnis deines Vaters habe ich ja. Worum geht es, Dave?«

Er hörte ein Stöhnen, als hätte der Junge Schmerzen. »Ich muss wissen, ob's stimmt. Ich wollte Till um Rat fragen, aber das ist keine gute Idee.«

»Ich verstehe nicht. Till? Ist das nicht der Freund deiner Mutter?«

»Mhm.«

»Und warum fragst du ihn nicht?«

»Ich traue keinem mehr.«

»Das tut mir leid, Dave, aber ich weiß nicht, wie ich dich unterstützen kann. Sitzungen am Telefon führe ich aus Prinzip nicht durch. Aber du kannst gern in den nächsten Tagen, wenn du wieder gesund bist – «

»Nein, jetzt!«, stieß der Junge so scharf aus, dass es in Bertrams Ohr pfiff. »Es ist verdammt wichtig. Sie können mich übers Telefon in diesen Hypno-Zustand versetzen, jetzt gleich. Es muss nicht lange dauern. Ich werde wieder tief atmen, mich entspannen und all das. Gehe zum Palmenstrand, dann zum *Black Sheep* Club, schau mir die Visage dieses Kerls nochmals an, um ganz sicher zu sein, und dann – «

»So funktioniert das nicht, Dave«, sagte Bertram. »Das wäre unseriös.«

»Ja, und?«

Bertram schluckte.

»Ich sags keinem«, insistierte der Junge. »Ich steck echt in der Scheiße.«

In diesem Moment klopfte es an der Tür. Bertram schaute auf seine Armbanduhr. Es war noch lange nicht Zeit für seinen nächsten Termin. »Hör zu, Dave, wir unterhalten uns ein anderes Mal weiter, da möchte jemand in meine Praxis. In Ordnung?«

»Nur ein paar Minuten! Ich bin schon völlig entspannt, wir können den Teil mit dem Palmenstrand überspringen.«

»Einen Augenblick, Dave«, sagte Bertram, legte den Hörer auf den Tisch und öffnete die Tür.

Im Warteraum stand seine Vermieterin. Ihre wilden Locken schienen zu lodern, ihre Wangen waren gerötet.

»Können wir miteinander sprechen.« Es war nicht als Frage formuliert, sondern als Forderung.

»Einen Moment, bitte«, antwortete Bertram betont distanziert.

Sie trat ein, blieb mitten im Raum stehen und stützte die Hände in die Hüften. Die Tür vom Warteraum nach draußen stand offen. Ein kalter Windzug wirbelte nasse Blätter ins Innere.

Bertram hielt seinen Blick auf Marten gerichtet, ging zum Tisch zurück, nahm den Hörer und sagte leise: »Wir müssen jetzt aufhören, Da…« Zu spät bemerkte er seinen Patzer.

»Dave?«, schnaubte sie. »Sie telefonieren mit meinem Sohn?«

Bertram legte auf. »Es hat alles seine Richtigkeit, Frau Marten. Ihr Exmann gab das Einverständnis.«

»Wofür? Was geht hier vor?«

Bertram machte eine besänftigende Handbewegung. »Ganz ruhig, Frau Marten, es besteht kein –«

»Versuchen Sie nicht, mich zu beschwichtigen! Irgendetwas stimmt hier ganz und gar nicht. Ich verlange Antworten.«

»Antworten?« Bertram schaute sie ungerührt an. Er mochte es nicht, wenn man so mit ihm umsprang.

»Ich glaube, die schulden Sie mir.«

»Ich weiß nicht, wovon Sie sprechen.«

Ein hagerer Mann mit ausgeprägtem Adamsapfel, schütterem Haar und stechendem Blick stürmte durchs Wartezimmer in Bertrams Praxis.

»Der da!«, stieß der Mann aus, zeigte mit dem Finger auf Bertram. »Der gehört auch dazu! Glauben Sie ihm kein Wort, Doktor Marten!«

Ihr Ausdruck veränderte sich. In ruhigem Tonfall erklärte sie dem Mann, dass er heute keinen Termin habe. Sie fasste ihm vorsichtig an die Schulter. »Kommen Sie, Herr Schwartz, ich begleite Sie nach draußen.« Sie versuchte, ihn aus dem Raum zu führen, doch der Mann, offensichtlich ein Patient von ihr, sträubte sich. »Ich habe ihn beobachtet! Er hat Ihren Sohn verhext! Er – «

»Wir besprechen das in Ihrer nächsten Sitzung, Herr Schwartz. Sie befinden sich hier nicht in meiner Praxis, verstehen Sie?«

»*Sie* verstehen nicht, Doktor Marten! Sie sind in Gefahr, mehr denn je!«

Bertrams Telefon klingelte erneut. »Verzeihen Sie bitte … dürfte ich?«

Marten nickte.

Bertram nahm den Anruf entgegen.

»Hier ist Kaspar Eckert, Daves Vater.«

»Kann ich Sie später zurückrufen, Herr Eckert?«, sagte Bertram. »Ich bin gerade in einer Besprechung.«

»Eckert?«, schrie der Patient aus dem Wartezimmer, in das Marten ihn geführt hatte. »Sehen Sie! Ich sagte es doch, die stecken alle unter einer Decke! Sie müssen mir vertrauen, ich weiß, was hier passiert!«

Bertram drückte den Hörer ans Ohr.

»Es geht um meinen Sohn«, beharrte Eckert. »Er will mir nicht sagen, was während der Sitzung mit Ihnen vorgefallen ist. Selbstverständlich ist mir klar, dass Sie eine Schweigepflicht haben, doch …«

»Doch?«, fragte Bertram und beobachtete, was im Wartezimmer vor sich ging.

Die Psychiaterin redete eindringlich auf Schwartz ein, dieser zeigte immer wieder mit seinem dürren, langen Finger auf Bertram.

»Ich rufe Sie zurück, Herr Eckert«, sagte Bertram atemlos.

»Warten Sie! Dave ist verschwunden. Ich habe gehört, wie er mit Ihnen telefoniert hat. Dann hat er wütend aufgelegt. Plötzlich war er weg. Er ist krank! Wissen Sie, wo er ist? Hat er Sie noch einmal angerufen?«

»Nein, tut mir leid«, sagte Bertram.

»Doktor Marten!«, rief der Patient. »Ich will Ihnen doch nur helfen!«

»Das tun Sie am besten, wenn wir uns nicht hier, sondern in der nächsten Sitzung bei mir damit auseinandersetzen«, antwortete sie.

»Teilen Sie es mir unverzüglich mit, falls Dave bei Ihnen auftaucht«, sagte Eckert am Telefon.

»Unter einer Decke, alle beide!«, rief der Patient.

»Herr Schwartz, bitte steigern Sie sich nicht weiter hinein!«, gab Marten zurück.

Schwartz begann zu weinen. »Ich möchte Sie doch nur beschützen!«

»Das weiß ich.«

»Herr Lutz?«, kam es aus dem Hörer.

Bertram starrte auf die Psychiaterin und ihren Patienten, murmelte etwas ins Telefon. Und sah, wie ein weiterer

Mann die Praxis betrat. Er bewegte sich langsam, als müsse er sich darauf konzentrieren, die Füße zu heben.

»Till!«, entfuhr es Marten. »Was machst du denn hier?«

»Ich muss mit dir reden, Sarah.«

»Du solltest dich noch nicht anstrengen.« Sie sah besorgt aus. »Dein Körper hat die Wirkstoffe noch nicht abgebaut. Wie bist du hierhergekommen? Du bist nicht etwa gefahren, oder?«

Schwartz heulte.

Till Kowak zog Marten zu sich heran. »Es ist dringend!«

Schwartz brüllte und stieß Kowak zur Seite. »Der auch! Der ist der Schlimmste von allen!«

Die Stimmen überschlugen sich. Bertram blickte auf die nassen Fußspuren auf dem Boden, den Hörer immer noch in der Hand.

31

Tötungsversuch.

Das Wort fraß sich in Daves Hirn. Diese miesen Erpresser wollten ihn für mehrere Jahre in den Knast bringen! Wer waren diese Arschlöcher, die ihn gezwungen hatten, Medikamente zu klauen, und ihn nun für Tills Überdosis verantwortlich machten? Und warum sollte Till überhaupt vergiftet werden? Hatte er etwas ausgefressen? Das ergab doch alles keinen Sinn. Dave wusste nicht, wohin mit seiner Wut.

Es war Nachmittag, nebelverhangen, feucht, trüb. Seit mehreren Tagen war er nicht mehr in der Schule aufgekreuzt. Dad hatte mit dem Sekretariat telefoniert. Magen-Darm-Grippe, hatte er erklärt. Mam würde sagen, seine Bauchschmerzen seien psychisch bedingt, weil er unter Stress stand. Sie hatten ja keine Ahnung von seinem wirklichen Stress! Er wusste überhaupt nicht mehr, wo er hingehörte. Seine Eltern kapierten beide nicht, was er durchmachte. Und sagen konnte er es ihnen auch nicht. Als Mam ihn gestern besuchte, wäre er fast mit der Wahrheit herausgeplatzt. Aber dann stellte er sich vor, wie sie reagieren würde. Er hatte sie bestohlen. Warum sollte sie ihm glauben, dass er nichts mit Tills Vergiftung zu tun hatte? Es war zu spät, gab kein Zurück mehr. Am liebsten wäre er von zu Hause ausgezogen, hätte sich mit Andy eine coole WG geteilt, die Schule geschmissen und irgendeinen Job angenommen, der viel Kohle abwarf.

Er stapfte durch die Nebelschwaden, überquerte die Straße bei Rot, als wolle er das Schicksal herausfordern. Wäre ein Auto gekommen, hätte er dem Fahrer den

Mittelfinger gezeigt. Aber es kam keines. An der Haltestelle nahm er eine leere Flasche aus dem Abfalleimer und kickte sie auf die Fahrbahn.

Der Bus hielt vor ihm, Dave stieg ein. Am Hauptbahnhof wechselte er auf eine andere Linie. Stieg nach zwanzig Minuten wieder aus. Zu Fuß ging er weiter Richtung Stadtrand. Es graute ihm vor dem, was er tun musste. Aber es blieb ihm keine Wahl.

Diesmal wirst du etwas Größeres für uns erledigen.

Unglaublich, was sie sich ausgedacht hatten. Es wurde ihm schon übel beim Gedanken daran. Aber er würde es tun, denn er wollte nicht im Knast versauern. Dave wusste, sie meinten es ernst. Sein Magen machte ihm wieder zu schaffen, zog sich immer wieder krampfartig zusammen, brannte, als hätte Dave Salzsäure geschluckt.

Er kam zu einem großen Platz, überquerte ihn. Kopfsteinpflaster, ein paar Holzbänke, auf denen Besoffene dem Wetter trotzten, ein Kiosk mit Stehtischen. Es begann wieder zu nieseln.

Er zog die Kapuze über den Kopf und lief Richtung Wald. Mit Mam war er als Kind diesen Weg so oft gegangen. Sie hatte ihn an der Hand genommen und … es schüttelte ihn, als er an ihre Hand dachte. Wie sich ihre Finger in Tills Haar gegraben hatten, wie sie … nein, er wollte nicht daran denken, was er durchs Atelierfenster beobachtet hatte. Sonst käme ihm gleich wieder die Kotze hoch.

Farblose Siebzigerjahrebauten und Einfamilienhäuser säumten die Straße, die Autos brausten an ihm vorbei, aus einem Betonklotz drang laute Musik. Dave bog um die Ecke. Je näher er seinem Ziel kam, desto langsamer wurden seine Schritte. Gab es wirklich keinen Ausweg?

Vielleicht war es ein Fehler gewesen, sich nicht an Till zu wenden. Aber nach dem, was er im Atelier gesehen hatte … Nein, er konnte nicht mehr mit ihm sprechen, es ging einfach nicht. Und sonst? Gab es niemanden, der ihm helfen konnte? Andy würde einen lockeren Spruch von sich geben, wäre aber sicher auch der Meinung, er solle die Sache durchziehen und hinter sich bringen. Und Snowdrop? Sie war nur noch offline. Was auch immer in ihrer Familie gerade los war, sie schaffte es nicht, sich bei ihm zu melden.

Schlagartig kam ihm ein neuer Gedanke: Was, wenn der Erpresser nie aufhörte? Wenn er jedes Mal extremere Dinge verlangte? Dave wusste ja nicht mal, ob es einer oder mehrere waren.

Er erreichte die Stadtgrenze. Von hier konnte man übers Viertel schauen, weiter oben war der Wald zu sehen, dunkel und abweisend. Dave blieb vor einem Gebäude stehen, dessen regennasse Wände im Licht der Straßenlaternen glänzten.

Versuchte einzutreten.

Konnte nicht. Alles in ihm schrie Nein!

Sauer stieg es ihm aus dem Magen hoch. Er spuckte ins Gebüsch. Trotz der beißenden Kälte stand ihm der Schweiß auf der Stirn. Seine ganze Wut war auf einen Schlag verschwunden. Da war nur noch pure Verzweiflung.

Er konnte es nicht tun. Es ging einfach nicht.

Doch er musste. Er wollte nicht ins Gefängnis.

Unfähig, den nächsten Schritt zu machen, starrte er auf das Heim, in dem seine Tante Rebekka lebte.

32

Sarah schaute Georg Schwartz nach, der resigniert die Straße hinunterging. Ob Kaspar doch recht hatte? Sie hatte an Schwartz' Fortschritte geglaubt, sein Verhalten heute machte ihr aber deutlich, wie dünn das Eis war, auf dem er stand. Was, wenn er nächstes Mal wieder irgendwo jemanden retten wollte? In einem vollen Bus, einem Supermarkt, auf einem Kinderspielplatz? Sie wusste, wie man mit ihm umgehen musste, doch andere Menschen versetzte er womöglich in Panik. Fröstelnd drehte sie sich um und kehrte zum Haus zurück.

Till saß am Küchentisch. Als er die Tür hörte, sah er auf. Das Fokussieren schien ihm Mühe zu bereiten. Seine Augen waren immer noch trüb, sein Gesicht blass. Sarah stellte sich hinter ihn, schlang ihre Arme um seinen Körper, legte die Wange auf sein Haar. Die Vorstellung, er könnte hinter allem stecken, war weit weg.

»Worüber musst du dringend mit mir reden?«, fragte sie.

»Die Beruhigungsmittel«, begann er stockend. »Sie waren vermutlich nicht für mich bestimmt, sondern – «

»Für mich. Das denke ich auch.«

Er drehte sich überrascht um, Sarah ließ ihn los und setzte sich neben ihn.

»Das ist die einzige Erklärung, die Sinn ergibt«, sagte sie.

»Du klingst, als sei es für dich normal, dass dich jemand töten wollte!«

»Betäuben, nicht töten«, korrigierte sie. »Glaub mir, ich finde das alles andere als normal. In letzter Zeit ist jedoch so viel geschehen, dass ich langsam dissoziative Symptome zeige.«

»Warum bist du dir so sicher, dass man dich nicht umbringen wollte? Wenn ich zwei Tassen Kaffee getrunken hätte …«

Sarah schloss kurz die Augen, riss sich dann zusammen. »Die Sedativa waren nicht im Kaffee.«

»Nicht? Wo dann?«

»Wenn ich das wüsste!« Sie hatte sich den Kopf darüber zerbrochen, aber noch keine Erklärung gefunden.

»Bist du zur Polizei gegangen?«

»Nein.« Sie fürchtete immer noch, sie selbst könnte dafür verantwortlich sein. »Eine Kollegin im Institut für Rechtsmedizin hat das Kaffeepulver untersucht.«

»Ich finde, du nimmst das viel zu locker«, sagte Till.

»Ich versuche nur, vernünftig zu denken. Wer sollte mich ermorden wollen?« Sarah breitete die Arme aus. »Vor allem, warum?«

»Was ist mit diesem Drachentöter? Er ist schon einmal mit dem Messer auf dich losgegangen.«

Sarah schüttelte den Kopf. »Georg Schwartz will mich retten, nicht töten.«

»Vielleicht will er dich erlösen.«

»Er betrachtet den Tod nicht als Erlösung.«

»Dann jemand anders«, beharrte Till.

»Meine Patienten wirken auf Außenstehende vielleicht gefährlich, sie sind es aber in den seltensten Fällen.«

»Ich rede nicht von deinen Patienten.«

»Sondern?«

»Dave zum Beispiel? Er lässt sich hier kaum mehr blicken.«

»Ich bin im Moment die letzte Person, die er sehen will, aber das bedeutet noch lange nicht, dass er mir etwas antun will. Abgesehen davon, weißt du, wie viel es braucht, bis ein gesunder Mensch tatsächlich einen Mord begeht?«

»Und trotzdem kommt es immer wieder vor.«

Sarah dachte an einen Fachartikel, den sie kürzlich gelesen hatte. Darin ging es um junge Männer, die Tötungsdelikte begangen hatten, um sich selbst zu erfahren. Sie hatten wissen wollen, ob sie stark genug dazu waren und ob die Tat ihnen Macht verlieh. Gewalt war eine elementare Kraft des Menschen und Dave in einer Phase, in der er eine Vorstellung von sich selbst zu entwickeln versuchte. Dennoch … das wäre nicht ihr Dave.

»Was ist mit deinem Ex?«, fragte Till. »In letzter Zeit hast du dich häufig über ihn geärgert.«

»Weil er beruflich eine andere Meinung vertritt als ich.«

»Eine Meinung, die er dir aufzuzwingen versucht. Warum ist ihm das so wichtig?«

Sarah zögerte. Sie hatte Till nie erzählt, was damals geschehen war.

»Zwischen euch ist etwas vorgefallen, nicht wahr?«, drängte Till.

Sie zupfte an einem Faden, der sich am Saum ihres Pullovers gelöst hatte. Sie dachte an jene Nacht vor zwei Jahren, als Kaspars Anruf sie aus dem Schlaf gerissen hatte. Sie hörte seine schneidende Stimme, als ob er ihr mit jedem Wort einen Messerstich versetzen wollte. Sie vermutete, dass er sie nur deshalb so attackiert hatte, weil ihn ihre Zurückweisung gekränkt hatte. Einen Monat davor hatte er vorgeschlagen, ihre Beziehung zu kitten, doch ihre Liebe zu Kaspar war unwiderruflich erloschen.

»Magst du mir erzählen, worum es geht?«, fragte Till.

»Nicht jetzt.« Sie stand auf. »Lutz erwartet mich. Willst du dich vielleicht hinlegen? Ich muss noch ein paar Sachen erledigen, bevor ich Feierabend machen kann.«

Till erhob sich ebenfalls. »Ich gehe ins Atelier. Ich erhalte eine Lieferung LED-Zellen und Bausteine. Das Material ist ziemlich teuer, ich möchte nicht, dass es irgendwo herumsteht.«

»Dein Körper braucht Zeit, um sich zu erholen«, mahnte Sarah.

»Ich werde nur die Sachen reinbringen. Dann lege ich mich hin«, versprach er.

Es gefiel Sarah nicht, dass er alleine ins Atelier fuhr. Doch sie wollte das Gespräch mit dem Hypnotiseur nicht länger aufschieben.

»Ich schaff das, Sarah«, meinte Till. Er beugte sich zu ihr, als wollte er sie küssen, richtete sich dann aber wieder auf.

Plagten ihn doch Zweifel? Ging er, weil er ihr nicht traute?

Sie begleitete ihn nach draußen. Till nahm den gleichen Weg wie Schwartz zwanzig Minuten zuvor. Sarah war flau. Auf einmal erschien ihr die Beziehung zu Till brüchig, ihre gemeinsame Vergangenheit zu kurz, um über diese Krise hinwegzukommen. Sie rieb sich die Arme. Die Dämmerung hatte bereits eingesetzt, in den Fenstern brannten die ersten Lichter. Nur bei ihr im Haus war es dunkel. Sie zog die Schultern hoch und eilte die Treppe hinunter zur Praxis. Lutz hatte den Weg gesäubert. Der perfekte Mieter.

Seine Tür war nur angelehnt. Als Sarah klopfte, ging sie von alleine auf. Lutz saß mitten im Raum auf einem Sitzball, den Blick auf sie gerichtet. Er erinnerte Sarah an einen Käfer.

»Kommen Sie herein.« Er stand auf und nahm hinter seinem Schreibtisch Platz, als suche er dort Schutz. »Bitte.« Er deutete auf einen Besucherstuhl ihm gegenüber.

Sarah blieb stehen. »Warum haben Sie mit meinem Sohn telefoniert?«

»Das müssen Sie ihn fragen.«

»Ich frage aber Sie.«

»Ich darf Ihnen keine Auskunft darüber geben.«

»Ist er bei Ihnen in … Behandlung?« Sie fand kein besseres Wort.

Lutz verzog keine Miene. Dort, wo sich sein Haar gelichtet hatte, glänzte die Kopfhaut.

»Antworten Sie mir!«, verlangte sie.

Er schwieg.

»Dann stelle ich Ihnen jetzt eine Frage, die Sie beantworten dürfen.« Sie stützte beide Hände in die Seiten. »Haben Sie mich hypnotisiert, ohne dass ich es wusste?«

»Wie bitte?«, fragte der Hypnotiseur irritiert. »Halten Sie mich für einen Quacksalber?«

»Beantworten Sie einfach meine Frage.«

»Natürlich nicht! Wie kommen Sie auf solch eine absurde Idee? Das ist ja …« Er rang nach Worten.

»Möglich«, schloss Sarah.

»Nein! Ich meine, theoretisch ja, aber kein seriöser Hypnotiseur … was hätte ich davon? Warum sollte ich das tun?«

»Genau das frage ich mich auch.«

Lutz stand auf. »Suchen Sie einen Grund, um mir zu kündigen? Das brauchen Sie nicht, ich werde die Praxis anstandslos räumen, wenn es das ist, was Sie möchten.« Er gab sich Mühe, seine Empörung zu verbergen.

»Dass Sie ausziehen, ist nicht nötig«, sagte Sarah und stand auf.

»Frau Marten!«

Sarah verließ das Zimmer. Was hatte sie sich erhofft? Wenn er sie wirklich hypnotisiert hatte, würde er es kaum zugeben. Er folgte ihr in den Flur. Sarah wurde bewusst, dass niemand sie hören würde, wenn sie um Hilfe schrie. Obwohl sie Till gerade noch erklärt hatte, sie fürchte sich nicht, begann ihr Herz, schneller zu schlagen.

»Frau Marten, bitte, was soll das?«, rief Lutz.

Sie eilte in ihr Büro, wollte die Tür hinter sich schließen, sah, wie Lutz den Fuß in den Spalt schob. Warum hatte sie ihn hier in der Praxis konfrontiert? Sie hätte wenigstens Till bitten können, so lange zu bleiben.

Schwartz' Messer und der Fleischspieß fielen ihr ein. Die Schublade. Sie musste es nur bis zum Schreibtisch schaffen. Sie ließ die Tür los, hörte, wie sie gegen die Wand prallte. Sie durchquerte den Raum. Riss die Schublade auf.

Sie war leer.

»Frau Marten?« Lutz' Stimme war sanft. »Sarah?«

Er stand auf der Türschwelle, leicht nach vorne gebeugt, die schlaffen Arme hingen an seiner Seite wie Darmschlingen.

Sarah hielt den Atem an.

Es klingelte. Einen Moment lang verharrten sie reglos, dann trat Lutz einen Schritt zurück. Sarah öffnete das Fenster, sah eine Daunenjacke mit dem Logo einer Sicherheitsfirma.

»Kommen Sie herein!«, rief sie voller Erleichterung durchs Fenster.

Die Eingangstür ging auf, ein kalter Luftzug fegte ihre Notizen vom Tisch. Lutz kehrte in seine Praxis zurück.

»Frau Marten?« Der Mann stand unschlüssig im Flur, einen Metallkoffer in der Hand.

Sarah begrüßte ihn. »Ja, das bin ich.« Sie wartete auf eine Erklärung.

»Sie haben einen Termin mit uns vereinbart?«, sagte er.

Sie hatte die Verabredung wegen der Überwachungskamera vergessen! »Natürlich, entschuldigen Sie.« Sie bat ihn in ihren Praxisraum, schloss die Tür.

Ihre Knie waren weich, ihr Atem ging immer noch schnell. Dem Mann schien ihr seltsames Verhalten nicht aufzufallen, das Fenster interessierte ihn weit mehr. Er schaute sich die Beschläge an, prüfte das Glas.

»Glasanbindung«, stellte er fest. »Sicherheitsbeschläge, abschließbare Griffe. Robuste Konstruktion. Widerstandsklasse zwei. Wenn Sie aufrüsten wollen, wäre eine Zusatzausstattung möglich. Da sind wir dann aber schon bei Hochsicherheitsfenstern.«

»Ich habe Sie nicht wegen des Fensters hergebeten«, erklärte Sarah. »Sondern weil ich eine Überwachungskamera installieren möchte.« Sie sprach leise, damit Lutz sie nicht hörte.

Der Sicherheitsexperte runzelte die Stirn. »Noch eine?«

»Wie meinen Sie das?«

Er zeigte auf den Rauchmelder. »Funktioniert sie nicht mehr?«

»Das ist … kein Rauchmelder?«

»Das ist eine AHD-Weitwinkelkamera. 70 Grad Blickwinkel, Gesichtsidentifizierung auch bei Gegenlicht. Ein gutes Modell, wir verkaufen es oft.«

Sarah war sprachlos. Sie dachte an die Witze, die Dave und sie über die CIA und den Mossad gemacht hatten.

Georg Schwartz hatte recht. Sie wurde beobachtet und belauscht. Therapiesitzungen, Telefonate, Gespräche … Sarah wollte gar nicht daran denken, was man alles über sie erfahren hatte. Und über ihre Patienten, für deren Persönlichkeitsschutz sie verantwortlich war. Ihr Leben fand zu einem großen Teil in diesem Raum statt. Nun ließen sich auch der verlorene Schlüssel und die vertauschten Akten erklären.

Sarah hörte, wie Lutz die Praxis verließ.

Der Rauchmelder hing seit Monaten an der Decke. Lutz war erst seit einigen Wochen hier. Drei Personen wussten, wo sie ihre Schlüssel aufbewahrte: Dave, Kaspar und Till. Dave hatte keinen Grund, sie zu überwachen. Er hörte kaum zu, wenn sie über ihre Arbeit erzählte, warum sollte er ihr dabei auch noch zusehen wollen? Dass Kaspar sie überwachte, war höchst unwahrscheinlich, aber auf einer abstrakten Ebene denkbar. Weil er an ihren Fähigkeiten zweifelte? Sarah begriff immer noch nicht, warum er Georg Schwartz an sie überwiesen hatte. Um eine Fehlentscheidung zu provozieren?

Sie schüttelte den Kopf. Auch das ergab keinen Sinn. Genauso wenig, dass Till dahintersteckte. In Gedanken ging sie ihre Patienten durch. Hatte sie jemals jemanden alleine im Zimmer gelassen, der ein Gerät montiert haben könnte? Unmöglich.

»Vielleicht hat der Vormieter die Kamera installiert und vergessen, sie zu entfernen.«

»Vielleicht«, wich Sarah aus.

Sie blickte nach oben und hatte das Gefühl, kontrolliert zu werden. Womöglich saß jemand in diesem Moment vor einem Bildschirm und verfolgte ihre Bewegungen.

»Können Sie mir erklären, wie die Kamera funktioniert? Nimmt sie nur Bilder auf oder auch Ton?«

»Dieses Modell kann beides.« Der Mann deutete auf einen Stuhl. »Darf ich?«

Sarah nickte. Er holte den Stuhl und stieg auf die Sitzfläche, um den Rauchmelder zu untersuchen.

»Die Kamera ist ans Stromnetz angeschlossen. Das hier ist ein Lampenanschluss.«

»Wie werden die Aufnahmen übertragen? Übers Internet?«

»In der Regel ja.«

»Also muss man Zugang zu meinem Netzwerk haben, um sie sich anzusehen?«

Sie dachte daran, wie Till in Daves Zimmer den Router installiert hatte. Auch Kaspar kannte ihr Passwort.

»Ich müsste das Gerät öffnen, um Ihnen Genaueres

sagen zu können. Einige Modelle stellen die Verbindung über mobile Daten her.«

»Bitte machen Sie das. Und würden Sie sie gleich entfernen?«

»Selbstverständlich.« Er stieg vom Stuhl und öffnete den Metallkoffer, um Werkzeug hervorzuholen. »Wo ist der Sicherungskasten?«

Sarah führte ihn in den Flur. »Braucht man spezielle Kenntnisse, um eine Kamera zu installieren?«

»Bei der AHD-Weitwinkel nicht. Zwei, drei Handgriffe, und schon funktioniert sie.«

Das Licht ging aus. Der Sicherheitsexperte schaltete eine Taschenlampe ein und kehrte ins Praxiszimmer zurück. Sarah starrte in die Dunkelheit. Vielleicht musste sie alles, was sie über die Menschen in ihrem Umfeld zu wissen glaubte, neu überdenken. Jeder trug Geheimnisse in sich, nicht einmal eine Psychiaterin schaffte es, die hintersten Winkel der Seele auszuleuchten.

»Sie können die Sicherung jetzt einschalten«, rief der Mann.

Es wurde wieder hell.

»Ist es möglich herauszufinden, wer die Bilder abruft?«, fragte Sarah.

Der Sicherheitsexperte kam mit dem Rauchmelder in der Hand aus dem Zimmer. »Kaum. Die Aufnahmen werden über mehrere Internetknoten übermittelt, man müsste jeden einzelnen anfragen. Als Privatperson erhalten Sie da aber keine Auskunft.«

»Internetknoten?«

»Das Internet besteht aus Verbindungen, die von Knoten geschaltet werden. Um herauszufinden, wer zu einem bestimmten Zeitpunkt auf die Adresse zugegriffen hat, muss man bei jedem das Logfile verlangen. Das ist sehr aufwendig. In der Regel werden die Daten nur der Polizei ausgehändigt.«

War es Zeit, die Polizei einzuschalten? Was genau würde sie erzählen? Dass jemand versucht hatte, ihren Freund zu vergiften? Dass die gleiche Person ihre Schwester quälte? Ihren Sohn schlug? Reifenwechsel in Auftrag gab, Nachrichten löschte, Gegenstände versteckte?

Man würde sie für verrückt halten. Oder noch schlimmer – für gefährlich. Zeugen, die gegen sie aussagen würden, gab es genug. Der Richter könnte ihre Inkompetenz bestätigen. Lutz hatte gesehen, wie sie auf ihren Schrank eingeschlagen hatte, Till, wie sie mit dem Messer in Daves Zimmer gestürmt war. Die Kesb würde bestätigen, dass eine Gefährdungsmeldung eingegangen war, die Ärzte im Krankenhaus, dass Dave einen Zusammenbruch erlitten hatte und dass Till eine Überdosis Sedativa verabreicht worden war.

Wie gut alles zusammenpasste.

33

2 Jahre zuvor

Lisa saß an ihrem Küchentisch, vor sich ihr Tagebuch, einen Stapel Fotos, alte Zeugnisse und Erinnerungen aus ihrer Kindheit. Das Gericht hatte zu ihren Gunsten entschieden, ausschlaggebend war das Gutachten von Doktor Marten gewesen. Mehrmals hatte Lisa mit ihr gesprochen, sich dabei bemüht, möglichst viel von ihren Zukunftsplänen zu erzählen. Doktor Marten war bis zum Schluss skeptisch geblieben, hatte vor Gericht aber gesagt, eine fürsorgerische Unterbringung dürfe nicht vorbeugend angeordnet werden, sondern nur, wenn belegbare konkrete Gefährdungsmomente vorlagen. Was für Unwörter!

Seit zwei Wochen war Lisa nun zurück in ihrer Wohnung. Ein Zuhause konnte sie es nicht nennen. Es war bloß der Ort, an dem sie vorher gelebt hatte und wo sie jetzt wieder lebte. Wobei auch »leben« es nicht wirklich traf. Sie überlebte. War nicht mehr ganz hier und noch nicht auf der anderen Seite. Sie bereitete sich aufs Ende vor. Es war richtig so, weiterzumachen hatte keinen Sinn. Sie hatte es versucht, so viele Jahre hatte sie es versucht. Doch ihre inneren Dämonen würden immer nach ihr greifen, sie in den Abgrund ziehen, sie davon abhalten, Teil dieser Welt zu sein. Sie war beschädigt, gezeichnet, hatte keine Freunde und keine Familie, ihren über alles geliebten Lebenspartner hatte sie verloren, und es war ihre Schuld, ganz allein ihre. Sie hatte nichts geschafft im Leben.

Es war Zeit, dass sie die Konsequenzen zog.

Es sah ordentlich aus in ihrer Wohnung, die Sozialarbeiter

hatten die Zimmer reinigen lassen, die verdorrten Pflanzen entsorgt, sogar den Kühlschrank gefüllt. In der ersten Woche hatte jeden Tag jemand kurz nach ihr geschaut, jetzt nur noch jeden zweiten. Lisa hatte mitgespielt, hatte von ihrer Teilzeitstelle in der Gärtnerei gesprochen, von Hobbys, denen sie nachgehen wollte.

Es würde nicht mehr lange dauern. Der Todestag ihrer Schwester jährte sich schon bald. Zweimal war Lisa noch zur Nachbetreuung bei Doktor Eckert in der Klinik aufgetaucht, um den Schein zu wahren, das dritte Gespräch, das heute stattfinden sollte, ließ sie aus.

Sie sah die Fotos durch. Lisa als kleines Mädchen. Lisa mit ihren Eltern. Mit ihrer Schwester. Mit ihrer einzigen Liebe. Auf einigen Bildern waren ihre früheren Mitschüler und Mitschülerinnen zu sehen, an die sie sich nicht mehr erinnerte. Diese Aufnahmen kamen in den Abfall. Ebenso Bewerbungsfotos, Naturbilder, Ferienerinnerungen. Die wertvollen Fotos legte Lisa in eine Schachtel. Es waren nur wenige.

Lisa dachte an die Wochen in der Klinik zurück, die nichts gebracht hatten, überhaupt nichts. Eine verlorene, nutzlose Zeit. Sie legte ein weiteres Foto in die Schachtel. Sie würde sich den ganzen Tag fürs Aussortieren nehmen. Würde Ordnung schaffen, alles erledigen, was getan werden musste. Der Strick, der ihrem Leben ein Ende setzen würde, lag unter ihrem Bett. Sie würde so sterben wie ihre Schwester.

Ein Glücksgefühl breitete sich in Lisa aus.

Kaspar starrte auf das Klingelschild.

Lisa Lindner. Dünne weiße Buchstaben auf schwarzem Grund. Ein Sinnbild? Versank Lisa Lindner in der Düsternis? Kaspar schüttelte über sich den Kopf. Die Vorstellung passte in eine Jugendzeitschrift, die Gedichte über

Herzschmerz und weiße Schwäne veröffentlichte. Er begriff nicht, was er überhaupt hier suchte. Er hatte für Lisa Lindner getan, was er konnte. Sie war zwar noch seine Patientin, doch außerhalb der Sitzungen war er nicht für sie verantwortlich. Das Gericht hatte das so gewollt.

Nein, Sarah hatte das so gewollt, korrigierte er sich. Wem machte er etwas vor? Er wusste genau, warum er hier war. Nicht, um Lisa Lindner vor sich selbst zu schützen. Sondern um Sarah zu beweisen, dass sie einen Fehler begangen hatte. Als Lisa Lindner nicht wie vereinbart zu ihrem heutigen Termin erschienen war, hatte er seine Chance gewittert. Er wusste genau, was er hinter dieser Tür vorfinden würde: stickige Luft, schmutziges Geschirr, ungewaschene Kleider. Eine Frau, die nicht die Kraft aufbrachte, ihre tägliche Toilette zu verrichten, überfordert, erdrückt von einer Last, die nur sie sah.

Entschlossen drückte er auf die Klingel. Er sah Sarah wieder vor sich, sah ihre Betroffenheit. Wie überzeugt sie vor Gericht aufgetreten war, Kinn in die Höhe gereckt, Rücken gerade, Stimme ruhig, aber klar. Im gleichen Tonfall hatte sie ihm am Vorabend gesagt, dass ihre Liebe zu ihm erloschen sei. Noch so ein pubertärer Begriff. Liebe konnte nicht erlöschen. Die Bindung wurde schwächer, man entfernte sich voneinander. Erloschen war lediglich Sarahs Bereitschaft, Energie in die Beziehung zu stecken. Ob sie einen anderen Mann kennengelernt hatte? Bei der Vorstellung verkrampfte sich Kaspar. Seit er erkannt hatte, dass die Scheidung ein Fehler gewesen war, hatte er sich darum bemüht, einen neuen Zugang zu Sarah zu finden. Sie hatte sich darüber gefreut, das stritt sie nicht ab. Doch gestern hatte sie ihm erklärt, dass er ihre Reaktion falsch gedeutet habe. Sie wolle nicht zurück, sondern die Beziehung auf eine neue Basis stellen. Ein besseres Wort für nur Freunde sein.

Die Tür ging auf, und Lisa Lindner stand vor ihm. Auf ihren Anblick war Kaspar nicht vorbereitet. Sie trug ein frisches Kleid, das ihren Körper nur spärlich bedeckte. Ihre Augen leuchteten, ihre Bewegungen waren zielgerichtet. Das war nicht die depressive Patientin, die er betreut hatte, sondern eine Frau, die Zuversicht ausstrahlte.

»Doktor Eckert …« Sie verstummte.

»Darf ich hereinkommen?«

Zögerlich trat sie beiseite und führte ihn in die Küche. »Es tut mir leid, ich wollte in die Therapie gehen, aber ich war so vertieft in … ich habe begonnen auszumisten.«

Auf dem Tisch lagen Fotos, Zeugnisse, Briefe, ein Tagebuch. Abgesehen davon war die Wohnung aufgeräumt und sauber. Kaspar drehte sich Lisa Lindner zu. Erstmals fielen ihm ihre schlanken Arme auf, ihre wohlgeformten Brüste, das einladende Halsgrübchen. Ihre zarte Haut schimmerte rosa, fast wie Sarahs, wenn sie sich geliebt hatten.

Er schluckte. »Ich wollte nur nach Ihnen sehen, mich vergewissern, dass …«

Sie sah ihn ruhig an. Fast, als warte sie auf etwas.

»Geht es Ihnen gut?«, fragte er atemlos.

Sie lächelte geheimnisvoll. »Ja, es geht mir gut.«

Sie trat einen Schritt näher. Oder war er es, der den Schritt gemacht hatte? Sogar ihr Geruch erinnerte ihn an Sarah. Warum hatte er das nie bemerkt? Er konnte den Duft nicht benennen, wusste aber, dass er von der Seife stammte, die Sarah in Südfrankreich entdeckt hatte. War es wirklich erst sechs Jahre her? Sie hatten eine Woche in Grasse verbracht, ohne David, ohne Rebekka, nur sie beide. Sarah hatte im Reiseführer gelesen, dass eine Parfümerie Führungen anbot, und ihn dazu überredet, mitzukommen. Im Fabrikladen hatte sie an allen Produkten geschnuppert, schließlich für Rebekka eine Körperlotion und für sich Seife gekauft. Im Hotel war sie damit in der Dusche verschwunden. Als sie zurückkehrte, trug sie nur ein Badetuch.

»Riecht die Seife nicht wunderbar?« Sarah hatte ihm den Unterarm hingehalten.

Seidige Haut, warm und weich, seine Lippen auf der Innenseite ihres Ellbogens, auf ihrem Hals, auf ihrem Mund. Sie küssten sich langsam und lange, Sarah presste die Handflächen gegen seine Brust. Ein leises Stöhnen. Ihr Atem neben seinem Ohr. Er schob das Badetuch hoch. Ihre Schenkel waren fest, aber gleichzeitig weich, milchig weiß, ihre Scham ein dunkles Dreieck. Verheißungsvoll, verlockend. Er schob ihre Beine auseinander, sie zitterte leicht, legte ihm die Hand auf den Kopf. Er verstand die Aufforderung, tauchte ein in eine andere Welt. Sarah weckte Seiten in ihm, die er nicht kannte, in ihren Armen wurde er leidenschaftlich, verwegen, warf die Vorsicht über Bord. Ihr Becken wölbte sich ihm entgegen, ihre Hände krallten sich in seine Schultern. Sie zogen ihn näher, stießen ihn weg. So war es immer gewesen, eine Gratwanderung, ein Auf und Ab. Nie war er sicher, ob sie ihn auch wollte. Er packte sie fester, würde sie nicht gehen lassen. Er wollte sie, begehrte sie auf eine besitzergreifende Art. Sarah, die Wilde, Sarah, die Rote. Er spürte die Hitze, die von ihr ausging, hörte, wie sie nach Luft schnappte. Schweißperlen auf ihrer Haut.

Etwas krachte zu Boden. Kaspar riss die Augen auf. Entsetzt starrte er in Lisa Lindners Gesicht. Eine Schachtel war vom Tisch heruntergefallen, der Inhalt lag verstreut auf dem Küchenboden. Hastig richtete er sich auf, stolperte über einen Stuhl. Verließ fluchtartig die Wohnung.

Draußen sog er die kalte Luft ein wie ein Ertrinkender. Noch nie hatte er so die Kontrolle über sich verloren. Was war nur in ihn gefahren? Er nahm den Autoschlüssel hervor, entriegelte die Tür. Erst als er im BMW saß, den vertrauten Geruch von Leder und Neuwagen einatmete, beruhigte sich sein Puls.

Er würde Lisa Lindner an einen Kollegen überweisen. Nie hätte er sie zu Hause aufsuchen dürfen. Er lehnte den Kopf gegen die Nackenstütze, schloss die Augen. Er sah nicht Lisa Lindner, sondern Sarah.

Er musste die Vergangenheit hinter sich lassen. Diesmal würde er endgültig Abschied nehmen. Die Trauer, die er dabei empfand, überraschte ihn. Doch sie würde vergehen, er würde den Verlust verarbeiten und sich Neuem zuwenden. Er dachte an die Ärztin, die letzte Woche in der Klinik angefangen hatte. Vielleicht würde er sie auf ein Glas Wein einladen.

Die Angst kam, als er den Motor startete. Er blickte zurück. In Lisa Lindners Küchenfenster brannte Licht. Er stellte sich vor, wie sie auf dem Boden kniete und die Fotos einsammelte. Das Tagebuch aufklappte.

Ihm wurde heiß. Das Tagebuch! Was, wenn sie hineinschrieb, was geschehen war? Kaspar beim Namen nannte? In der ärztlichen Standesordnung war klar festgehalten, dass ein Arzt das Abhängigkeitsverhältnis zu einer Patientin nicht missbrauchen durfte. Wenn jemand den Eintrag zu Gesicht bekäme, könnte sein Fehlverhalten strafrechtliche Folgen haben. Sein Ruf wäre ruiniert. Ob er zurückkehren und Lisa bitten sollte, den Vorfall nicht zu erwähnen?

Damit würde er alles nur schlimmer machen.

Ein Fahrzeug näherte sich, wurde langsamer, hielt auf der Straße. Der Fahrer setzte den Blinker, wartete auf den Parkplatz, den Kaspar gleich freigeben würde.

Gab es einen Weg, sich das Tagebuch zu beschaffen? Sollte er Lisa Lindner bitten, es beim nächsten Termin mitzubringen? Vielleicht unter dem Vorwand, dass es der

Therapie dienlich wäre? Bis dahin konnte er sie nicht an einen anderen Arzt überweisen.

Der Fahrer hinter ihm hupte. Kaspar legte den Gang ein, fuhr auf die Straße, drückte das Gaspedal durch. Mechanische Bewegungen, er hatte den Entschluss, heimzukehren, noch gar nicht gefasst. Als er an der nächsten Abzweigung ankam, wendete er und kehrte zurück. Im Schritttempo kroch er an Lisa Lindners Wohnung vorbei. Erwog, nochmals zu klingeln. Das Tagebuch in einem unbeobachteten Moment einzupacken.

Eine Frau mit Hund blieb stehen. Starrte sie auf sein Nummernschild? Er gab seinen Plan auf und fuhr davon.

34

Dave stand noch immer vor dem Lindengarten und rang mit sich, fühlte den Schwindel im Kopf, die Übelkeit, das Rumoren im Magen.

Bei diesem Wetter waren kaum Leute unterwegs, nur wenige Autos fuhren durch das Wohnviertel. Es könnte gelingen. Aber ihn schauderte.

Entführe deine Tante. Bring sie in den Wald und lass sie beim Teich stehen. Wenn du entdeckt wirst, bist du geliefert.

Zum hundertsten Mal fragte sich Dave, wer hinter alldem steckte. Warum ausgerechnet Rebekka? Sie hatte noch nie jemandem etwas zuleide getan. Er dachte daran, wie Mam ihn als Kind auf ihren Schoß gesetzt hatte. Rebekka hatte ihn mit ihren dünnen Ärmchen umklammert und kleine Gluckser ausgestoßen. Klar, als er älter wurde, hatte es ihn manchmal genervt, wenn er auf sie aufpassen sollte, oder wenn Freunde übers Wochenende zum Skifahren gingen, er aber mit Mam und Rebekka spazieren gehen musste. Aber sie hatte einfach zur Familie gehört. Sie hatte sich jedes Mal gefreut, ihn zu sehen, das hatte er genau gespürt. Vielleicht würde sie auch jetzt merken, dass er ihr nichts Böses tun wollte. Dass er gezwungen wurde, nicht anders konnte. Dass alles wieder gut würde.

Würde es das? Oder hatte der Erpresser vor, ihr etwas anzutun? Ihren Rollstuhl ganz langsam ins Wasser zu schieben, dann umzukippen und zuzuschauen, wie sie ertrank?

Beim Gedanken daran wurde ihm schlecht, sein Bauch verkrampfte sich, als bohrte jemand mit einem Messer darin herum. Er verlagerte das Gewicht von einem Bein aufs andere. Starrte zum Eingang hinüber. War nah dran, zur

Polizei zu gehen, jetzt gleich, um der ganzen verdammten Sache ein Ende zu bereiten.

Und dann? Gerichtsverhandlung, Knast? Dave wand sich. Doch Mam anrufen?

Vielleicht schaffte er es, die Aufgabe zu erfüllen, ohne dass Rebekka Schaden nahm. Er würde sie den Wald hinaufkarren, beim Teich abstellen, sie beruhigen und alles Weitere von einem Versteck aus beobachten. Das könnte klappen. Und wenn der Typ dann aufkreuzte, würde Dave ihn sehen und endlich wissen, ob er sich unter Hypnose an das richtige Gesicht erinnert hatte. Bei der Vorstellung, wie er den Spieß umdrehte, seinen Erpresser auffliegen ließ, wurde ihm ein wenig leichter ums Herz.

Doch wie sollte er Rebekka aus dem Heim bringen, ohne gesehen zu werden? Es war nicht unmöglich, aber schwierig. Dave schaute auf die Uhr seines Handys. Noch nicht Zeit fürs Nachtessen, das hieß, seine Tante befand sich wahrscheinlich in ihrem Zimmer. Falls sie nicht gerade in einer Therapie war. Oder im Gemeinschaftsraum. Oder gebadet wurde oder irgend so was. Er wollte sein Handy wieder in die Hosentasche stecken, da kam eine Chat-Nachricht herein.

Snowdrop!

Dave klickte auf ihre Nachricht.

– *wo bist du, crazy lizard? tut mir so leid, dass ich nicht hier war. vermisse dich :-)*

– *stecke in der scheiße*, schrieb Dave.

– *brauchst du hilfe? kann heute abend wieder aus dem haus*

– *was war denn los?*

– *du glaubst es nicht …*

– *?*

Ein paar Sekunden kam nichts, dann las Dave: *mein alter hat den bogen überspannt. mutter im spital. er in u-haft*

– krass!

– und du?

– muss eine entscheidung treffen. was happiges erledigen

– kann ich helfen?

– muss ich allein tun

– dann schiebs nicht raus, crazy lizard, sonst wirds immer schlimmer, ich kenn das. machs einfach. und dann sehn wir uns

– wo?

– im dynamo?

– komme, antwortete Dave und spürte seit Tagen zum ersten Mal wieder einen Funken Hoffnung aufkeimen. *drück mir die daumen*

– das werde ich, schrieb Snowdrop. *und vergiss nicht: us against the world. wir schaffen das*

Wir. Da war sie wieder, die warme Welle. Dave klickte auf Snowdrops Foto. Tamara. Schaute sie an, ihr Haar, ihre Augen, ihre Gesichtszüge, sprach sich Mut zu.

Wir schaffen das.

Er steckte das Handy ein und ging auf den Eingang zu.

Gerade als er sich fragte, wie er am Empfang vorbeikäme, ohne gesehen zu werden, öffnete sich die Tiefgarage, ein VW fuhr die Rampe hoch und bog in die Straße ein.

Dave zögerte keine Sekunde.

Er rannte auf das Garagentor zu, das sich langsam wieder schloss, schlüpfte hindurch und stolperte ins Innere. Das Tor ging scheppernd hinter ihm zu.

Ein Dutzend Autos standen auf den Parkplätzen. Die Neonröhren flackerten an der Betondecke, es roch nach Öl und Benzin. Dave schob die Kapuze von seinem Kopf, durchquerte den Raum und kam zu einer Glastür an der Gebäuderückseite. Den Lift konnte er nicht nehmen, das war zu gefährlich. Er trat ins Treppenhaus und stieg die Stufen hoch, die Hand auf den schmerzenden Bauch gepresst. In der dritten Etage warf er hektische Blicke nach links und rechts, doch es war keine Betreuerin in Sicht. Am Ende des Flurs saß Fabrizio in seinem Rollstuhl. Als er Dave erkannte, hob er ungelenk die Hand und winkte. Dave winkte zurück, spürte, wie sein Puls pochte. Leise schlich er zu Rebekkas Tür, horchte daran, dann drückte er die Klinke hinunter. Hoffentlich war seine Tante allein.

Er öffnete die Tür.

Keine Betreuerin da. Rebekka saß am Fenster, es roch nach ihrem Shampoo. Ihr Blick flackerte. Erstaunen. Freude. Fragen.

»Hallo Rebekka«, flüsterte Dave. »Ich hole dich für einen kleinen Ausflug ab, okay?«

Seine Tante gab aufgeregte Töne von sich.

»Wir gehen ein bisschen nach draußen. Die frische Luft wird dir guttun.« Es hörte sich idiotisch an.

Doch Rebekka schaute ihn immer noch ohne Argwohn an. Dave fing an zu weinen. Er konnte es nicht tun, musste einen Rückzieher machen. Vielleicht könnte er dem Erpresser –

Plötzlich hörte er Schritte. Sie kamen näher. Dave warf sich unters Bett und rutschte dicht an die Wand. Eine Frau kam herein, ging auf Rebekka zu, Dave sah ihre weißen Birkenstock-Sandalen. Er atmete flach.

»Rebekka, das Nachtessen ist bereit. Es gibt Kürbissuppe, die magst du doch so gern.«

Dave erkannte Heikes Stimme. Er blieb reglos liegen.

In diesem Moment piepte ihr Telefon. »Ja?«, sagte Heike. Sie schien kurz zuzuhören, dann fragte sie: »Jetzt sofort? Ich bin gerade bei Rebekka und wollte … Verstehe … In Ordnung, ich komme.«

Sie beugte sich über Rebekka und sagte: »Bin gleich zurück.« Dann eilte sie aus dem Raum.

Dave atmete hörbar aus. Er zog sich unter dem Bett hervor, packte die Griffe des Rollstuhls, ging zur Tür, warf einen Blick in den Flur. Niemand. Rasch schob er den Rollstuhl Richtung Treppenhaus. Ob er ihn mitsamt Rebekka tragen konnte? Er versuchte es. Zu schwer. Es drückte ihm den Mageninhalt hoch. Einen Moment lang glaubte er zusammenzuklappen. Was war bloß mit ihm los, verdammt noch mal?

Er musste den Lift nehmen, auch wenn das Risiko, entdeckt zu werden, stieg. Er lauschte. Nichts. Drückte den Knopf. Der Aufzug kam, keiner drin. Dave fuhr mit Rebekka ins Untergeschoss, erreichte die Tiefgarage.

Heike würde Rebekkas Abwesenheit demnächst bemerken. Sie würde sofort Alarm schlagen. Dave rannte. Die Räder rollten über den Gummistreifen am Boden, das Tor ging auf. Knatternd und viel zu langsam. Dave stieß Rebekka die Rampe empor, lief mit ihr den Weg hinter dem Haus hoch. Japsend schlängelte er sich mit dem Rollstuhl durch den Park des Heims, der nur spärlich beleuchtet war, und verließ ihn durch den Hinterausgang. Er warf einen Blick zurück. Keine aufgeregten Stimmen zu hören, niemand, der ihm folgte.

Er fühlte sich kraftlos, durfte jetzt aber nicht schlappmachen. Keuchend stemmte er den Rollstuhl durch die Dämmerung zum Wald hinauf. Der Weg wurde steiler, der Regen stärker. Dave ging eine kleine Einbahnstraße entlang, gelangte zum Friedhof. Trotz der Kälte war er schweißgebadet. Aber Rebekka nicht. Daran hatte er nicht gedacht. Sie trug nur ihren dünnen Pullover.

Er schob Rebekka an den Gräbern vorbei, was ein Fehler war. Kiesweg. Es knirschte, der Rollstuhl wackelte, doch er kam nicht vorwärts. Dave hob ihn aufs Gras und stieß ihn weiter. Das ging besser. Hinter dem Ausgang lag ein Waldweg, den er kannte. Holzspäne als Bodenbelag, genauso mühsam. Die Laternen der Gräberreihe warfen ein wenig Licht auf den Weg, doch nach ein paar Metern war Dave von Dunkelheit umgeben. Durch die Bäume konnte er die Lichter der Stadt erkennen. Ein Mann mit Stirnlampe joggte an ihm vorbei, kurz darauf begegnete er einer alten Frau, die ihren Hund ausführte.

Beide beachteten ihn kaum. Rebekka stieß spitze Töne aus.

»Es ist nur ein kleiner Ausflug«, hechelte Dave. »Alles wird gut. Bald bist du wieder in der warmen Stube.«

Rebekka wimmerte.

Dave redete wirr vor sich hin, wollte nicht nur Rebekka, sondern auch sich selbst beruhigen. Er verließ den Hauptweg, bog in einen Seitenpfad ein. Drückte den Rollstuhl durch matschige Erde, es war nicht mehr weit, das wusste er. Der Regen strömte über sein Gesicht, vermischte sich mit seinem Schweiß.

Dann hatte er den Teich erreicht. Ein schwarzes Loch in der Dunkelheit. Dave zog sein Handy hervor und schaltete das Flashlight ein. Algen, Blätter, grünes Gewächs, Äste, die auf dem Wasser schwammen. Der Wind fegte durch den Wald, das Laub raschelte, ein Baumstamm knarrte. Das klägliche Krächzen eines Nachtvogels war zu hören.

Rebekka weinte. Dave auch. Er stellte den Rollstuhl neben das Ufer, zog der Tante Kapuzenpulli und Jacke über den schmächtigen Oberkörper.

»Es tut mir so leid, Rebekka«, sagte er, schob ihr die Kapuze über das nasse Haar, wischte sich den Rotz von der Nase, dann ließ er sie stehen.

»Es dauert nicht lang«, murmelte er.

Er versteckte sich weiter hinten unter einem Dornenstrauch, wartete schlotternd in seinem nassen T-Shirt, ob sich der Entführer zeigen würde.

Sein Handy surrte. Eine Nachricht kam herein. Dave starrte aufs Display.

Verschwinde sofort! sonst wandert dein foto zur polizei. letzthin ist einer im jugendknast an inneren blutungen gestorben, nachdem er von zehn typen in den arsch gefickt wurde.

Dave wurde schlecht.

Er übergab sich ins Gebüsch, würgte, erstickte fast an seinem Erbrochenen. Er hustete, heulte. Wischte alles mit dem T-Shirt ab, Kotze, Regen, Tränen. Stand auf, verfing sich in den Dornen. Wankte davon, fort von Rebekka, fort vom Ort seiner Schandtat.

35

Sarahs Gedanken drehten sich im Kreis, immer und immer wieder, eine Endlosschlaufe. Alles passte, und doch ergab nichts einen Sinn. Sie wusste nicht, wie lange sie jetzt schon so dasaß und zur Decke hinaufstarrte, dorthin, wo der Rauchmelder gewesen war und wo sich jetzt ein Loch befand, aus dem verkrümmte Drähte ragten. Nur eines war ihr klar: So würden ihre Fragen nicht weniger. Die Angst vor den Antworten blockierte sie, leitete ihre Gedanken bei jedem Anlauf in die immer wieder gleichen Bahnen. Um auszubrechen, musste sie weg, sich bewegen. Sie beschloss, in die Bogenschießanlage zu fahren. Die tiefe Konzentration würde ihr Zugang zu ihrem Unterbewusstsein verschaffen, ihr vielleicht die Augen öffnen für das, was sie nicht sehen wollte. Sie stand auf, verriegelte den Aktenschrank, steckte den Schlüssel ein. Ihre Ausrüstung befand sich im Kofferraum, sie brauchte nicht einmal ins Haus zu gehen. Darüber war sie froh. Unentwegt fragte sie sich, ob es noch weitere Kameras gab. Sie stellte sich die verschiedenen Ladestationen, Lautsprecher, Wecker, Uhren vor. Gab es auch Überwachungskameras, die nicht als elektronische Geräte getarnt waren? Türgriffe? Kugelschreiber? Lebensmittelpackungen? Wusste ihr Beobachter, dass sie den Rauchmelder enttarnt hatte? Alle Aufnahmen konnte er sich nicht ansehen, außer, er saß ununterbrochen vor dem Bildschirm. Oder spulte er jeweils zurück, um zu überprüfen, was er verpasst hatte? Sarah schaute ein letztes Mal nach oben. Dachte daran, dass die Sehstörungen ganz verschwunden waren, seit sie ihre Kontaktlinsen täglich kontrollierte. Auch Kopfschmerzen hatte sie keine mehr.

Sie schlüpfte in ihre Jacke, schloss die Praxis ab und spurtete zu ihrem Auto. Der Regen hatte nicht nachgelassen, im Gegenteil. Ein kleiner See hatte sich am Straßenrand gebildet, wo die Kanalisation verstopft war. Kaum saß Sarah im Wagen, klingelte ihr Telefon. Als sie sah, dass es der Lindengarten war, wollte sie den Anruf zunächst ignorieren. Doch das konnte sie sich nicht leisten, nicht jetzt.

»Ja, Sarah hier.«

»Sarah!« Es war Heike. »Hast du … ist Rebekka bei dir?«

Sarah wurde kalt. »Nein, warum sollte sie? Es ist Donnerstag.«

»Ich dachte nur, nach allem, was vorgefallen –«

»Ist sie wieder aus ihrem Zimmer verschwunden?«

»Es …«, stammelte Heike, »wir suchen alle nach ihr. Wir können es uns nicht erklären. Ich verließ nur kurz den Raum, als ich zurückkehrte, war sie weg. Im Heim ist sie nicht, deshalb dachten wir –«

»Ich komme sofort.« Sarah legte auf, startete den Wagen. Sie musste der Wahrheit ins Gesicht schauen, ob sie wollte oder nicht. Sie kurbelte das Fenster herunter, brauchte die Kälte, damit die Bilder scharf wurden.

Kaspar oder Till. Darauf lief es hinaus. Nur sie kamen als Täter infrage. Beide kannten den Lindengarten, beide wussten, wie viel Rebekka ihr bedeutete.

Im Heim ist sie nicht.

Hatte Sarah eine Eskalation in Gang gesetzt, als sie den Rauchmelder enttarnte? Würde der Täter jetzt zu drastischeren Mitteln greifen?

Kaspar oder Till. Denk nach!

Die nasse Fahrbahn reflektierte die Lichter, helle Punkte schimmerten auf dem Asphalt. Sarah hatte Schwierigkeiten, der Straße zu folgen. Meter für Meter tastete sie sich voran.

Ein Ereignis nach dem anderen. Der Reifenwechsel, den sie nie in Auftrag gegeben hatte. Wer hatte die Notiz geschrieben? Sowohl Kaspar als auch Till kannten ihre Schrift. Till war der begabtere Künstler. Der Nagel im Reifen? Beide hatten Zugang zu ihrem Wagen gehabt. Der leere Akku, als sie im Heim telefonieren wollte? Till besaß einen Hausschlüssel, und Kaspar hätte sich über Dave Zutritt verschaffen können. Die vertauschten Kontaktlinsen? Till war regelmäßig in ihrem Badezimmer, Kaspar hingegen hatte sie ins Krankenhaus gefahren. Er hätte die Linsen vertauschen können, als sie schlief. Der Unfall mit dem Autositz?

Plötzlich kam ihr ein Gedanke: War sie so müde gewesen, weil man auch ihr Sedativa verabreicht hatte? Mit Medikamenten kannte sich Kaspar besser aus als Till. Er wusste genau, welche Dosis welche Wirkung hatte.

Sarah hielt an einer roten Ampel. Der linke Scheibenwischer quietschte, ein welkes Blatt hatte sich darin verfangen. Sie dachte daran, dass Kaspar während ihrer Ehe zunehmend Mühe mit Rebekkas Anwesenheit hatte. Später hatte er sie sogar einmal für das Scheitern ihrer Beziehung verantwortlich gemacht.

Die Ampel wechselte auf Grün, Sarah fuhr weiter. Die Strecke kam ihr heute doppelt so lang vor.

Eine SMS kam rein. Sarah schaute aufs Display. Die Nachricht war von Kaspar. *Dave noch nicht gefunden.*

Auch das noch. Über Dave würde sie sich später Gedanken machen, sobald Rebekka in Sicherheit war. Bis dann wäre er vielleicht von sich aus zurückgekehrt.

Ihre Gedanken kehrten zurück zu den Ereignissen. Wer hatte gesehen, wie sie die Blaumeise unter die Rosen gelegt hatte? Wer wusste, dass sich die Winkelöse an der Teppichläuferstange gelöst hatte? War ihr Sturz kein Unfall gewesen?

Sie sind in Gefahr, Doktor Marten.

Georg Schwartz hatte womöglich die Antworten, die sie suchte. Warum war sie nicht schon früher darauf gekommen?

Endlich bog sie auf den Parkplatz des Lindengartens ein. Alle Fenster waren hell erleuchtet, da und dort erkannte Sarah eine Gestalt auf dem Areal. Sie sprang aus dem Wagen, eilte auf die Person zu, die am nächsten stand.

»Habt ihr sie immer noch nicht gefunden?«, rief sie.

Heike drehte sich um, in der Hand hielt sie eine Taschenlampe. Ihr Gesicht war verzerrt. »Nein. Doris hat die Polizei eingeschaltet.«

Ein kalter Schauer lief Sarah über den Rücken.

»Sie ist mit dem Küchenteam zum Wald hinaufgelaufen. Sie könnten noch Unterstützung brauchen.« Heike begriff, dass Sarah etwas tun musste, und reichte ihr die Taschenlampe.

»Zum Wald?«

»Der Koch hat am Hinterausgang des Parks Rebekkas Haarschleife gefunden, etwas weiter oben Spuren, die vermutlich von einem Rollstuhl stammen.«

Sarah rannte los. Sie kannte den Weg gut, hätte kein Licht benötigt, um die Einbahnstraße zu finden, die sie mit Rebekka so oft hinaufspaziert war. Bald kam sie zum Wendeplatz, der das Ende der asphaltierten Straße markierte. Sie schaute zum Hang. Ein gutes Dutzend Lichtpunkte bewegten sich auf und ab, wie Leuchtkäfer. Die Taschenlampen der Suchmannschaft. Sarah konnte sich nicht vorstellen, warum jemand mit Rebekka in den Wald gehen sollte. Außer, um sie loszuwerden.

Sie hatte plötzlich schreckliche Bilder vor Augen. Rebekka auf dem Boden, unfähig, sich zu rühren. Eine Kopfwunde, das Genick … Schluss! Sarah holte tief Luft, rannte weiter, stolperte über einen Ast, der über dem Weg lag. Die Bäume standen inzwischen dicht, eine schwarze Mauer, undurchdringlich. Wo der Lichtkegel auf die Stämme traf, glänzte schuppige Rinde. Der Boden war regennass.

Die Leuchtkäfer wurden größer, tanzten wild durcheinander. Stimmen.

»Hallo!«, rief Sarah.

Vor ihr tauchte Doris auf. »Habt ihr eine Spur?«

»Noch nicht«, antwortete Doris.

»Warum sucht ihr hier im Wald?«

Doris zögerte.

»Sag es mir!«

»Wer immer sie … sie müssen durch die Garage hinausgegangen sein. Die Physiotherapeutin stand am Haupteingang, sie hätte sie gesehen.«

»Aber warum der Wald?«

»Wir wissen, dass sie nicht auf der Vorderseite des Heims vorbeikamen. Am Parkplatz gibt es eine Überwachungskamera, sie hätte sie eingefangen. Also müssen sie in diese Richtung gegangen sein.«

»Was kann ich tun? Wo soll ich suchen?«

»Kennst du den Weg, der zum Aussichtspunkt führt?«

»Ja.«

»Dort ist noch niemand. Wenn du –«

Sarah spurtete los. Bald hörte sie nur noch die Regentropfen, die auf die Bäume prasselten, und ihr Keuchen. Der Weg wurde steiler; um einen Rollstuhl hinaufzuschieben, brauchte es viel Kraft. Till würde es schaffen, Kaspar kaum. Aber warum sollte Till das tun?

Eifersucht? Wollte er Rebekka aus dem Weg räumen, um Sarah für sich alleine zu haben? Der Gedanke kam ihr nicht zum ersten Mal. Aber dazu musste er sie doch nicht in den Wahnsinn treiben.

Till hatte sie immer unterstützt. Mehr noch – beschützt. Sie dachte an den Vorfall mit Georg Schwartz.

Plötzlich hielt sie inne. Schon damals hatte sie sich über den Zufall gewundert. Dass Till ausgerechnet in dem Moment anrief, als Schwartz das Messer zückte … Sarah schluckte. Hatte er gesehen, was in der Praxis geschehen war? Weil er derjenige war, der vor einem Bildschirm saß und sie beobachtete?

Auch Gier und Rache konnten Beweggründe für eine Gewalttat sein. Aber Gier wonach? Rache wofür? An ihr als Frau oder als Psychiaterin? Sarah überlegte, ob einer ihrer früheren Patienten die Finger im Spiel haben könnte. Dachte an die Gutachten, die sie verfasst hatte. Der Ärger der Betroffenen richtete sich normalerweise gegen die Klinik oder den behandelnden Arzt. Gutachter wurden zwar immer wieder als Richter in Weiß bezeichnet, hauptsächlich aber in der Forensik, und damit hatte Sarah nur am Rande zu tun.

Sie kam an einer Bank vorbei, unter der leere Bierflaschen lagen. Nicht mehr weit, und sie wäre bei der Holzbrücke, die über den Bach führt.

Der Bach! Nach dem Regen der vergangenen Tage hatte er sich bestimmt in einen Fluss verwandelt. Der perfekte Ort, um einen Rollstuhl die Böschung hinunterzustoßen.

»Rebekka!«, schrie sie. »Ich bin hier, Liebes! Ich komme!«

Der Weg führte in weitem Bogen um einen Felsen. Sarah nahm eine Abkürzung, preschte durchs Gebüsch. Zweige peitschten ihr ins Gesicht, Dornen rissen an ihrer Kleidung. Ihre Füße waren taub vor Kälte, doch die Angst glühte in ihr. Sie stieß mit den Zehen gegen einen Steinbrocken, stolperte, rannte weiter. Jetzt hörte sie das Rauschen, lauter als der Regen.

»Rebekka! Ich komme!«

Der Bach tauchte so unmittelbar vor ihr auf, fast wäre sie selbst den Hang hinuntergerutscht. Das dunkle Wasser zog an ihr vorbei, riss abgebrochene Äste mit, die sich drehten wie Walzen. Sarah suchte nach aufblitzendem Metall, hellem Haar, Kleidern.

Nichts.

Sie erkundete beide Ufer. Hier schien niemand gewesen zu sein. Erschöpft kauerte sie sich auf den Boden, schlang die Arme um die Knie, versuchte, einen klaren Gedanken zu fassen. Wenn Kaspar dahintersteckte, hätte er Rebekka nicht in den Wald gebracht. Sondern? An einen bequemen Ort. Kaspar mochte keine Unannehmlichkeiten. Weiches Leder, saubere Laken, gebügelte Hemden. Ein Hotelzimmer?

Er war es, der Georg Schwartz an sie überwiesen hatte. Der sie dazu gedrängt hatte, den Patienten sofort zu treffen. Erstattete Schwartz ihm Bericht über Sarah? Nein, er war in seiner Krankheit zu unberechenbar, Kaspar würde sich nicht auf ihn verlassen wollen. Doch Kaspar tendierte dazu, sich zu überschätzen. Vielleicht glaubte er, Schwartz steuern zu können, und hatte ihn dazu gebracht, Waffen in die Therapiestunde mitzunehmen. Obwohl die Spannungen zwischen Kaspar und ihr nachgelassen hatten, hegte er womöglich noch immer einen Groll gegen sie. Oder sogar Hass.

Ihr Handy klingelte. Mit klammen Fingern klaubte Sarah das Telefon aus der Tasche. Eine unbekannte Nummer.

»Ja?«, meldete sie sich atemlos.

»Ich bins, Judith.«

Es dauerte einen Moment, bis Sarah den Namen einordnen konnte. Ihre ehemalige Kollegin von der Rechtsmedizin.

»Sarah? Bist du noch dran?«

»Ja«, sie seufzte enttäuscht.

»Störe ich?«

»Nein, ich bin bloß … draußen.«

»Ist dein Sohn bei dir?«

»Nein, weshalb?«

Ein leichtes Zögern, kaum wahrnehmbar. »Ich habe die Laborproben untersucht. Ist dir etwas an seinen Zähnen aufgefallen? Ein schwarzer Saum an seinen Zahnhälsen?«

Sarah realisierte, wie lange sie Dave nicht mehr hatte lachen sehen. »Nein, aber das muss nichts bedeuten. Warte mal … ist das nicht ein Hinweis auf eine Schwermetallvergiftung?«

»Ja, der Urintest fiel positiv aus. Ich werde aber noch weitere Blutuntersuchungen durchführen. Man muss wissen, wonach man sucht, deshalb haben sie auf der Notfallstation auch nichts gefunden. Hier schauen wir uns das natürlich aus einem anderen Blickwinkel an, schließlich haben wir es oft mit außergewöhnlichen Todesfällen zu tun.«

»Was ist es?« Sarah hielt den Atem an.

»Eine Bleivergiftung.«

Sarah kannte die Symptome. Bauchkrämpfe, Desorientierung, Schlaflosigkeit, Erbrechen, Apathie. Aber auch Hyperaktivität und Aggressivität. Wie hatte sie es übersehen können? Sie griff sich an den Kopf. Versuchte, sich daran zu erinnern, wann bei Dave die ersten Symptome aufgetreten waren. Vor einem Monat? Zwei Monaten? Was sagte es über sie als Mutter, als Ärztin aus, dass sie es nicht erkannt, Daves Verhalten als pubertäre Phase interpretiert hatte?

»Der Körper scheidet Blei nur sehr langsam und in kleinsten Mengen aus«, fuhr Judith fort. »Deshalb kommt es rasch zur Kumulation. Bereits die tägliche Zufuhr von einem Milligramm reicht für eine chronische Intoxikation.«

Sie spürte, wie ihr die Tränen kamen. Aber sie würde später weinen, wenn alles vorbei war. Jetzt musste sie Dave finden.

36

2 Jahre zuvor

Lisa brachte die Abfallsäcke nach unten und warf sie in den Container. Sie leerte den Briefkasten, trug die Post hoch und tätigte die letzten Überweisungen. Der Kühlschrank war leer und sauber. Das Bett frisch bezogen, obwohl es keinen Sinn mehr machte. Doch sie wollte alles ordentlich hinterlassen. Wenigstens das. Ihre Kleider hatte sie aufgeteilt: Die gut erhaltenen kamen ins Brockenhaus, die abgetragenen hatte sie entsorgt. Auf ihrem Küchentisch lag die Schachtel mit den Fotos und ihrem Tagebuch. Dort, wo sie selbst vor Kurzem gelegen hatte, wo Doktor Eckert sie … Die Vorstellung löste keine Gefühle in ihr aus. Bedeutete nichts und spielte keine Rolle. Sie fuhr mit ihrer Hand über das Tagebuch. Sie brachte es nicht übers Herz, es wegzuwerfen. Jemand würde es finden.

Jemand? Sie machte sich nichts vor, sie wusste, wer es sein würde.

Morgen würde Jo-Jo heimkehren. Er hatte ihr Briefe aus Spanien in die Psychiatrie geschickt, SMS versendet, versucht, sie telefonisch zu erreichen. Sie hatte nichts von sich hören lassen. Er hatte ihr geschrieben, wie sehr er sie noch immer liebe, dass sie diese schwere Zeit zusammen überstehen würden, dass alles gut werden würde. Der Streit vor seiner Abreise war kein Thema gewesen. Er hoffte, dass der Klinikaufenthalt ihr Boden unter den Füßen gäbe, dass sie nach seiner Rückkehr stabiler sein würde und ihr Herz wieder für ihn öffnen könne.

Doch Lisa hatte schon lange abgeschlossen. Sosehr sie

füreinander geschaffen waren, so gut sie sich seit Kindertagen kannten, so wenig wurde Lisa ihm gerecht. Er hatte eine Partnerin verdient, die ihm ebenbürtig war, eine unkomplizierte, gesellige, humorvolle Frau. Eine unbeschädigte. Lisa war nicht gut für ihn. Sie vergiftete ihn mit ihrer Depression, nahm ihm die Lebensfreude, auch wenn er das stets abstritt. Liebe sei stärker als alle Traumas, sagte er immer, ihre Schwester sei schon lange an einem besseren Ort, Lisa dürfe sie loslassen. Das Helle überstrahle das Dunkle, immer.

Lisa wusste, dass das nicht stimmte. Jahrelang hatte sie im Schockfrost gelebt. Wenn er ihren toten Körper finden würde, so wie sie ihre Schwester gefunden hatte, würde der Schockfrost auf ihn übergreifen. Das war ihr bewusst, doch sie konnte es nicht verhindern. Wenigstens müsste er sich keine Vorwürfe machen. Wenn er das Tagebuch las, würde er verstehen, dass er sie nicht hätte umstimmen können. Dass ihre Trauer größer war als alles andere.

Die letzten Wochen hatte sie sich mit dem Gedanken über Wasser gehalten, dass alles bald ein Ende fände. Und dieser Tag war nun gekommen. Sie tat ruhig und besonnen die Dinge, die sie noch erledigen wollte. Hatte keine Eile. Ihr Entschluss stand fest. Endlich eine Entscheidung, die sie alleine getroffen hatte.

Sie trank etwas Wasser, wusch das Glas ab und stellte es in den Küchenschrank zurück. Sie ging ins Badezimmer und kämmte ihr langes Haar. Dann stellte sie den CD-Player an, setzte sich aufs Bett und hörte zum letzten Mal Ravels *Bolero*. Etwas löste sich in ihr. Eine Träne lief ihr übers Gesicht. Weinen, dazu war sie seit Langem nicht mehr fähig gewesen. Kurz zögerte sie. Beging sie einen Fehler?

Der Giftstachel der Reue.

Dann verging der Augenblick so rasch, wie er gekommen war.

Es war richtig, es war gut. Es war Zeit.

Sie stellte die Musik ab, trat noch einmal ans Fenster, schaute hinaus auf die Welt, sah vorüberziehende Wolken am Himmel, über den Hausdächern einen Vogel, der majestätisch über die Stadt flog, hörte das entfernte Geräusch von Menschen, Fahrzeugen und Hundegebell. Von Leben.

Sie drehte sich um. Entledigte sich ihrer Kleider, faltete sie zusammen und legte sie aufs Bett. Dann schlüpfte sie in das weiße Sommerkleid, das einst ihrer Schwester gehört hatte. Ein Gefühl von Glück überkam sie. Bald fände ihre Existenz in diesem physischen Körper ein Ende. Sie würde eintauchen. Vielleicht ins Licht. Vielleicht ins Nichts. Es war nicht wichtig. Nur weg von hier.

Sie nahm den Strick in die eine Hand, einen Stuhl in die andere und verließ ihre Wohnung. Im Treppenhaus war niemand. Sie stieg die Stufen zum Dachgeschoss empor, öffnete die Tür und ging ganz nach hinten unter die schräge Luke, die von oben etwas Helligkeit in den dunklen Raum ließ. Sie horchte. Keiner da.

Sie zog ihre Sandalen aus. Stieg barfuß auf den Stuhl, warf den Strick über den Dachbalken und befestigte ihn so, wie ihre Schwester es getan hatte. Sie zog daran. Er hielt. Ihre innere Vorfreude wurde größer und stärker. Die Traurigkeit auch. Der Abschied war gekommen. Sie nahm alles intensiv wahr. Das Knarren des Bodens, den Geruch von Holz und trockenem Staub, einen Hauch von Curry aus einer Wohnung, den Lichteinfall von oben. Sie zog die Luft tief in ihre Lungen, spürte noch einmal ihren Puls, das Pochen ihres Herzens, das Kribbeln auf ihrer Haut.

Fühlte Glück. Angst. Trauer. Stille.

Sie legte die Schlaufe um ihren Hals.

Und sprang.

37

Sarah war, als würde sie in zwei Teile gerissen. Die Schwester in ihr schaffte es kaum, die Suche nach Rebekka abzubrechen. Die Mutter in ihr bangte um den Sohn, seine Vergiftung stellte alles andere in den Hintergrund. Sie spürte weder die Kälte noch den Regen, der langsam in Eis überging. Als sie aus dem Wald zurückkehrte, auf dem glatten Asphalt ausrutschte und hinfiel, nahm sie nicht einmal den Schmerz wahr.

Vor dem Lindengarten stand ein Streifenwagen. Doris und Heike sprachen mit einem Polizisten.

»Sarah!« Doris winkte sie herüber.

»Ich muss gehen«, keuchte Sarah.

»Das ist Dr. Marten«, erklärte Doris dem Polizisten.

»Ein Notfall«, stieß Sarah hervor. »Mein Sohn.«

Heike wollte etwas sagen.

Doris riss die Augen auf. »Was ist passiert?«

»Später. Habt ihr Rebekka – «

Doris schüttelte den Kopf. »Noch nicht.«

»Dr. Marten«, sagte der Polizist, »wir würden gerne mit Ihnen – «

»Nicht jetzt, bitte.« Sarah sah Doris an. »Rufst du mich an, sobald du etwas weißt?«

»Natürlich.«

Der Polizist wollte etwas hinzufügen, doch Sarah eilte bereits zu ihrem Wagen.

Sie sagte sich, dass Dutzende von Menschen nach Rebekka suchten, ihre Anwesenheit war nicht notwendig, dennoch fühlte sie sich wie eine Verräterin, als sie davonfuhr.

Unterwegs rief sie Kaspar an.

Er meldete sich sofort. »Hast du etwas von Dave gehört?«

»Nein.« Sie erzählte ihm von der Bleivergiftung.

Kaspar wurde stumm.

»Bist du noch dran?«, fragte Sarah.

»Ja … ich versteh das nicht. Wo hat sich Dave die Vergiftung geholt?«

»Dem können wir später nachgehen. Jetzt müssen wir uns darauf konzentrieren, ihn zu finden. Er muss sofort behandelt werden.«

»Wie hoch ist die Konzentration?«

»Die Untersuchungen sind noch nicht abgeschlossen.«

»Woher weißt du – «

»Kannst du D-Penicillamin beschaffen?«, unterbrach Sarah. »Damit wir sofort mit der Bleielimination beginnen können? Wenn nur keine Nervenschädigungen zurückbleiben!«

»Besorg ich.« Kaspars Stimme klang schwach. »Ich weiß nicht, wo Dave sein könnte.«

»Ich auch nicht. Aber ich weiß, wer uns weiterhelfen kann.« Sarah bremste abrupt, als ein Fahrrad vor ihr ins Schlingern geriet. »Bertram Lutz. Ich fahre jetzt zu ihm.«

»Ich treffe dich dort.« Kaspar legte auf.

Sarah konzentrierte sich ganz aufs Fahren. Zweimal kam sie an Unfällen vorbei. Die plötzliche Kälte hatte die nasse Straße in eine Eisbahn verwandelt. Lutz wohnte in einem Vorort auf halber Strecke zum Flughafen. Sarah schaltete das Radio ein, um die Verkehrsmeldungen zu hören. Auf der Flughafenautobahn blockierte ein umgekippter Anhänger beide Fahrbahnen. Sarah wählte Nebenstraßen, mied die Knotenpunkte. Ohne Zwischenfälle parkte sie vor Lutz' Wohnung. Kaspars BMW stand bereits dort.

Er kam ihr mit dem Telefon in der Hand entgegen. »Ein Kollege besorgt das D-Penicillamin.«

»Warum bist du hier?«

»Lutz wird nur mit dir reden, wenn ich dabei bin.« Er fasste sie am Ellbogen. »Dave war bei ihm in der Hypnose.«

Sarah riss sich los. »Also doch! Warum hast du mir nichts davon gesagt?«

»Ich habe Dave versprochen, es für mich zu behalten.«

Sarah wusste nicht, wohin mit ihrer Wut. Was verschwieg Kaspar ihr sonst noch? Sie blieb stehen, ballte die Fäuste. Kaspar legte erneut die Hand auf ihren Arm.

»Ich will alles wissen. Jetzt«, sagte Sarah.

Ungeduldig verlagerte Kaspar das Gewicht. »Das ist nicht der Moment.«

»Ich werde nicht mit Lutz reden, bevor du mir sagst, was du weißt!«

»Nichts! Dave brauchte eine Einwilligung, weil er minderjährig ist. Ich habe sie ihm gegeben. Punkt. Darüber schulde ich dir keine Rechenschaft!«

»Doch, das tust du! Ich will Antworten! Warum verhält sich Dave in letzter Zeit so komisch?«

»Ich habe keine Ahnung!«

»Erzähl mir, was zwischen dir und Georg Schwartz vorgefallen ist.«

Kaspars Gesichtsausdruck veränderte sich schlagartig. Er öffnete den Mund, schloss ihn wieder, fuhr sich mit der Hand über den Kopf, wandte sich von ihr ab. So aufgewühlt hatte Sarah ihn selten gesehen. Sie ging einen Schritt näher.

»Kaspar, Dave hat sich die Vergiftung nicht ›geholt‹. Das Blei wurde ihm vermutlich absichtlich zugeführt! Und ich bin mir ziemlich sicher, dass Georg Schwartz etwas darüber weiß!«

Kaspar schüttelte den Kopf. »Schwartz kennt Dave nicht, nein, das ist … das kann …«

»Kaspar!«, rief sie, es war ihr egal, ob sie jemand hörte. »Was hast du getan?«

Unruhig ging er hin und her.

»Rede mit mir!«

Er blieb stehen. »Es hat nichts mit Dave zu tun«, sagte er endlich. Und dann leise: »Sondern mit Lisa Lindner.«

Sarah traute ihren Ohren nicht.

»Ich war bei ihr. Bevor sie Suizid beging.« Kaspar rang die Hände. »Ich wollte nach ihr sehen …«

Plötzlich war Sarah voller Schuldgefühle. Die sich mit der Angst um Dave, um Rebekka vermischten. Dafür hatte sie jetzt keine Kraft, nicht das auch noch. »Und du warst es auch, der sie damals gefunden hat?«

»Nein.« Kaspar sprach so leise, dass Sarah sich vorbeugen musste, um ihn zu verstehen. »Ich habe sie … geküsst.«

Sarah war sprachlos. Seit Lisa Lindners Suizid machte sie sich Vorwürfe. Ihr Verstand wusste, dass sie richtig gehandelt hatte. Ihr Gutachten hatte alle Kriterien erfüllt, es waren keine Anzeichen für eine Gefährdung vorgelegen. Die meisten Suizide geschahen, nachdem die tiefsten depressiven Phasen überwunden waren. Auch für Fachleute war es schwierig zu erkennen, ob eine echte Besserung stattfand oder ob es die Suizidabsicht war, die einem Patienten Energie verlieh. Dennoch hatte sich Sarah immer wieder gefragt, ob sie Lisa Lindners Tod hätte verhindern können.

»Du hast Lisa Lindner *geküsst?*«, wiederholte sie.

»Es war ein großer Fehler. Ich weiß nicht, was in mich gefahren ist.«

Sarah glaubte ihm kein Wort. Doch der Grund für den Kuss war unwesentlich. Viel wichtiger war, ob ein Zusammenhang mit Daves Verschwinden bestand.

»Ich habe Lisa Lindner ein Tagebuch geschenkt, als sie in der Klinik war«, erklärte Kaspar mit gesenktem Blick.

»Sie hat es auch regelmäßig benutzt. Ich weiß nicht, ob sie den … Vorfall erwähnt hat, aber ich …«

Er brauchte den Satz nicht zu beenden. Wenn bekannt wurde, dass er die Notlage einer Patientin ausgenützt hatte, wäre er beruflich am Ende.

»Ich vermute, dass Georg Schwartz das Tagebuch hat«, flüsterte er. »Aber ich konnte ihn nicht dazu bringen, mit mir darüber zu reden. Ich habe ihn an dich überwiesen, weil ich gehofft habe, dass er sich dir öffnet.«

»Hast du deshalb den Rauchmelder montiert? Um die Therapiesitzungen mitzuhören?«

»Rauchmelder?« Kaspars Überraschung schien echt zu sein.

»Du hast keine Überwachungskamera in meiner Praxis installiert?«

»Wofür hältst du mich!«, stieß er empört aus.

Für einen selbstzentrierten, eitlen Feigling, dachte Sarah.

»Ich habe das Tagebuch gesucht, konnte es aber nicht finden.«

Sarah dachte daran, wie oft Kaspar sie auf Schwartz angesprochen hatte. Hatte er tatsächlich gehofft, sie würde ihm Dinge erzählen, die ein Patient ihr anvertraute? Sein Ego war noch größer, als sie geglaubt hatte. Doch damit hatte es sich auch schon. Niemals würde er den Mut aufbringen, Rebekka zu entführen oder Dave zu vergiften, das war Sarah klar. »Gehen wir zu Lutz«, sagte sie knapp.

Sie wandte sich von ihm ab. Das Gebäude war kürzlich renoviert worden, acht Namensschilder glänzten auf dem frischen Verputz. Lutz wohnte in der dritten Etage. Sarah klingelte. Aus dem Lautsprecher kam die Stimme des Hypnotiseurs. Als Sarah ihren Namen nannte, ertönte ein Summen. Sie trat ein und ging direkt auf die Treppe zu. Kaspar folgte ihr schweigend.

Lutz stand in der Tür und blickte ihnen argwöhnisch entgegen.

Sarah reichte ihm die Hand. »Ich möchte mich für mein Verhalten entschuldigen«, sagte sie rasch. »Meine Vorwürfe waren nicht gerechtfertigt.«

Er entspannte sich etwas, nickte kurz. »Danke.«

»Dürfen wir hereinkommen? Es ist dringend. Wir müssen mit Ihnen über Dave reden.«

Lutz sah Kaspar an.

»Sarah weiß, dass Sie Dave hypnotisiert haben«, erklärte Kaspar.

Lutz verschränkte die Arme. »Trotzdem darf ich nicht mit Ihnen über den Inhalt der Sitzung sprechen.«

»Dave leidet unter einer Bleivergiftung«, erklärte Sarah, die ihre Ungeduld nur schwer verbergen konnte. »Er muss sofort behandelt werden. Wir können ihn aber nicht finden.«

Lutz bat sie herein. »Ist er deshalb zusammengebrochen, als er neulich bei mir war?«

»Vermutlich, ja.« Kaspar sah sie nicht an.

»Ist er in Gefahr?«

»Natürlich!«, blaffte Kaspar.

»Eine Bleivergiftung greift das Nervensystem an.« Sarah zwang sich, ruhig zu sprechen.

Lutz rang mit sich. Endlich begann er zu reden. Er erzählte, wie Dave ihn um Hilfe gebeten hatte.

»Er war in einem Club?«, fragte Sarah ungläubig.

»Er hat zwei Mädchen und einen Jungen erwähnt.« Lutz schloss die Augen. »Max, Vanessa und … Lara? Nein, ich glaube … Chiara. Ja, Chiara heißt sie.«

Sarah hatte die Namen noch nie gehört. Sie blickte zu Kaspar. Er schüttelte den Kopf.

»Können Sie sich an den Namen des Clubs erinnern?«

»*Black Sheep.*«

Deshalb die Lügen. Sarah dachte an die Notiz, die Dave ihr geschrieben hatte. In was war er hineingeraten? Hatte er Drogen konsumiert, die Blei enthielten?

»Was ist im Club passiert?«, fragte Sarah.

»Ich weiß es nicht genau. Dave ist zu mir gekommen, weil er sich an ein Gesicht zu erinnern versuchte. Er hat mir nicht gesagt, weshalb, aber ich hatte den Eindruck …«

»Ja?«

»Es ist nur eine Vermutung«, gab Lutz zu bedenken.

»Bitte sprechen Sie weiter.«

»Ich vermute«, sagte Lutz, »er wurde fotografiert, und irgendjemand hat ihn unter Druck gesetzt.«

Sarah nickte langsam. Sie hatten oft über die Gefahren gesprochen, die vom Internet ausgingen. Erstaunlich, dass Dave so unvorsichtig gewesen war. Ob ein Mädchen im Spiel war?

»Warum hat er Sie heute angerufen?«

»Er wollte, dass ich ihn übers Telefon hypnotisiere. Offenbar war er sich wegen des Gesichtes nicht sicher.« Er straffte die Schultern. »Ich habe natürlich abgelehnt. Es ist unseriös, telefonisch –«

»Danke, Herr Lutz«, unterbrach Sarah. »Sie haben uns sehr geholfen.«

»Was werden Sie tun?«, fragte er.

»Ich werde ins *Black Sheep* fahren. Vielleicht ist er dort.« Sarah wandte sich an Kaspar. »Schau, ob er inzwischen nach Hause gekommen ist. Wenn nicht, rede mit Andy. Vielleicht weiß er, was Dave im Club erlebt hat. Oder du findest Daves Laptop. Wenn er fotografiert wurde, gibt es vielleicht dort einen Hinweis.«

Kaspar nickte stumm.

38

2 Jahre zuvor

Georg saß im *Twentyfour*, vor sich einen Gin Tonic. Aus der altersschwachen Jukebox drang Bob Dylans *Blowing in the Wind.* Die Kellnerin hatte ein Geschirrtuch über die Schulter geworfen, schepperte mit den Gläsern und sang dazu *the answer, my friend* …, während Georg am Gin nippte.

Sie hatten ihn wieder mal aus der Klinik entlassen. Endlich. Drei Wochen vor ihm war die Edle ausgetreten, Georg hatte sie vom Fenster aus beobachtet, wie sie den Weg hinuntergegangen war und nicht zurückgeschaut hatte. Ein zartes, verletzliches Wesen. Eins, das er beschützen würde. Beim ersten Nachbetreuungsgespräch eine Woche später hatte er sich vor Doktor Eckerts Tür in Stellung gebracht. Für den Fall, dass der Psychiater sie nicht mehr gehen ließ. Doch Georg hatte sich umsonst Sorgen gemacht. Wieder spazierte die Edle den Weg hinunter, ohne zurückzuschauen. Und auch sieben Tage später. Gleicher Wochentag, gleiche Zeit.

Dann aber war es geschehen. Zum dritten Nachbetreuungsgespräch erschien sie nicht. Vermutlich hatte sie geahnt, dass man ihr eine Falle stellen wollte. Georg hatte heimlich triumphiert. Sie war schlau, die Edle! Alleine würde sie es aber nicht schaffen, das wusste er ganz genau. Eckert gäbe nicht klein bei, nein, er würde mit den *anderen* Kontakt aufnehmen, die Edle zurückholen lassen. Sie hatten ihn wohl schon vor Jahren instrumentalisiert. Tatsächlich war der Psychiater kurz darauf herausgekommen und hatte mit der Stationsschwester gesprochen. Anschließend war er mit dem Auto weggefahren. Georg stellte sich ans Fenster und wartete.

Als Eckert zurückkehrte, war es draußen schon dunkel. Georg hatte sofort gemerkt, dass etwas vorgefallen war. Der Psychiater war nervös gewesen und hatte zwei Telefonanrufe gemacht. Dann war ein junger Kollege eingetreten, den Georg nicht mochte, und hatte sich mit Eckert besprochen. Georg hatte sich neben die geschlossene Tür gesetzt, konnte jedoch nicht hören, worüber sie sprachen. Nachdem er kontrolliert hatte, dass niemand ihn beobachtete, presste er das Ohr gegen die Tür.

Er hörte, wie Eckert zu seinem Kollegen sagte: »Ich möchte dir die Patientin Lisa Lindner übergeben.«

»Weshalb?«, fragte dieser.

»Ich bin überlastet. Hast du Kapazität?«

Der andere bejahte.

Georg war alarmiert. Er glaubte keine Sekunde an Eckerts Überlastung, da musste etwas mit der Edlen geschehen sein. Was hatte der Psychiater getan? Georg tigerte hin und her, dann ging er in den Aufenthaltsraum. Er versuchte, sich seine Aufregung nicht anmerken zu lassen. Sein Austrittstermin stand kurz bevor. Er hatte seine Sachen schon gepackt und brachte die letzten Tage in der Klinik hinter sich.

Und da saß er nun. In der Bar, ein leeres Glas vor sich. Seine erste Stunde in Freiheit. Der Alkohol hatte in Kombination mit seinen Medikamenten gerade die richtige Mischung in seinem Hirn produziert. Georg dachte klar und scharf. Jetzt würde er nach der Edlen schauen. Falls sie Hilfe brauchte, würde er für sie da sein. Sie hatte ihm erlaubt, sich bei ihr zu melden, wenn er draußen war, auch wenn sie mit ihrer resignierten Stimme hinzugefügt hatte: »Aber es ändert nichts mehr.« Georg wusste sehr wohl, was das bedeutete. Sollte sie Hand an sich legen, würde er dies respektieren. Für ihn kam dieser Weg nicht infrage, sein Kampf fand hier statt, nicht in der anderen Welt. Aber wenn sie diese Lösung wählte, würde er sie nicht davon abzuhalten versuchen. Er hoffte, sie vorher nochmals zu sehen. Ihre feine, helle Haut betrachten. Ihre traurigen Augen. Niemals würde er sie berühren, das stand ihm nicht zu, aber betrachten durfte er sie, das hatte sie ihm gestattet.

Er zahlte und ging.

Zwanzig Minuten später stand er vor dem Haus der Edlen. Die Eingangstür war offen. Er ging die Treppe hoch und erreichte ihre Wohnung. Er läutete bei *Lisa Lindner*, wartete, läutete noch einmal. Keine Schritte von innen.

Er klopfte. Nichts.

Sollte er wieder umkehren und es ein anderes Mal versuchen?

In diesem Augenblick hörte er von oben ein seltsames Geräusch. Es schien vom Dachgeschoss zu kommen. Ging ihn das etwas an? Er überlegte kurz, dann beschloss er, der Sache nachzugehen.

Er stieg die Treppe hoch. Je näher er dem Dachgeschoss kam, desto mehr verlangsamte er seine Schritte. Irgendetwas ließ ihn zögern. Er lauschte. Hörte eine Männerstimme, ein erstícktes Weinen, so verzweifelt, dass es ihm kalt den Rücken hinunterlief. Die Holztür war angelehnt. Georg schob sie langsam auf.

Und platzte in eine Szenerie des Schreckens.

Da hing sie, die Edle. An einem Strick, in einem weißen Sommerkleid, barfuß. Georg schluckte, kniff die Augen zusammen. Das Bild blieb. Es war nicht in seinem Innern, es war real. Seine Hände zitterten. Er schlüpfte in den hohen, mit Querbalken verstrebten Dachraum. Im Halbdunkeln schlich er an mehreren Holzverschlägen vorbei. Hinter einem Pfosten blieb er stehen.

Durch die Dachluke drang ein Lichtstrahl wie ein überirdischer Schein und beleuchtete den Schauplatz des Selbstmords: die tote Lisa, umtanzt von Tausenden Staubfusseln im Licht, unter ihr am Boden kniend ein Mann, der sein Gesicht in den Händen verbarg und dessen Schultern zuckten. Georg kannte ihn nicht, sah nur die Z-Narbe, die auch die Tonfigur der Edlen trug. Er blieb reglos stehen, starrte. Das war er also, der Mann, dem sie ihr Herz geschenkt hatte.

Die Töne, die der Unbekannte von sich gab, zeugten von Verständnislosigkeit, Zorn und einem Kummer, der bis ins Mark drang. Die Edle hatte den Verbindungsfaden zu einem Menschen abgeschnitten, der sie zutiefst liebte.

Georg war hier nicht erwünscht, er durfte nicht länger Zeuge dieses einseitigen Abschieds sein. Lautlos zog er sich zurück, verließ den Dachstock, schob die Tür wieder halb zu. Er lief das Treppenhaus hinunter, aufgewühlt, durcheinander, hörte wieder die Stimmen in seinem Kopf, die ihm zuwisperten: *»Du bist der Drachentöter! Räche diese Tat! Finde das Untier, schlag ihm den Kopf ab!«*

Georg hielt sich am Geländer fest und murmelte: »Es war nicht der Drache, der sie umgebracht hat. Sie wollte es doch so.«

»Wie kannst du dir da sicher sein, du Narr!«

»Was soll ich tun?«

»Du weißt, was du zu tun hast! Der Drache ist nicht dein einziger Widersacher.«

Ja, Georg wusste es. Er musste herausfinden, ob die Edle sich freiwillig das Leben genommen hatte oder von jemandem dazu genötigt worden war. Die *anderen* hatten Mittel und Wege, ihre Feinde zu Handlungen zu zwingen, die sie niemals von sich aus tun würden. Sollte das der Fall gewesen sein, hätte die Edle ein Zeichen hinterlassen.

Zielstrebig ging Georg zu ihrer Wohnung, drückte die Klinke hinunter und fand sie unverschlossen. Er betrat den Korridor, sah das aufgeräumte Wohnzimmer. Auf dem Bett im Schlafzimmer lagen ihre Kleider, ordentlich gefaltet. Georg ging in die Küche. Entdeckte auf dem Tisch einen Stapel Fotos, Briefe und das Tagebuch der Edlen. Darin fände er die Antwort.

Er würde den Schatz hüten.

Er nahm das Tagebuch, steckte es in seine Innentasche und verschwand.

39

Sarah bahnte sich einen Weg durch den *Black Sheep* Club. Der Bass wummerte, die Metallsäulen widerspiegelten das eisblaue Stroboskoplicht. Zahlreiche Körper wanden sich auf der Tanzfläche, mittendrin stand ein DJ auf einem Podest, das aus der Menge ragte. Wie sollte sie Dave in diesem Gewühl finden? Sofern er überhaupt hier war. Überwältigt blieb Sarah stehen. Hätte sich am liebsten die Ohren zugehalten, den schrecklichen Lärm ausgeblendet.

Denke nach! Daves Leben hing davon ab. Wenn er hier war, dann weil er jemanden suchte. Krank, wie er war, würde er sich an einen ruhigen Ort begeben, von dem aus er möglichst viele Leute im Blick hatte. Sarah betrachtete die Halle. Entdeckte eine Galerie. Sie stieg die Treppe hoch, wo sie von einer Rauchwolke empfangen wurde. Bekiffte Partygänger saßen auf Fässern, die als Stühle dienten, die Arme lässig auf die Brüstung gestützt. Silberne Piercings, spärliche Kleidung, tätowierte Haut, hohe Absätze. Hier hatte sich Dave herumgetrieben? Wie konnte sie ihn so falsch eingeschätzt haben?

Sarah spürte die Blicke auf sich. Sie fiel auf wie ein weißes Schaf in einer schwarzen Herde. Wenn Dave hier war, müsste er genauso herausstechen. Oder lebte er eine zweite Identität? Versteckte er unter seinen Kleidern Piercings? Tätowierungen? Sie versuchte, sich daran zu erinnern, wann sie ihn das letzte Mal ohne T-Shirt gesehen hatte. Im Sommer, am See. Vor vier Monaten. Eine Ewigkeit im Leben eines Teenagers.

Ihr Handy vibrierte. Rasch nahm Sarah ab, ohne aufs Display zu schauen.

»Ja?«, rief sie.

Sie konnte nicht hören, wer dran war. Zwängte sich mit dem Telefon am Ohr an zwei Typen vorbei, die ein Mädchen anmachten. Am anderen Ende der Galerie war es ein wenig ruhiger. Nicht viel, aber sie konnte jetzt Kaspars Stimme hören.

»Hast du ihn gefunden?«, fragte sie.

»… Andy, aber Dave …«

Sarah presste die Handfläche auf das freie Ohr. »Was?«

»… war nicht dort.«

»Weiß Andy etwas?«

»Nein, … jetzt zu … kennt sich mit Informatik … Laptop …«

Sie erinnerte sich daran, dass Kaspar ab und zu einen Kollegen aus dem Golfklub traf, der Software entwickelte.

»… im *Black Sheep?*«, fragte er.

»Nichts. Melde mich, wenn ich etwas erfahre.« Sarah legte auf.

Sie verließ die Galerie, kehrte ins Erdgeschoss zurück. Spähte in alle Winkel, hinter Säulen, in Lagerräume, sogar in die Männertoilette. Kein Dave. Bevor sie ging, zeigte sie sein Foto dem Barkeeper, den Türstehern. Ein Schwarzer mit blond gefärbtem Afro erinnerte sich an ihn, hatte ihn aber heute nicht gesehen.

Ein Gefühl der Ohnmacht überkam Sarah. Sie überschüttete sich mit Selbstvorwürfen, dann rief sie sich zur Besinnung. So konnte sie Dave nicht helfen. Sie atmete durch. Hier war er nicht, also weiter. Die Kälte draußen schärfte ihre Sinne.

Sie musste zu Georg Schwartz.

Auf der Fahrt überlegte sie, wie sie am besten vorging. Sie wollte seine Paranoia nicht nähren, gleichzeitig sollte er wissen, dass Bruckstücke davon in der Realität wurzelten.

Eine Gratwanderung. Sie dachte an die Waffen, die er in die Therapiestunde gebracht hatte. An Tills Telefonanruf. Ihre Gedanken gerieten ins Stocken. Sie klammerte sich mit beiden Händen ans Lenkrad, zwang sich, den Tatsachen ins Auge zu sehen.

Kaspar hätte seinen Sohn nie vergiftet.

Blieb nur Till.

Alles in Sarah sträubte sich gegen die Vorstellung. Doch ließ sie diese zu, ergab so vieles einen Sinn. Die immer wieder auftauchenden Sehstörungen.

Till, der kurz ins Bad geht, nachdem sie ihre Kontaktlinsen entfernt hat, und sie vertauscht.

Die Müdigkeit.

Till, der neben dem Bett steht, eine Kaffeetasse in der Hand.

Er hätte nicht nur die Notiz wegen dem Reifenwechsel schreiben können, sondern auch den Zettel, der in Rebekkas Zimmer lag. Außerdem kannte er den Lindengarten, wusste, wann es am hektischsten dort war, wie Rebekkas Tagesablauf aussah. Er war praktisch genug veranlagt, um die Teppichläuferstange zu lösen. Den Autositz zu manipulieren.

Till setzt sich auf die Bettkante. Rebekka stöhnt.

Sarah hatte geglaubt, dass Rebekka auf Till eifersüchtig war. Wie hatte sie übersehen können, dass Rebekka Angst gehabt hatte? Till hatte ihre Schwester misshandelt, um Sarah zu … was? Bedrohen? Verletzen? Bestrafen? Wofür? Um sie an ihrer geistigen Gesundheit zweifeln zu lassen?

Und Dave? Ihr Herz weigerte sich zu akzeptieren, dass Till ihn vergiftet hatte, doch ihr Verstand sagte ihr, dass Daves Leiden kein Zufall war. Sarah zwang sich, den Gedanken weiterzudenken. Es war, als würde sie in einer Wunde bohren.

Was hatte Till wirklich in Daves Zimmer gesucht?

Warum wollte er sie unbedingt in den Zoo begleiten?

War es überhaupt Zufall gewesen, dass sie sich begegnet waren?

Sie hatte jetzt ein anderes Bild vor Augen. Till, wie er im Krankenhaus lag. Blass, die Augenlider schwer. Hätte er sich selbst vergiftet, nur um den Verdacht von sich abzulenken?, dachte sie hoffnungsvoll. Gleichzeitig wusste sie die Antwort: Ja. Wer solch einen diabolischen Plan ausheckte, würde auch davor nicht zurückschrecken. Sedativa waren nicht lebensgefährlich, wenn man die richtige Menge schluckte. Genug, um Aufsehen zu erregen, zu wenig, um einen Herzstillstand herbeizuführen. Kein Wunder, dass Judith keinerlei Substanzen im Kaffeepulver gefunden hatte. Till hatte die Medikamente geschluckt, als er im Wohnzimmer die DVDs durchgesehen hatte.

Nur er kam als Täter infrage.

Sarah spürte nichts. Sie begriff, dass Trauer jetzt keinen Platz hatte.

Es war Nacht. Georg erkannte Doktor Marten schon von Weitem. Er hatte geahnt, dass sie ihn aufsuchen würde. In letzter Zeit hatten sich die Zeichen gehäuft. Hier eine fahrige Bewegung, dort ein besorgter Blick, dazu die beunruhigende körperliche Angegriffenheit. Sie war eine gute Psychiaterin, keine Frage, sie drängte ihn nie zu etwas und hörte ihm zu. Egal, wie sie sich fühlte, sie ließ sich nicht davon abhalten, ihre Aufmerksamkeit ganz auf ihn zu richten. Doch obwohl er ihr mehrmals mitgeteilt hatte, dass sie verfolgt wurde, hatte sie geglaubt, er irre sich.

Nun würde sie ihn um Hilfe bitten. Das war gut.

Er stand am Fenster, schaute zur Straße hinunter, ihr rotes Haar leuchtete wie Feuer, als sie aus dem Auto stieg. Sie hatte es eilig. Sie überquerte mit großen Schritten die

Fahrbahn, schlitterte auf dem Glatteis. Vor dem Eingang zu seinem Haus blieb sie stehen. Georg drückte den Summer, bevor sie klingeln konnte. Er hörte sie heraufkommen, spürte ihre Bedrängnis. Als sie bei ihm angelangt war, schien sie nicht erstaunt, dass er sie erwartet hatte.

»Herr Schwartz, entschuldigen Sie, dass ich Sie unangemeldet zu Hause aufsuche, aber ich muss mit Ihnen reden.«

»Ich weiß, Doktor Marten«, sagte er und machte eine einladende Handbewegung. »Bitte, seien Sie willkommen.«

Sie trat ein.

Er bot ihr einen Platz am Tisch an und wollte ihr die Jacke abnehmen.

Doch sie schüttelte den Kopf. »Vielen Dank. Aber ich habe es eilig. Ich brauche dringend ein paar Antworten. Und ich glaube, dass Sie sie mir geben können.«

Er nickte. »Sie sehen jetzt die Gefahr?«

»Ich sehe sie. Aber ich verstehe den Grund nicht.«

»Sie haben mir nicht geglaubt, dass jemand hinter Ihnen her ist.«

Sie suchte die richtigen Worte. »Ihr psychischer Zustand machte es für mich schwierig, unterscheiden zu können, welche Ihrer Aussagen einen realen Hintergrund haben …«

»… und welche zu meinem Wahnsinn gehören«, beendete er den Satz. Er empfand Befriedigung, weil er recht gehabt hattte, und gleichzeitig eine Niedergeschlagenheit, weil seine Bilder ihn selbst so oft täuschten.

»Der Begriff Wahnsinn gehört nicht zu meinem Wortschatz. Aber ich habe Ihre wiederholten Warnungen ausschließlich Ihrem inneren Erleben zugeordnet. Das war nicht richtig.«

Er ließ das einen Augenblick wirken. Dann fragte er: »Bitte sagen Sie mir, wie ich Ihnen helfen kann, Doktor Marten. Ich nehme den Kampf mit dem Untier auf.«

»Es ist ein Mensch, der mir schaden will, kein Untier. Obwohl …«

»Der Übergang vom Menschen zum Monster ist fließend«, sagte er.

Sie hatte keine Zeit für philosophische Überlegungen. »Mein Sohn wird bedroht. Die Ursache dafür liegt in der Vergangenheit. Sie besitzen etwas, das Klarheit bringen könnte. Einen … *Schatz?*«

»Ja, den besitze ich«, antwortete Georg. »Es ist das Tagebuch der Edlen, die sich das Leben genommen hat. Doktor Eckert ist bei mir eingebrochen, um es zu stehlen. Aber er hat es nicht gefunden.«

»Lisa Lindner«, murmelte sie.

»Ich musste es lesen, um zu wissen, ob sie freiwillig aus dem Leben schied.«

»Und tat sie es?«

»Ja«, sagte Georg. »Aber ich habe heute noch etwas erfahren. Ihr Feind, Doktor Marten, ist derjenige, der Ihnen am nächsten steht.« Es war ihm klar geworden, als er in ihrer Praxis den Mann mit der Z-Narbe gesehen hatte. Der Feind hatte sie natürlich zu verbergen versucht, doch Georg hatte sie zwischen seinen Haarsträhnen gesehen. So leicht ließ er sich nicht täuschen.

»Till Kowak«, sagte sie leise.

»Er hatte eine langjährige Beziehung mit der Edlen. Sie hat ihn Jo-Jo genannt. Er hat sie tot aufgefunden, nachdem sie aus der Klinik entlassen wurde.«

»Er hat sie gefunden?« Doktor Marten wurde bleich. Sie schloss kurz die Augen, nickte langsam. »Jetzt passt alles zusammen. Das sorgfältige Planen, die Akribie … Mich in den …«

»Wahnsinn heißt das Wort …«

»… zu treiben. Oder in den Suizid. Wie seine Geliebte.«

Georg schaute sie an und spürte, wie sich die Puzzleteile in ihrem Kopf zu einem Ganzen fügten. Er ging in die Küche und holte das Tagebuch. Er hatte es an einem Ort versteckt, wo Eckert es niemals vermutete: im Kühlfach. Gut eingewickelt in Alufolie. Zwei Jahre lang hatte es dort gelegen, bedeckt von einer dünnen Eisschicht.

Er überreichte es Dr. Marten. »Es gehört Ihnen.«

Sie nahm es an sich.

»Ist meine Therapie bei Ihnen nun beendet?«, fragte Georg etwas besorgt.

»Ich würde gerne weiter mit Ihnen arbeiten, wenn Sie das möchten«, antwortete sie. »Noch gibt es bei Ihnen im Inneren Untiere, die es zu bändigen gilt.«

Georg nickte.

Doktor Marten reichte ihm die Hand und schüttelte sie mit Nachdruck. »Ich danke Ihnen, Herr Schwartz.« Dann drehte sie sich um und eilte die Treppe hinunter.

Sarah war erleichtert. Endlich hatte sie Gewissheit. Endlich kannte sie ihren Feind. Noch brachte sie die zwei Seiten von Till nicht zusammen, konnte nicht fassen, dass das Leben, das sie ein Dreivierteljahr lang mit ihm geführt hatte, eine Lüge gewesen war. Jetzt aber musste sie funktionieren und sich auf das konzentrieren, was wichtig war.

Dave und Rebekka.

Wer war in größerer Gefahr? Sarah ging davon aus, dass Till Rebekka aus dem Heim entführt hatte. Sie schauderte, als sie daran dachte, wozu er fähig war. Zwei Jahre waren seit Lisa Lindners Suizid vergangen. So lange befand sich Till bereits in einem psychischen Ausnahmezustand. Er verfolgte nur ein einziges Ziel: Vergeltung zu üben.

Sie kam im Erdgeschoss an. Rammte mit der Schulter die Haustür, brauchte den Schmerz, um die lähmende Angst in

Wut umzuwandeln. Als ihr Telefon erneut klingelte, hätte sie es am liebsten auf den Boden geworfen. Die letzte Person, mit der sie jetzt reden wollte, war Kaspar.

Ein flüchtiger Blick aufs Display. Ihr Herz machte einen Sprung.

»Dave!«, rief sie. »Wo bist du?«

»Mama?«

Ein einziges Wort, doch es sagte alles, was sie wissen musste. Das letzte Mal hatte er sie so genannt, als er sich mit dreizehn beim Fußball den Arm gebrochen hatte.

»Wo bist du, Schatz?« Sarah eilte zum Wagen. »Ich komme dich holen.«

»Ich … hab Mist gebaut.«

»Dave, hör mir zu, das ist jetzt alles nicht wichtig.«

»Tante Rebekka.« Er begann zu weinen. »Ich wars.«

Sarah blieb neben der Fahrertür stehen. »Was?«

»Ich hab sie … geholt.« Er sprach abgehackt, als bekäme er keine Luft. »Ich wollte nicht, ehrlich, aber sie haben gesagt … ich hab Angst! Die Medis, ich wusste nicht, dass … sie haben mich gezwungen, sie zu klauen. Es tut mir so leid! Sie ist beim Teich. Tante Rebekka. Ich hab sie warm angezogen.«

»*Du* hast Rebekka entführt?«

Jetzt schluchzte er.

Sarah holte tief Luft. »Dave. Egal, was du getan hast, das spielt jetzt keine Rolle. Sag mir, wo du bist, ich fahre sofort los.«

»Ich wollte das wirkl–« Die Verbindung brach abrupt ab.

»Dave?«, rief Sarah.

Keine Antwort.

»Dave!«, schrie sie.

Jemand riss Dave das Telefon aus der Hand, schmetterte es an die Friedhofsmauer, wo es zersplitterte. Dave wirbelte herum, rutschte auf dem eisigen Boden aus, knallte auf den Kopf. Er biss sich auf die Zunge, schmeckte Blut im Mund. Sein Magen feuerte giftige Salven ab, seine Kehle krampfte sich zusammen. Er versuchte, sich aufzusetzen. Mit eisernem Griff wurde er hochgezogen und zu einem Parkplatz geschleift. Er schlug um sich, kämpfte gegen den erneuten Brechreiz, trat in ein Schienbein, hörte ein zischendes »Verdammt!«.

Er erkannte die Stimme.

»Till! Spinnst du? Was machst du mit mir?«

Till öffnete den Kofferraum.

»Ich hab dir doch nichts getan!«

»Rein mit dir!« Er wuchtete Dave ins Innere.

»Hör auf!«, brüllte Dave und wand sich. »Die Medikamente! Rebekka! Das alles war nicht meine Idee, ich schwörs!«

»Ich weiß, Crazy Lizard.«

»Du? Du warst das? Du hast mich … Tamara?«

»Snowdrop, wenn's dir lieber ist.«

»Du Schwein!«, brüllte Dave, überwältigt von Wut, Ohnmacht und Scham. Er schlug Till die Faust ins Gesicht, doch er hatte viel zu wenig Kraft. Till schob ihn tiefer in den Kofferraum, schlug den Deckel zu. Dave schrie, polterte gegen die Innenwand, hörte den startenden Motor. Der Wagen fuhr los, erst langsam bergab, dann um eine Kurve, danach beschleunigte er. Dave wurde nach rechts geworfen, schlug den Kopf an, dann das Knie. Es stank nach Benzin und nach seiner Kotze. Er schlotterte vor Kälte in seinem nassen T-Shirt.

Zitternd rief Sarah im Lindengarten an. Doris versprach, sofort eine Suchtruppe zum Teich zu schicken. Sarah versuchte, den Film anzuhalten, der sich unentwegt in ihrem Kopf abspielte: Hände, die den Rollstuhl umklammerten. Ein Stoß. Rebekka, die vom Sitz rutschte, ins Wasser fiel. Sich nicht aus eigener Kraft hochstemmen konnte. Nach Luft rang.

»Schluss!« Ihre Stimme klang laut im Auto, übertönte den Regen, der aufs Dach prasselte. Für Rebekka konnte sie jetzt nichts tun, aber für Dave. Von wo hatte er angerufen? Sie stellte sich vor, wie er vom Teich weggeschlichen war, zurück zum Lindengarten, zur nächsten Busstation. Wie er sich krümmte vor Schmerzen, kaum mehr gehen konnte. War ihm das Telefon aus der Hand gefallen, als er das Bewusstsein verlor? Nein, dann wäre die Verbindung erhalten geblieben. Jemand hatte sie unterbrochen. Till?

Sie zweifelte keinen Augenblick daran, dass er hinter Rebekkas Entführung steckte. Sie begriff noch nicht, wie er Dave dazu gebracht hatte, seine Anweisungen zu befolgen, wusste aber mit Sicherheit, dass er ein starkes Druckmittel eingesetzt hatte. Wenn Sarah ihrem Sohn helfen wollte, musste sie verstehen, was Till vorhatte.

Sie rief Kaspar an, schilderte in wenigen Worten, was vorgefallen war, und bat ihn, die Polizei zu informieren. »Fahr zum Lindengarten! Vielleicht hat Dave irgendwo Unterschlupf gefunden und ist noch dort.« Auch wenn sie nicht daran glaubte, sie wollte nichts unversucht lassen.

»Was wirst du tun?«, fragte Kaspar.

»Till zur Rede stellen.«

Sie beendete das Gespräch, hielt am Straßenrand an, öffnete Lisa Lindners Tagebuch. Es gelang ihr kaum, die enge, kleine Schrift zu entziffern. Ihre Ungeduld machte es ihr nicht leichter. Doch wenn sie Dave retten wollte, musste sie weiterlesen, um Till zu verstehen.

Schon nach wenigen Seiten wurde ihr klar, wie tief die Beziehung zwischen Lisa und Till gewesen war. Sie fragte sich, wie er den Stipendienaufenthalt in Barcelona hatte annehmen können. Unmöglich, dass er nicht gewusst hatte, wie schlecht es Lisa ging. Sie las weiter. Begann zu ahnen, wie Tills Leben mit Lisa ausgesehen hatte. War er an die Grenzen seiner Belastbarkeit gekommen? Hatte er in einem Moment der Schwäche den Auslandsaufenthalt als Rettung betrachtet? Wie ein Ertrinkender, der an die Wasseroberfläche muss?

Und dann hatte sich Lisa tatsächlich das Leben genommen. Jahrelang hing die Bedrohung wie ein Damoklesschwert über Till, ausgerechnet, als er weg war, hatte sie ihren Vorsatz in die Tat umgesetzt.

Die Vorwürfe, die er sich gemacht haben musste! Statt um den Verlust zu trauern, musste er sich mit Schuldgefühlen gequält haben. Die er nun auf Sarah übertrug. Weil er nur so weiterleben konnte. Er hatte Sarah gezielt gesucht und Kontakt zu ihr aufgenommen. Sein Racheplan verlieh ihm neuen Lebenssinn. Ließ ihn den Schmerz vergessen.

Was hatte er vor? Wollte er sie wirklich so weit treiben, dass sie Suizid beging?

Sarah verstand, dass er ihr den Tod wünschte. Doch Till war intelligent. Er konnte unmöglich glauben, dass es so einfach sein würde. Entweder machte ihn die Wut blind, oder sein Vorhaben war komplexer.

Sie starrte auf das Tagebuch. Die Antwort musste darin zu finden sein. Sie sprang von Absatz zu Absatz, las quer, suchte nach Hinweisen. Sie war fast am Ende angekommen, als ihr der Name Dr. Eckert ins Auge sprang. Sie hatte nicht mehr an Kaspar gedacht. Seine Sorge war berechtigt,

Lisa Lindner hatte seinen Besuch erwähnt. Auch den Kuss. Doch dabei war es nicht geblieben, wie Kaspar behauptet hatte.

Mit zunehmender Bestürzung las Sarah weiter.

Er hatte Sex mit ihr gehabt.

Sarah schloss kurz die Augen. Deshalb die Angst, das Tagebuch könnte ans Licht kommen. Aus Lisa Lindners Schilderungen wurde nicht klar, was sich genau abgespielt hatte. Sie beschrieb den Akt nicht als Vergewaltigung, sondern als etwas, das nichts mit ihr zu tun hatte. Hatte Kaspar geglaubt, sie wolle Sex? Ihre Apathie als Zustimmung gedeutet? Was war bloß in ihn gefahren? Als Psychiater wusste er genau, was er ihr damit antat!

Wenigstens war sein Übergriff nicht der Grund für Lisa Lindners Suizid. Immerhin das. Trotzdem müsste Sarah ihn anzeigen. Sie dachte an Dave. Er würde noch lange mit den Folgen der Bleivergiftung und den seelischen Verletzungen zu kämpfen haben, die Till ihm zugefügt hatte. Die nächsten Monate würden sie beide vor große Herausforderungen stellen. Tief im Herzen wusste Sarah, dass sie Dave den Vater nicht auch noch nehmen konnte.

Kaspar würde mit dem Übergriff davonkommen. Die Vorstellung war bitter. Sarah schob sie beiseite. Jetzt musste sie Dave finden.

Der Strick liegt unter meinem Bett, las sie weiter.

Strick.

Linum. Das lateinische Wort dafür.

Sarah sah Tills Installation vor sich. Die Lichtschlangen, die sich auf einen Punkt an der Decke zubewegten. Wo sie zu explodieren schienen.

Sie hörte Tills Stimme. Sah sein Lächeln, als er erklärte, die Installation sei noch nicht fertig.

Da wusste sie, wo Dave war.

Der Kofferraum wurde aufgerissen. Till packte Dave unter den Armen, hob ihn heraus. Dave wurde von Minute zu Minute schwächer. Er prallte auf die Stoßstange, knickte mit dem Knöchel ein, hinkte über einen Fabrikvorplatz, den er kannte. Eisregen prasselte auf ihn nieder, nass und schwer. Er bebte vor Kälte, das feuchte T-Shirt klebte auf seiner Haut. Es war finster, musste weit nach Mitternacht sein. Die Fabrikhallen ragten in den Himmel, kaum beleuchtet von den umliegenden Straßenlampen, die Fenster Löcher, die wie leere Augen in die Nacht starrten.

Till stieß Dave zu seinem Atelier, öffnete die Tür, drängte ihn hinein.

Dave machte einen halbherzigen Fluchtversuch, doch er kam nicht weiter als einen Meter, dann griff Till nach ihm und schob ihn vor sich her. Daves Knie gaben nach. Er klappte zusammen, blieb auf dem Betonboden liegen.

»Steh auf!«, befahl Till, und als sich Dave nicht regte, zog er ihn hoch, bugsierte ihn zu einem Riffelblech, das mitten im Raum lag. Darüber hing ein seltsamer Helm von der Decke, wie aus einem Science-Fiction-Film.

»Warum tust du das?«, stöhnte Dave. »Ich versteh das nicht.« Das Sprechen fiel ihm schwer, seine Zunge klebte am Gaumen.

Till holte einen Schraubenzieher, stieß Dave auf das Blech und stülpte ihm den Helm über. Dave wand sich kraftlos, wehrte Tills Hände ab, schaffte es nicht, fragte erneut: »Warum?«

»Ist nichts gegen dich persönlich«, gab Till knapp zurück, während er etwas am Helm festschraubte. »Kollateralschaden.«

Daves Herz raste und pumpte Blut durch den Körper, tausend Gedanken jagten durch seinen Kopf: Till war wahnsinnig. Till hatte sich mit Mam zerstritten und ließ

Dave dafür büßen. Till war pervers, gab sich als Tamara aus, verging sich an Jungs und verscharrte sie. Das Ganze war ein Spiel. Ein Experiment. Kunst. *Kollateralschaden.* Scheiße! Was hieß das? Was passierte hier? Dave spürte die Todesangst wie eine eiserne Faust, die seine Eingeweide zerquetschte. Er versuchte, sich zu befreien, konnte sich kaum auf den Beinen halten, rüttelte am Helm, doch der saß fest um seinen Kopf und hielt ihn gefangen.

Till holte einen Lederriemen, legte ihn über Daves Füße, zurrte sie an der Platte fest. Dave wollte nach unten schauen, doch er konnte seinen Kopf nur wenig neigen. Was war das für eine Vorrichtung? Er verstand gar nichts, spürte nur eine verdammte Scheißangst.

»Das wird Sarah dazu bringen, das zu tun, was sie schon längst hätte tun sollen«, murmelte Till.

»Lass mich los!«, wimmerte Dave.

Till handelte zielstrebig. Nachdem er Daves Füße festgezurrt hatte, ging er durch den Raum und holte eine Leiter.

»Hast du mir was ins Essen gemischt?«, rief Dave. »Gehts mir darum so beschissen?«

Till lächelte, als wäre er stolz auf seinen Ideenreichtum. Er trat gegen einen Farbkübel, der mit *Bleiweiß* beschriftet war und uralt aussah, als stamme er aus ehemaligen Ostblock-Zeiten. »Nicht ins Essen. In deine Zahnpasta. Da reichen schon ein paar Milligramm Farbe über die Wochen verteilt.« Er stieg auf die Leiter, schraubte an einem Scharnier herum. Jetzt konnte Dave den Kopf keinen Millimeter mehr bewegen. Er saß fest wie in einem Schraubstock.

Till war komplett durchgeknallt! Gift in der Zahnpasta! Und Dave hatte ihn um Rat fragen wollen! Hätte er es doch getan. Dann hätte er an Tills Reaktion gemerkt, dass etwas nicht stimmte. Er dachte an den Mann, den er bei der Hypnose wiedererkannt hatte. Vor ein paar Monaten hatte

Dave mit Mam eine Ausstellung besucht, irgendwelche Lichtinstallationen, die er nicht kapiert hatte. In der Galerie hatten verschiedene internationale Künstler ihre Sachen ausgestellt, neben Till war da auch dieser Kerl gewesen, der ihn im *Black Sheep* fotografiert hatte. Im Auftrag von Till. Scheiße, Scheiße, Scheiße! Dave hätte heulen können.

Bleiweiß in seinem Blut!

Er starrte auf Till, der nach einem Draht griff.

Da verstand er, was Till vorhatte. Ihm wurde kalt. Mit letzter Kraft begann er, um Hilfe zu schreien.

»Halt die Klappe!«

»Hilfe!«, brüllte Dave, dass es durch die Fabrik hallte. »Hilfe! Verdammt, hört mich denn keiner!«

Till holte ein Klebeband und klebte es über Daves Mund. Dann schaltete er das Licht aus.

40

Das rote Backsteingebäude war hinter einer Wand aus Eisregen verschwunden. Zwei Fenster waren schwach beleuchtet. Till hatte ihr gesagt, dass einige der Künstler nachts arbeiteten. Doch dort, wo sich sein Atelier befand, war es dunkel. Sarahs Herz setzte einen kurzen Moment aus. Hatte sie sich getäuscht? Sie war sich so sicher gewesen, dass Till Dave hierhergelockt hatte. Da fiel ihr ein Lichtstrahl auf, der sich hinter der Scheibe bewegte. Sie stieg aus dem Wagen, ging zum Kofferraum. Eine Windbö fegte durch die Einbahnstraße. Eispartikel prasselten auf sie nieder, die harten Stücke verfingen sich in ihrem Haar. Sarah öffnete die schwarze Sporttasche, nahm einen Stoffbeutel heraus und verstaute die Einzelteile ihres Bogens darin. Aus dem Köcher zog sie drei Pfeile. Mehr hatten nicht Platz. Sie zog die Kordel zu. Schwang die Bogenhülle über die Schulter.

Ein Güterwagen donnerte am Industrieviertel vorbei, der Lärm schwoll an. Sarah nutzte das Geräusch, um die Autotür zu schließen. Es wurde wieder still.

Bevor sie über den Parkplatz ging, holte sie ihr Handy hervor und stellte es auf lautlos. Sie sah, dass der Lindengarten angerufen hatte. Sie rang mit sich. Die Konfrontation mit Till erforderte ihre ganze Kraft. Doch was, wenn Dave im Heim aufgetaucht war? Sie musste zurückrufen. Bevor sie die Nummer wählen konnte, blitze eine SMS von Heike auf dem Display auf.

Rebekka gefunden. Unterkühlt und aufgeregt, aber ok!

Tränen der Erleichterung schossen Sarah in die Augen. Ihre Schwester war in Sicherheit. Sie straffte die Schultern.

Marschierte über den Platz. Ein paar Nachtschwärmer huschten mit Schirmen und eingezogenen Köpfen an ihr vorbei. Sie beachteten sie nicht. Vor dem Eingang des Gebäudes blieb Sarah stehen. Sie zwang sich, innerlich loszulassen. Ihre Erleichterung, dass Rebekka unversehrt war. Ihre Wut auf Kaspar. Ihre Fassungslosigkeit wegen Till. Jetzt war einzig und allein Dave wichtig.

Sie schlich näher. Sollte sie hereinplatzen und den Überraschungsmoment nutzen oder erst einen Blick in das Atelier werfen? Sie entschied sich für Letzteres, wollte Till keinen Vorteil verschaffen. Sie stieg auf eine Warenpalette, stellte sich auf die Fußspitzen und spähte durchs Fenster.

Was sie sah, ließ ihr den Atem stocken.

Sie versuchte zu begreifen.

Der Raum war fast finster. Schemenhaft erkannte sie Dave, gefesselt, mit einem Metallhelm auf dem Kopf. Till, eine Taschenlampe in der Hand, hantierte mit einer Stromspule.

Nacktes Grauen packte sie.

Sie durfte keine Sekunde verlieren. Sie sprang von der Palette, preschte ins Atelier.

Till drehte sich überrascht um, seine Lippen verzogen sich zu einem dünnen Strich. Sein Blick war kalt, seine Haltung abweisend. Das war nicht mehr der Mann, den sie geliebt hatte. Das war ein Fremder.

»Du kommst zu früh, Sarah, ich bin noch nicht bereit«, zischte er.

Sie versuchte, ihr Zittern zu verbergen, hoffte, dass er den Stoffbeutel hinter ihrem Rücken nicht bemerkte. »Ich weiß Bescheid, Till! Du bist tief verletzt. Aber Lisa wirst du so nicht zurückbekommen.« Sie machte einen Schritt auf ihn zu.

»Bleib stehen!«, rief er. »Sonst brutzelt dein Kleiner.«

Sarah erstarrte.

Begriff, dass der Helm auf Daves Kopf Strom leitete. Sie sah Bilder von Hinrichtungen auf dem elektrischen Stuhl vor sich. Sie schaute auf ihren Sohn, der nass und barfuß auf dem Blech stand, sah ihm in die Augen, erkannte seine Todesangst. Till brauchte nur einen Stromschalter zu betätigen, um Dave zu exekutieren. Sie zwang sich, ruhig zu bleiben, ihre zunehmende Panik zu drosseln.

Till blickte nach oben. Von der Decke hing seine Installation. *Linum.* Ein Gewirr aus noch dunklen Lichtschläuchen. Schlangen gleich, wanden sie sich, krümmten sich, surreal und doch so echt. Sarah starrte auf die Konstruktion. Sie spürte instinktiv, dass es für Till das Wichtigste war, das er je geschaffen hatte.

Sie hatte recht gehabt. Die Schlangen stellten Seile dar, die zusammenliefen und eine Schlaufe bildeten. Eine Art Galgenstrick.

Doch das Werk war noch nicht fertig.

Etwas fehlte.

Sie.

Till zog an einem Hebel. Adrenalin schoss durch Sarahs Körper. Dave! Doch Till hatte nur das Licht eingeschaltet. Die Dioden flackerten auf und surrten. Das grauenhafte Kunstwerk erwachte zum Leben, erhellte gleißend grell die Halle.

Dave bewegte sich. Sarah schnappte nach Luft.

Da sah sie, dass eine der Schlangen eine Handbreit vor Daves Gesicht endete. Die gespaltene Zunge zeigte auf seine Schläfe. Der Stromkreis war beinah geschlossen.

»Du kannst Dave retten«, sagte Till ruhig.

»Lisa wird dadurch nicht wieder lebendig, begreifst du das nicht!«

»Untersteh dich, ihren Namen auszusprechen!«

»Till, Lisa ist –«, begann Sarah.

Er griff nach einem Kabel. »Wenn du noch einmal ihren Namen nennst, lass ich den Funken springen. Weißt du, was dann geschieht?«

Der Strom würde durch die Zunge der Schlange fließen. Sich wie bei einem Blitz den Weg des geringsten Widerstands suchen.

Dave.

Sarah versuchte, nicht in seine Richtung zu schauen. Sie schaffte es nicht. Langsam drehte sie den Kopf. Sie sah die Panik in Daves weit aufgerissenen Augen, durch das Klebeband gab er dumpfe Laute von sich.

»Du verstehst?«, fragte Till.

Sie nickte stumm. Dachte an den Bogen hinter ihrem Rücken. Bis sie ihn aus der Hülle genommen und zusammengesetzt hätte, wäre es längst zu spät. Hastig blickte sie sich um. Auf der Werkbank lagen ein Messer, eine Schere und ein Fleischspieß. Die Waffen von Georg Schwartz, die Till aus ihrer Schreibtischschublade genommen hatte.

Sie waren außer Reichweite.

»Du wirst nun mein Werk beenden, Sarah.«

»Zuerst lässt du Dave frei.«

»Irrtum, meine Süße. Erst tust du etwas für mich. Wenn nicht, stirbt dein Sohn. Gehorchst du mir, überlebt er.«

Gehorchen. Sogar sein Vokabular hatte sich geändert. Sarah glaubte keinen Moment, dass er Dave am Leben lassen würde. Till würde sie beide töten.

Kaspar! Er wusste, wo sie war. Wie lange würde es dauern, bis ihm klar wurde, dass etwas nicht stimmte? Wie sie ihn einschätzte, würde er die Polizei hierherschicken. Vielleicht konnte sie Zeit schinden. »Ich tu, was du verlangst. Sag mir, was du willst.«

»Du weißt, was ich will.« Tills Stimme war scharf wie

eine Glasscherbe. Er zeigte nach oben zur leeren Lichtschlaufe. »Dort oben will ich dich hängen sehen. Dort oben sollst du büßen für – «

»Till, ich – «

»Unterbrich mich nicht! Du hättest Lisa nie entlassen dürfen!« Er legte das Kabel hin und kam auf sie zu.

Sarah wich hinter eine Metalltonne zurück. »Till, es tut mir sehr leid, dass – «

»In der Klinik wäre sie sicher gewesen. Du hast sie auf dem Gewissen. Du bist eine Mörderin. Und als solche sollst du sterben.«

»Ich verstehe deine Wut, Till. Und deinen Schmerz. Du hast einen Menschen verloren, der dir sehr nahestand. Den du geliebt hast.«

»Was weißt du schon über die Liebe!« Er stand nun direkt vor ihr, blanker Hass stand ihm ins Gesicht geschrieben.

Sarah befürchtete, dass er ihren Beutel bemerken würde, doch er sah nur seine eigenen Bilder.

»Und nun zieh dich aus«, befahl Till.

»Wie bitte?«

»Zieh dich aus!« Plötzlich hatte er ein Kleid in der Hand. Ein weißes Sommerkleid. Er warf es ihr hin.

Dave ruckelte auf dem Blech hin und her. Er bewegte sich kaum einen Millimeter, doch das Metall ächzte.

»Hör auf!« Till lief quer durchs Atelier, verpasste ihm einen Schlag in den Magen. Dave stöhnte, gab erstickte Laute von sich.

In Windeseile streifte Sarah die Bogenhülle ab, legte sie hinter die Tonne.

Dave wand sich.

Till brüllte.

Sarah entnahm die Teile.

Till drehte sich wutentbrannt zu ihr um. »Ausziehn, hab ich gesagt!«

Dave versuchte, sich zu befreien. Till schlug ihn erneut.

Sarah steckte den Bogen zusammen, spannte ihn.

»Mach schon!«, rief Till.

Sarah streifte ihre Schuhe ab. Dass sie tat, was er verlangte, schien Till zu befriedigen. Er kontrollierte Daves Helm, die Kabel.

Sarah nahm ihren Schal ab, schälte sich aus der Jacke.

Dave bewegte sich nicht mehr. Unter dem Klebeband sickerte Blut hervor.

Till zurrte die Riemen enger, schaute immer wieder kontrollierend zu Sarah.

Sie zog den Pullover über den Kopf.

»Die Hose!«

Sarah knöpfte ihre Hose auf und streifte sie ab. Dann schlüpfte sie in das weiße Sommerkleid.

Till zeigte zur Leiter, schnauzte: »Da hoch! Jetzt, Sarah!«

Das war ihre Chance. Ihre einzige.

In einer fließenden Bewegung bückte sie sich, griff nach Pfeil und Bogen. Um sich aufzurichten, blieb ihr keine Zeit. Sie hatte noch nie aus dieser Lage geschossen, die Knie knapp über dem Boden, der Winkel steil. Kein stabiler Stand, kein Halt. Dafür eine tiefe Ruhe. Als gäbe es nichts außer ihr und ihrer Waffe. Kein Schmerz, keine Angst. Nur die Sehne an ihren Fingern, der Griff, der gegen ihre Daumenwurzel presste. Hart, kräftig, mächtig. Sie hatte nicht gemerkt, dass sie eingeatmet hatte, doch jetzt ließ sie die Luft langsam entweichen. Und mit der Luft den Pfeil.

Till rannte ihr entgegen.

Du musst der Sehne erlauben zu gehen.

Sarahs Hand führte die Bewegung zu Ende.

Ein Schrei riss sie aus ihrer Trance.

Till griff sich ans Herz, dorthin, wo der Pfeil steckte. Langsam, als weigere er sich zu glauben, was geschehen war, ging er in die Knie. Er zog am Pfeil, stöhnte schmerzerfüllt auf. Ein Blutfleck erschien auf seiner Brust. Till wollte etwas sagen, bewegte seine Lippen, doch kein Ton kam heraus. Sein Blick brach.

Sarah ließ den Bogen fallen.

Und rannte zu ihrem Sohn.

Epilog

Der Winter war lang und hart gewesen. Die tiefen Temperaturen verursachten geborstene Wasserleitungen, defekte Heizungsrohre, Risse im Beton. Jetzt aber lag der Duft von Frühling in der Luft. Als Sarah über Mittag in den Garten hinaustrat, sah sie, dass unter den welken Herbstastern gelbe Narzissen blühten.

Auch in ihrem Herzen hatte das Eis zu schmelzen begonnen. Nach Tills Tod bestand ihr Leben nur noch aus ihrer Angst um Dave. Sie hatte am Krankenbett gesessen, das bleiche Gesicht ihres Sohnes angestarrt und gebangt. Ein paar Tage mehr, und die Nervenschäden wären irreversibel gewesen. Immer und immer wieder fragte sich Sarah, ob sie die Tragödie hätte verhindern können. Hätte sie merken müssen, dass Till krank war? Hatte die Liebe sie blind gemacht? Sie wusste es nicht. Gerne hätte sie mit Tills Freunden gesprochen, doch er hatte keine. Seine Eltern waren vor längerer Zeit gestorben, die Künstler, mit denen er zusammengearbeitet hatte, kannten ihn nur beruflich. Till hatte ausschließlich für Lisa Lindner gelebt.

Obwohl viele Fragen offenblieben, hatte Sarah auch ein paar Antworten bekommen. Auf Tills Laptop fand die Polizei gespeicherte Aufnahmen der als Rauchmelder getarnten Überwachungskamera. Till hatte Sarah Tag für Tag beobachtet. Noch jetzt wurde ihr kalt, wenn sie daran dachte. Auch Sedativa hatte man bei ihm gefunden. Nicht diejenigen, die Dave aus dem Schrank gestohlen hatte, sondern mehrere Packungen starken Oxazepams. Vermutlich hatte Till Sarah die Tabletten in unregelmäßigen Abständen verabreicht, damit sie keinen Verdacht schöpfte.

Ein Handschriftenexperte hatte die Notiz untersucht, mit der Sarah angeblich den Reifenwechsel in Auftrag gegeben hatte. Das Schriftbild sah ihrem zum Verwechseln ähnlich, geschrieben hatte die Notiz aber eindeutig Till. Auch die drei Jugendlichen, die Dave ins *Black Sheep* abgeschleppt hatten, hatte die Polizei gefunden. Sie gaben zu Protokoll, dass Till sie bezahlt hatte. Offen blieb, wie es ihm gelungen war, Rebekkas Autositz zu manipulieren. Ein Kriminaltechniker vermutete, er habe das Schloss mit Trockeneis gefroren, damit es nicht einrastete, nachweisen ließ es sich aber nicht mehr. Ebenfalls keine Antworten erhielt Sarah auf die Frage, wann und wie Till Rebekka verletzt hatte. Gelegenheiten hatte er genug gehabt.

Dave erholte sich langsam, aber stetig. Zu Beginn hatte Sarah mehrere Stunden pro Tag bei ihm im Krankenhaus verbracht. Er hatte es zugelassen, dass sie seine Hand hielt, ihm sogar beim Essen half, bis er sagte: »Mam, ich bin kein Baby mehr.« Danach beschränkte sie ihre Besuche auf eine Stunde am Tag. Nach einer Weile fragte Dave nach Andy. Sein Freund kam mit dem Laptop und einem Gruselschocker-Film vorbei. Sarah wollte etwas einwenden, doch sie hielt sich zurück. Hauptsache, Dave zeigte an irgendetwas Interesse. Körperlich war er auf dem Weg zur Genesung, seine Seele aber hinkte hinterher. Immer wieder verfiel er in Apathie. Einmal pro Woche besuchte er eine Therapiestunde bei einem Psychologen, den weder Sarah noch Kaspar kannten. Sie hatten Dave die Wahl gelassen, es war wichtig, dass er dem Therapeuten vertraute. Dave hatte sich für einen sanftmütigen Mittfünfziger mit grauem Haarkranz entschieden. Das genaue Gegenteil von Till.

Eine Drossel begann zu singen. Sarah spürte, wie ihr Herz mitschwang. Kurz erinnerte sie sich daran, wie sich Glück anfühlte. Nach Tills Tod hatte sie sich nicht vorstellen können, je wieder Freude zu empfinden. Sie hatte einem Menschen das Leben genommen. Rechtlich hatte sie keine Konsequenzen zu befürchten, das hatte ihr der Staatsanwalt versichert. Mit der Schuld aber würde sie leben müssen. Sie hatte ihren Bogen seither nicht mehr in die Hand genommen.

Dafür arbeitete sie nun regelmäßig im Garten. Sie brauchte Leben um sich, sehnte sich nach Farben und Blüten. Rebekka teilte ihr Bedürfnis. Kaum zeigte sich die Sonne, packte Sarah sie warm ein und nahm sie mit nach draußen. Ihre Schwester verbrachte wieder jedes Wochenende bei ihr. Die Kesb hatte entschieden, dass sie bei Sarah gut aufgehoben war. Mehrere Wochen lang war Rebekka verstört gewesen, sie war unruhig geworden, wenn Sarah auch nur für einen Moment das Zimmer verließ. Nach und nach fasste sie aber wieder Zutrauen. Sarah erzählte ihr von Dave, von ihrer Arbeit, ihrem Alltag, so wie sie es immer getan hatte.

Eine zweite Drossel stimmte in den Gesang ein. Sarah holte die Rosenschere aus dem Gartenschuppen und streifte sich Handschuhe über. Sie hatte die Rosen in den letzten Jahren sträflich vernachlässigt. In Gedanken hörte sie ihre Mutter: »Der Wind muss mit den Blättern spielen können.« Sarah begann, die Zweige auszudünnen.

Am Nachmittag hatte sie drei Patienten. Zwei waren neu und forderten sie stark, die letzte Stunde war für Georg Schwartz reserviert. Er kam nur noch in losen Abständen zu ihr. Dass einige seiner Ängste begründet gewesen waren und er mit seinen Warnungen sogar Gutes bewirkt hatte, hatte seine Paranoia nicht wie erwartet verstärkt, sondern ihm einen kleinen Schritt in Richtung geistige Gesundheit ermöglicht. Doch obwohl jetzt eine Lampe an der Decke im Therapieraum hing, blickte Schwartz immer noch misstrauisch nach oben.

Sarah schnitt einen dürren Trieb ab. Das Mark war braun, ein Zeichen für Frostschäden. Totholz. Sie schnitt weiter. Dornige Zweige bedeckten die Erde. Sarah hielt inne und starrte auf die Stelle, an der die Blaumeise gelegen hatte. Und wo sie das Tagebuch begraben hatte.

Schockfrost.

Sie hatte erwogen, es zu verbrennen, hatte es aber nicht geschafft. Sie brauchte Zeit, um die Ereignisse zu verarbeiten. Um zu trauern, Abschied zu nehmen, zu begreifen. Vielleicht maß sie der Symbolik zu große Bedeutung bei, doch das Tagebuch zu verbrennen, wäre Sarah vorgekommen, als wähle sie eine Abkürzung. Die Vorstellung, dass es langsam unter der feuchten Erde vermoderte, ließ ihr den nötigen Raum, ihr Leben Stück für Stück wieder aufzubauen. Kaspar hatte sie zweimal vorsichtig nach dem Buch gefragt, Sarah hatte ihm keine Antwort gegeben. Noch wollte sie nicht mit ihm über das reden, was zwischen ihm und Lisa Lindner vorgefallen war. Vielleicht würde sie es nie tun. Sie beschränkte den Kontakt zu ihm auf ein Minimum, privat und beruflich.

Dave hingegen besuchte Kaspar regelmäßig, er suchte die Nähe zu seinem Vater geradezu. Sarah hatte ihm nicht erzählt, was Kaspar getan hatte.

Die Tür zur Praxis ging auf, und Bertram Lutz kam heraus, einen Lappen in der einen Hand, Fensterreinigungsmittel in der anderen. Er nickte Sarah zu und begann, die Scheiben zu putzen.

Sarah lächelte und schnitt den Zweig weiter zurück. Gesundes, weißes Mark kam zum Vorschein.

Mitra Devi & Petra Ivanov

Mitra Devi kam in einer stürmischen Herbstnacht in Zürich zur Welt. Als sie vier Jahre alt war, wurde Petra Ivanov geboren. Schon am ersten Schultag in New York entdeckte sie die Bibliothek. Sechs Jahre lang gehörte sie dort fast zum Inventar. Sie freundete sich mit Tom Sawyer an, erlitt mit der Schweizer Familie Robinson Schiffbruch und löste mit Trixie Beldon Kriminalfälle. Währenddessen brachte sich Mitra Devi selbst das Lesen und Schreiben bei und verfasste mit kindlicher Freude eine Gruselstory. Daneben verschlang sie Detektivromane, hangelte sich unmotiviert durch die Schuljahre und brach als Jugendliche ihre Lehrstelle ab. Petra Ivanovs erste Geschichte war eine Liebesschnulze, die im New Yorker Bandenmilieu spielte. Später schrieb sie für ihre Mitschüler in einem Zürcher Gymnasium Aufsätze und kassierte nicht schlecht dafür. Zur selben Zeit lebte Mitra Devi in Israel, dann trampte sie als Hippie durch Indien, bevor sie nach Zürich zurückkehrte, wo sie eine Kunstschule besuchte und an abgründigen Texten feilte. Petra Ivanov hatte inzwischen die Dolmetscherschule abgeschlossen und übersetzte Montage-Anleitungen für WC-Anlagen, daneben las sie Karl Marx und Fantasyromane. Da arbeitete Mitra Devi bereits auf einem Bio-Bauernhof, tauchte in die Welt von Patricia Highsmith ein und malte Totenköpfe. Kurz darauf reiste Petra Ivanov nach Moskau, wo sie ihren Russischlehrer heiratete. Während Mitra Devi ihre Bilder ausstellte und die Psychothriller von Dean Koontz entdeckte, arbeitete Petra Ivanov als Redakteurin und las ihren Söhnen Harry Potter vor. Mitra Devis erstes Buch, die Krimi-Sammlung *Die Bienenzüchterin*, erschien 2003, später folgte die Nora-Tabani-Reihe. Sie hat über ein Dutzend Bücher verfasst. 2005 erschien Petra Ivanovs Debütroman *Fremde Hände* mit dem Ermittler-Duo Flint & Cavalli, ihr Werk umfasst zahlreiche Kriminalromane, Jugendbücher und Kurzgeschichten.

Mitra Devi im Unionsverlag

Ein Fall für Nora Tabani: Filmriss; Seelensplitter;
Das Kainszeichen; Der Blutsfeind.
Kleiner Mord zwischendurch

Petra Ivanov im Unionsverlag

Flint & Cavalli ermitteln: Fremde Hände; Tote Träume;
Kalte Schüsse; Stille Lügen; Tiefe Narben; Leere Gräber;
Erster Funke; Heiße Eisen; Alte Feinde; Das Geständnis.
Meyer & Palushi ermitteln: Tatverdacht; Hafturlaub;
Täuschung; Entführung.
Geballte Wut